云上的旅行

如风 著

中国文史出版社

序·惊喜无所不在

杨志鹏

　　中外历史上的伟大旅行家们，以他们的发现与记录为人类留下了宝贵的精神遗产。哥伦布发现新大陆，突破了人类对世界的认知局限，促进了跨文明的交流与融合；法显、玄奘等东方行者则怀揣信仰启程，用双足丈量出《佛国记》《大唐西域记》这般承载精神追求的鸿篇。这些著作不仅是地理人文的实录，更是伟大心灵的显影。

　　在交通与通信高度发达的今天，旅行已成为当代人触手可及的生活方式。多数人借此领略异域风情，拓展认知疆界，享受闲适之乐。然而仍有行者将旅程视作精神朝圣——当物欲洪流席卷世界，旅行俨然成为一柄抵抗的利剑。越来越多的年轻人试图通过行走卸下现实重负，在远方追寻诗意栖居的心灵圣地。青年作家如风正是这样的践行者，其独特的行走式创作在当代文坛是很少见的，细腻记录着心灵在时空中的每一道轨迹。

若旅行止步于猎奇探胜，终究不过是生命的浅层悸动，难抵灵魂的深层观照。"世界不缺少美而缺少发现"的箴言，固然道出感知外部世界的重要性，但东方智者早已参透"万法唯心"的至理——美丑的二元分野，本非世界的真实样貌。老子在《道德经》中警醒世人："天地不仁，以万物为刍狗。"当审美沦为主观投射，我们便与世界的本真相隔云泥。

即便如此，追寻风景仍是人类净化心灵的重要法门。有智者将旅行喻为"积聚福德"的修行：从筹备期的点滴积累，到朝圣途中的每个起心动念，皆可成为净化痛苦、播撒欢喜的契机。即便打包行囊、预订机票这般俗务，亦可化作追寻理想的神圣起点。阅读如风的旅行札记，读者不仅能随其踏访人文古迹、探秘边陲绝境，更可透过独特的地理人文解读，感受文字间奔涌的心灵能量。尤为珍贵的是，那些不期而遇的风景终将打破认知藩篱，引领我们走向更开阔的生命境界。

被誉为东方伟大旅行寓言的《西游记》，早已道破行走的真谛：唐僧师徒历经九九八十一难抵灵山，所得不过无字经卷。这恰应了书中偈语："佛在灵山莫远求，灵山只在汝心头。人人有个灵山塔，好向灵山塔下修。"但世人仍为取经路上的奇幻历险心驰神往——原来生命最精彩的馈赠，不在终点而在沿途。若能参透"无所得"的终极奥义，便如获显影生命的灵光，一个全新的世界将在顿悟中豁然显现。这或许就是智者所说的"福德圆满"。

与《云上的旅行》相遇，实为一场美妙的因缘。如风在途中捕获的惊喜，终将成为读者的惊喜；她在风景中埋藏的生命密码，或许正待有缘人开启。愿每位读者都能在字里行间，等候属于自己的人生底片被悄然曝光，见证生命绽放无限可能。

2025 年 4 月 23 日于汉中

杨志鹏　武汉大学中文系毕业，中国作家协会会员，获青岛市改革开放首届百位优秀引进人才表彰。其长篇小说《百年密意》入围第三届路遥文学奖。

目 录

西夏秘卷

中原问道

长安回望

齐鲁灵韵

嘉峪关

风起陇右

嘉峪关

铁马冰河入梦来

坐在从西安开往甘肃的列车上，我心生敬畏，万分向往，这是一条神圣的丝绸之路：张骞出使西域、法显西行求法、玄奘印度取经、佛教传入中国、丝绸远输希腊、东西文化交融……沿途车站的名字就让我肃然起敬：无论是河西四郡——武威、张掖、酒泉与敦煌，还是古代国门嘉峪关与玉门关，每个地方都让我想到一个为了信仰和使命用生命和灵魂向死而生的伟大的英雄，每一个英雄的一生都值得我们瞻仰膜拜。

到达兰州后，仅参观了甘肃省博物馆，买了一件"天马行空"，狠狠地吃了两碗兰州拉面之后，便钻进火车一路西行。车窗外，站台上闪现两个美妙的汉字：武威，正是我手中握的小可爱出生之处——雷台汉墓出土的铜奔马。抚摸着它曼妙的躯体，要知道，两千多年前，让汉朝几任皇帝彻夜难眠、噩梦连连的匈奴之所以能够夜行几百里，就是因为它——汗血宝马，只有这种千里马才能风驰电掣、天马行空。

秦朝军队之所以能够横扫六国、一统天下，也赖骑兵"畴骑"及世界上最先进的骑乘方式，同时期的欧洲骑兵将缰绳勒在马喉处，长时间纵马狂奔时，马会窒息而死，且最多只能载重 0.5 吨；秦军"畴骑"，则将缰绳勒在马的胸腔处，载重可达 1.5 吨。步兵作战时代，骑兵所向披靡，皆因秦人祖先精通养马、驭马之术，第一个祖先柏翳助舜"调驯鸟兽，鸟兽多驯服"，被赐姓嬴；周朝时，秦人在西北边陲专为国君养马，秦穆公二十四年（前 636），秦以"革车五百乘，畴骑二千，步卒五万，辅重耳入之于晋，立为晋君"。（《韩非子·十过篇》）

张骞两次出使西域三十载，呈报汉武帝：大宛国"多善马，马汗血，其先天马子也"。（《史记·大宛列传》）为得此天马，汉朝与大宛进行了两次血战，在古代冷兵器时代，一匹马能够决定战争胜负，甚至生死。

我亲吻着铜奔马的长颈，想到《三国演义》中，当刘备身陷檀溪，前有悬崖，后有追兵，命将绝时，就是坐骑"的卢马"一跃数丈，跳到对面崖地上。在逍遥津战役中，曹魏大将张辽用曹操计智断小师桥后，孙权凭借"快航"马一跃而过断桥，否则命丧于此。董卓的谋士仅凭一匹赤兔马就策反吕布使其认贼作父："吕布乃世之虎将，武将所爱者，一是兵刃，二是坐骑，三是铠甲。此三样乃为将者安身立命之物。"可见战马之重，一匹马，可以拯救主人性命，可以决定战争胜负，甚至可以改变历史：若无的卢越檀溪、快航越断桥，二主已亡，三国不存。兵甲只要有钱就可以打造，战马不只需钱，更要优良基因及时间，精心喂养、草原驰骋、大漠驰骋，普通马喂不成千里马，中原马也驯不成汗血宝马，先要成为天马，才能行空。

我头枕车窗，转动着这个浪漫主义与现实主义完美结合的小东西，"马踏飞燕"超乎想象：三足腾空、一足掠燕、回首惊顾，精准地把握了力学平衡原理，将马的全部重量集中在一只飞鸟身上，一个静止的画面竟能塑造出一匹流星赶月的千里马狂奔的形象，实在是大智慧。把"马踏飞燕"定为中国旅游标志，再完美不过，中华文明就如"马踏飞燕"勾魂摄魄、心神惊惧、想象无限、智慧无极，等待着，等待着，无数地球人来领略那腾空踏燕的绝美瞬间。人生大抵不过如此，潜龙在渊、凤凰涅槃，长路漫漫中上下求索，空旷荒远中孤寂奔驰，总有人生的一瞬，可以腾空踏燕、声震天下："不飞则已，一飞冲天；不鸣则已，一鸣惊人。"（司马迁《史记·滑稽列传》）"宁鸣而死，不默而生。"（范仲淹《灵乌赋》）

在嘉峪关，背包下车："不到长城非好汉，屈指行程二万。"到长城易，品长城难。长城之史，史至春秋战国；长城之险，险至数丈绝壁；长城之长，长亘五千岁月。

吃一碗羊肉垫卷子，喝一碗杏皮茶后，直奔嘉峪关城。登临城墙，才知何谓大漠雄奇、古道摇响、苍凉浩瀚、黄沙阔莽，在朔风怒吼、飞沙走石中，瞻仰这长城三大奇观之一的"天下第一雄关"，实在是难能可贵的成就感，旅行比成就梦想容易得多。

"天山巉削摩肩立，瀚海苍茫入望迷。谁道崤函千古险，回看只见一丸泥。""长城饮马寒宵月，古戍盘雕大漠风。"林则徐因功获罪，流放新疆，途经至此，出关时心生诸多感慨，遂赋诗四首。我只会作文，少不得要写几笔。

刚刚首创世界大一统治理国家的方式，秦始皇来不及享受独享的权力、奢华的宫殿，就马不停蹄地修建万里长城，当时的人口数量才二千多万人，竟然能够徒手修建长达六千七百公里的万里长城，米浆、黄糖都用上了，连外星人都震惊了。一是西北匈奴的进攻，大将蒙恬依赖长城才能抵御匈奴骑兵的突袭；二是一个骗子卢生到海外求长生不老药时带回一本《录图书》，书中有一则谶语："亡秦者，胡也"，秦始皇认为此为胡人，"乃使蒙恬北筑长城而守藩篱，却匈奴七百余里；胡人不敢南下而牧马，士不敢弯弓而报怨。"（贾谊《过秦论》）

秦始皇一边命蒙恬率领三十万大军收服匈奴，一边用同样的人数修建长城，秦朝统治中国总共才十五年，修建长城就用了十二年，修成了世界奇迹；而且，同时修建世界第八大奇迹秦始皇陵兵马俑，及富丽堂皇的阿房宫。可想而知，举国上下不是修城的，就是打仗的，再就是为打仗修城的人运送粮食做饭的，留在家里的女人和极少数男人负责生产粮食及打仗的人。这么点人，这么短的时间，又是战争，又是修宫陵，又是修秦直道，又修建了震惊世界的万里长城，且全系人工徒手，这本身就是宇宙奇迹。

嘉峪关关城则是明朝时修建的，前后经历了 168 年时间，可见秦始皇是多么伟大与可怕。这是长城最西端的关口，现存中国规模最大的关隘，面向祁连山，回望长久又久长的河西走廊，穿越嘉峪关及一百公里外的玉门关，算是离开中土，进入沙漠，生死未卜。但人们来来往往仍然来往，进进出出死也要进出，西行东归复西行，毅然踏入"丝绸之路"，为了信仰、为了利益、为了希望、为了生活，为了他所选择的各种缘由。

世界上许多著名的建筑或神奇的存在都因战争诞生，军事之用后转为民用，会产生超乎想象的意义，比如互联网，比如我脚下的嘉峪关城。走下城墙，走进光化门，在内城四处游荡，整整 2.5 万平方米，周长 640 米，城高 10.7 米，像虚空一样宏大，黄土夯筑，以砖包墙，雄伟坚固。行游之心渐渐收缩，眉头开始紧皱：这哪里是旅行地，却是军事要地。走入瓮城，却像走入天囊，敌人来犯，诱敌深入，瓮中捉鳖，实在玄妙。

嘉峪关城与南北两侧的长城连为一体，以山为障，以河为险，利用山、河、谷的地形优势，形成五里一燧，十里一墩，三十里一堡，一百里一城的完整军事防御体系，怪道是"天下雄关""连陲锁钥"。在西北这个中原人难以到达、绝佳官员流放地布设如此密集的国防工程，令人叹为观止。嘉峪关城，因护边诞生，因军事存在，因长城闻名。走出柔远门，走进西瓮城会极门，抬头看到那块搁置了六百多年的定城砖，无人敢动。传说各有不同，有说防止贪污，有说为防降罪，总之与官员有关，本应名垂青史的设计者与建造者不仅史上无名，而且功过罪责由官员随口而定，建成后仅剩下一块砖，负责人易开占便将其搁在会极门檐台上，是谓"定城砖"。即使不信，也无人敢动，万一动了有闪失，朝廷降罪是大事。于是，就一直无言地守着虚空，无言地诉说："我诞生于虚空，守卫着虚空。我生在荒凉地，独守荒凉城。却守望着河西走廊，繁华了丝绸之路。关城是我坚强的后盾，城壕是我艰难的跨越，内城是我铁腕的手臂，瓮城是我最后的撒手锏。我，守护中士，防范匈奴。"

秦始皇一统天下，汉朝皇帝治理天下，皆是顺应天道、空创神造。秦始皇首创大一统的中央集权制后，为防范匈奴，始建长城阻击；汉朝从建立伊始便与匈奴争战多年，直到第七位皇帝汉武帝刘彻才真正打败匈奴。

也只有西北能修建这样雄浑巍峨、绵延不绝的长城，嘉峪关东北是无尽平原，东南是无极大海，西南是无边峻岭，皆是自然天险，只有西北是浩瀚无际的沙漠，人烟稀少，适合匈奴铁骑纵横驰骋、无可阻挡，修一道漫长而坚固的高墙，能除危险，守卫家园，愿望总是美好的，作用也是暂时的。

远处，祁连山脉连绵不绝，山脊裸露，毫无青色；近处，一股股旋风，卷起冷酷的黄沙，打着旋儿在半空中肆虐，像是突然冒起的喷泉，吐洒的却是沙粒，直让人躲，却无处可躲，无处可藏，只得把自己围得密不透风，连眼睛也被宽厚的墨镜遮挡。遒劲的大漠，死寂的沙海，不变的黄色，只有天空那一抹蓝，慰藉着单调的大地——沙上孤城白，风吹大漠黄。

用口罩堵住嘴巴前，吟道：枯城荒漠昏鸦，祁连山外人家，古道西风老马。夕阳西下，梦中人在天涯。

这次第，很容易让人遥忆上下五千年的历史。先人们用各自的天赋使命成就了各自的人生，这无数个人生串起来就是历史。而历史，又有多少让我们遗憾不止、唏嘘不已。

汉武帝雄才大略，将中国的疆域扩大一倍，并给华夏子孙留下了一个"汉人"的英名，又派张骞出使西域，为世界留下一条畅通的丝绸之路，让太多东西方商人忙碌了上千年。

　　走在碧蓝万里的天空下，眺望浩瀚无垠的黄沙，自张骞凿空西域之后，在这个遥远的荒凉关城，来往了多少朝贡的外国使团，行走了多少中西亚的贸易商队，偶尔也会出现孤身求法的高僧。中国的丝绸、瓷器远销西亚、东非、中东，当无冕之王恺撒大帝第一次身着丝绸出现在公众面前时，所有人都被恺撒的一身华服震慑了！从此，丝绸轰动了整个欧洲，没有棉花的古罗马人只能穿着粗糙又狂野的毛麻衣服，色泽华丽、质地柔软的中国丝绸怎能不俘获会享受生活的欧洲人的心？

　　天高路远，当丝绸从丝绸之路运至君士坦丁堡之后，价格翻百倍，中国丝绸成为当时西方世界不折不扣的奢侈品。嘉峪关城是必经之路，且要有关照（护照）才行。

　　那么，如此伟岸又绵亘的长城，古代戍边将士是怎样坚守的呢？小人物的存在向来不会被正史记载，然而，大历史是小人物们构建的，那就让文物来说话吧。

　　　宣伏地再拜请：幼孙少妇足下：甚苦塞上。暑时，愿幼孙少妇足衣强食，慎塞上。宣幸得幼孙力，过行边，毋它急……伏地再拜。

这封信出自西汉时期的一个小吏宣，写给他的好友幼孙夫妇。而这封信则出自中国档案界的"四大发现"之一——居延汉简。

汉武帝时，在居延设都尉，筑城设防，移民屯田、兴修水利、耕作备战，戍卒和移民共同屯垦戍边，居延长城周边兵民活动在汉代持续200多年，形成大量居延汉简。20世纪两次重大发现，出土了二万多枚居延汉简：有例行公文、官吏任免、人事变动、边塞动静、文书信札等。这些汉简不仅可以了解居延边关、长城将士们戍边真实情况，见微知著，进而可以了解整个汉朝社会的方方面面。

汉朝律法鼓励戍边将士携带家眷，封建王朝也有温情的一面。

很难想象，一个荒寂的关城能够输送这么多传奇，改变这么多人生，影响整个世界，而它却肃穆无言地屹立千年，不忘初心坚守本色，孤独着一漠苍凉。

徒步长城

在砖石间触摸华夏的脊梁

长城绵亘五百法里，蜿蜒高山之上，深谷之间，就其用途及规模来说，这是超过埃及金字塔的伟大建筑。

——（伏尔泰《风俗论》）

在遥远的东方，皇权至高无上，生活井然有序。还有一条从公元前就开始修筑的城墙，长达几千公里，并且持续修建上千年。

——（《马可·波罗游记》）

20世纪初，列强一边轻视与掠夺中国，一边好奇中国的智慧与文化，最令他们产生诗意想象的是万里长城，他们明白，自己国家虽然富强，但很狭小，万里长城会修出国门，中国到底有多庞大，仅仅在西北就能修建这样气势磅礴的长城，而且修了上千年，三大文明古国都消失了，唯一的这一个还在修长城，其智慧比长城更深不可测。

"我想象中的中国长城，远远要比现实中的长城雄伟得多，它已经在千百年的岁月中完成了自己的任务，但在中国人眼里，长城并没有失去象征意义。当我们骑马走入城门故乡，晚钟敲响了，叮叮当当的钟声，响彻夜晚的点点星空。"长城吸引许多西方地理学家、考古学家、探险家，也包括这位未来的芬兰总统，他于1908年来到嘉峪关，并在日记中这样记述。

芬兰总统离开的次年，美国地理学家威廉·盖洛经过了82天的艰难跋涉，从长城最东端的山海关徒步至嘉峪关，完成了西方人对于长城的首次全线考察，亲历了这一人类历史上规模宏大的工程。

1987年，英国人威廉·林赛从嘉峪关出发，经过100多个日夜，独自行走了5000多公里，抵达山海关老龙头，回国后，出版《独步长城》，轰动英国。他一直认为自己是徒步长城的第一个西方人，却收到了一封来自美国的信，"我有一本以《中国长城》命名的书，是一位名叫威廉·盖洛的美国人在1909年出版的，这本书长达340页，且有超过一百幅的照片说明。"在威廉·盖洛家的墙上，至今还保留着一幅碑文的拓片：天下雄關。

我站在一个世纪前被其拓印的石碑前，接收着它来自远古的能量，感受着它无穷无尽的魅力，小小的我的小心脏扑腾扑腾着：我也因你而来，你是我的国家的历史传承、文化符号，我倍感骄傲。二十岁出头时，当我对未来充满无法填补的空洞与恐惧，对社会产生不可言状的迷茫与惶惑时，我曾想过徒步长城：从山海关走到嘉峪关，我想亲自用脚步去丈量万里长城。

在明长城的西陲尽头，长城第一墩宛如一位饱经沧桑的守护者，古朴而雄浑。它静静矗立，岁月在其身上留下斑驳的痕迹，却丝毫未减其威严。我穿梭于悬臂长城的峭拔嵯峨之间，脚下是万丈深渊，头顶是苍穹无垠。刹那间，仿佛有一股神秘的力量，让我窥见长城化作地球的嶙峋脊梁，在浩渺宇宙间傲然崛起，横亘于天地之间，诉说着千古的沧桑与坚韧。云端之上，似有一双神秘的天眼，投落万丈天光，穿透时空的迷雾。这双天眼仿佛在惊叹：人类竟凭双手雕琢出如此跨越时空的奇迹！那无数的砖石，是先辈们用血汗凝聚的结晶；那蜿蜒的长城，是华夏文明坚韧不拔的象征。它在天地间镌刻下不朽的史诗，每一砖每一石都诉说着古老的故事，每一个烽火台都见证着历史的风云变幻。长城，不仅是中华民族的骄傲，更是人类文明的瑰宝，它将永远屹立在这片古老的土地上，见证着岁月的流转与时代的变迁。

旅行最大的意义，是将书本上平面的知识立体成四维空间，全方位仰视文明之高度，俯瞰大地之磅礴，亲见所有奇迹的呈现，撷取文化之光泽，这种骄傲不是口号，不在口耳，而在心灵，自然滋生。在旅行中，走得越广，越爱地球；走得越深，越爱祖国；走得越安，越爱时代；走得越远，越爱家园；走得越和，越爱当下；走得越净，**越爱心灵**；走得越丰，越爱自己。旅行的力量，只有用心灵旅行过、旅行着的人，才会真正知道。

二十年后，我当下的人生任务是徒步心灵——游走如银河般浩瀚的心灵宇宙，观赏如地球般斑斓的心灵花园，书写如历史般灿烂的心灵呓语——生命，妙不可言。

长城边界 一道墙，隔开了农耕与牧歌

1933 年，那个用生命探险，对文明充满着无尽的探索欲，穿越蒙古戈壁，踏上青藏高原，绘制西藏地图，勘察罗布泊，首度发现楼兰古城的瑞典探险家斯文赫定，年近七十，再次受到民国政府的秘密委托，考察西北。

斯文赫定也未料到他会被新疆军阀变相拘禁半年，巧妙逃离后一路向东狂奔，为终于可以亲见那座传奇关城而兴奋不已："车队在乱石中间穿过狭长的通道，终于到了中原帝国的著名门户——嘉峪关。我们来到了使用双手建造起来的、气势磅礴的建筑之一——长城。站在城墙上，老城镇的壮观景象一览无遗，从这里的窗口望出去，任何一个方向的景色都令人叫绝。"斯文赫定感慨万千，想起老师——为丝绸之路命名的考古学家李希霍芬教授，他从 1868 到 1872 年间，亲自考察了中国的十三个行省，虽然新疆之行被战乱所阻断，但李希霍芬始终对那条连接了中国与中亚的交通大道念念不忘，并将他对那条道路的向往注入了自己的学生斯文赫定的生命中。

"可以毫不夸张地说，这条交通干线是穿越整个旧世界的最长的路。从文化、历史的观点看，这是连接地球上存在过的各民族和各大陆的最重要的纽带。丝绸，成了连接不同民族的纽带，并出现了一条无穷无尽的商路。中国政府如能使丝绸之路重新复苏，并使用上现代交通手段，必将对人类有所贡献，同时也为自己树起一座丰碑。"

这是 1933 年斯文赫定西北考察两年后得出的结论，直到八十年后，2013 年，习近平总书记提出共建"丝绸之路经济带"和"21 世纪海上丝绸之路"——"一带一路"（The Beltand Road，缩写 B&R）的倡议，截至 2023 年 6 月底，中国已与 152 个国家、32 个国际组织签署 200 多份共建"一带一路"合作文件。从许多纪录片中看到，"一带一路"改变了许多发展中国家人民的命运，影响了世界经济格局。

我从 2011 年开始周游世界，在世界各地，尤其是亚洲发展中国家亲见中国建设的痕迹，作为一个中国人，也备受他们的额外高看与对待，我谦虚谨慎地欣然接受，这是作为一个炎黄子孙的应得与骄傲。华夏文明向来福泽世界、和合诸国，即使强大于整个世界，也从来不侵略、掠夺落后国家。从唐宋开始，长安、开封、杭州、北京先后成为世界第一大都市，其领先程度不是一星半点儿，北宋时期，开封一城的人口几乎抵得上半个世界，但中华民族向来是我自盛开，蜂蝶自来；我独繁华，与世共存。这种道法自然、上善若水，值得全世界学习，为什么一个国度可以修得如此上层境界，可以将文脉传承至今，应该是他国学习研讨的内容。

荒凉是一种美，残缺是一种力，存在是历史的延续。历史是民族的证明，当下是历史的未来，未来是更远的当下。

在苍凉辽阔的大漠中，一人一车，甚或一人一马，孤独地行进，那是一种超然的绝美，生命的绽放。当一辆车，长时间行进在大漠中时，生命会回归本能的需求，开启潜在的能量，他需要做的事情就是与大自然和合相处：活下来，活着走出去。这个过程会产生一种绝无仅有的惊艳、超乎想象的潜能。这个过程很迷人，只有真正经历过的人才能够感受那种迷人的悲壮，魅惑的极限。

我亲历过。

并非沙漠中，而是转山时，孤独一人，无边无际的山峦，枯寂沉默的砾石，只是向前、向前、再向前，行走、行走、再行走，走到生命的极限，走不动时，哭一场，还是要走，只有在天黑前走出冈仁波齐，才能活。没有任何人可以帮你，没有任何通信设备可以联络到人，一沓沓钞票存在的意义就是沉重，把包撑得很鼓，进山前很能为我带来信心，在山中孤独地行进四十小时后，它是无用的，无处可买，无物可选，好容易遇到一个供给帐篷，只有酥油茶、方便面和红牛。

舔舔干裂的嘴唇，想想红酒牛排，如果当下有，我会给他十张百元大钞，如果当下有牦牛，我会把包里所有的钞票给他。没有，什么都没有，只有一具体力耗尽、几乎失去任何感觉的移动的躯壳，无力思考，只有一念：活着走出去。走出去才能活着。那个当下，什么都是无用的，知识、教育、财富、家人、事业、未来，只有一件事是有用的：生命力。

无用时就要扔了？有用时就留着？有用却不好用就要指责？世间从来没绝对有用的东西，也无绝对无用的东西，要看什么人、怎么用。《庄子》早就启示过我们：愚蠢的惠子为葫芦长得过大而苦恼：盛水太脆，当刳太浅，实在无用。庄子说，"你为什么不把它系在腰身，畅游江湖呢？"还是这个蠢人，有棵樗，却觉大而无用。庄子说，"你为什么不把它种在旷野中，悠然自得地享受它的荫凉呢？因为无用，不被砍伐，会享受一生。"

唉，那些被框架框住的人的思维意识只想着东西有用，还是在他们的框架中有用，却不会大用，他只会在他的井底转悠，寻找可用之处，殊不知，井外还有万千世界。

他们没有看到一个世纪之后，长城变成中国文化的一个符号。在那个时空，仅仅凭借人力，就能生产出如此坚固的砖石，双手垒出如此夯实的城墙，这本身不就是奇迹吗？不值得后人尊重先人吗？

孙中山先生是坚定的长城价值论拥护者，他在《建国方略》中谈到长城时说：秦始皇所筑万里长城"古无其匹，为世界独一之奇观"。"始皇虽无道，而长城之功于后世，实与大禹治水等。"他分析说，"由今观之，倘无长城之捍卫，则中国亡于北狄，不待宋明而在楚汉时代……"

孙先生站高一个维度，用更宏伟的眼光，看到了长城真正的文化价值——民族的脊梁。

待到"大漠孤烟"时，长河落日分外圆，钦佩之情油然而生，古人的智慧在书中、在诗中。大漠中的烟气真的是孤独而顺直地向上，沙河中的夕阳真的圆出了整个宇宙。时间如白驹过隙，瞬间"明月出天山，苍茫云海间"。

会心一笑，向西而拜，感恩先人，转身而去，此去经年，不知何时，故地重游，也许，初见即是诀别，瞬间即是永恒。

长城再长，也没有地平线长；中国再大，也没有世界大；历史再久，也没有地球的诞生久。人类微不足道，让历史去吧，像大漠的流沙；让它走吧，何必唏嘘？让我走吧，到西域去，在历史中行走在安然的当下，走出我的人生长城。前路漫漫，应是悲欣交集，千种感悟，万种风情，交与文字诉说。以史为鉴，执古御今，征服天下后，转而征服自己，拿着历史的镜子观照自己的心，在红尘中，修心如镜，一生平乐，岁月安好。

敦煌莫高窟

抚平尘世忧伤、沉淀永恒之美

一

人世间总有某些说不清的因缘，一次偶遇，竟会改变一个人的一生。

1935 年秋，在塞纳河畔的旧书摊上，由法国考古学家伯希和所著的《敦煌石窟图录》震撼了一位艺术家的心灵，这位曾"自豪地以蒙巴那斯的画家自居"、屡获法国政府展览金奖的中国画家甚感惭愧，原来真正的艺术在中国，且历史久远。自责"对待祖国遗产的虚无主义态度，实在是数典忘祖"后，他立即回国远赴敦煌，却发现，晚来了四十年，藏经洞里的宝物被洗劫一空，精美的壁画也多被化学涂料剥离后带走，于是，他以苦行僧般的坚忍与执着，用余生成为"敦煌守护神"。

　　七十年后，我漫步于桃红柳绿、妖媚醉人的白堤，信步至孤山，走进浙江省博物馆，飘入常书鸿美术馆，偶遇这位先生与敦煌的累世因缘。荒芜凋敝、飞沙扬砾、物资匮乏、交通闭塞、破庙陋屋：桌、椅、床都是黄土堆成，土坯搭的台子铺着草席，再垫一层麦秸；买不起好蜡烛，自制时明时暗、极为伤眼的土蜡烛；吃的是咸水煮面条，佐以一碟咸辣椒；冬天，屋内滴水成冰，外面被戈壁包围，最近的村舍也在几十里外。面对前妻忍受不了艰苦寂寞不辞而别、儿女的哭泣和国民政府撤销艺术研究所的命令，常书鸿先生仍然用非凡毅力保护莫高窟，修复敦煌壁画，搜集整理流散文物，撰写了一批兼具学术性与普及性的论著，并多次举办大型展览，使远在西北边陲的敦煌莫高窟逐渐为世人所知，使"敦煌在中国，敦煌学在国外"的被动局面逐渐得到改变。在日本，他被誉为中国的"人间国宝"，他生前夙愿：将其二百余件画作捐赠故乡杭州作永久珍藏。

　　我漫步在每一幅画前，难道敦煌是常书鸿先生前世的修行之所？或是绘制了飞天、千手观音的艺术家的转世？我呆愣在一幅落款"三危山落日1947年敦煌"的画前，听到心灵被震撼的声音，敦煌究竟有怎样的魅力能让一个生活在巴黎的中国艺术家远渡重洋，在时局动乱的年代归国，用生命守卫敦煌半个世纪？我走到秋瑾墓前，仍沉浸在敦煌的神奇之中，飘移至鲁迅先生雕像前，向灵魂起誓：我要去敦煌！

在英国人斯坦因掠夺了敦煌之后一百年的夏天，我背包走出"柳园"火车站，直奔莫高窟。

敦煌的外观与常书鸿先生的油画基本是一致的：黄色的无极沙丘，褐色的无边山峰，蓝色的无垠天空。莫高窟已然不同，整洁、干净、有序，每个窟前都有门锁着，窟前都修了台阶。

莫高窟，依山而建，气势雄伟，最醒目的是石窟群正中一座威严高耸的红色楼阁。走进九层楼，像走进了巨人国，高挑的我立即变得渺小，仰望这世界最大的室内泥胎弥勒佛盘腿坐像，惊颤不已，因其在室内，显得尤为宏伟壮观，且貌相俊美，颇有女相。檐顶摇曳着一个牌子：96　初唐　公元 618—705。那就不奇怪了，此像定与女王有关，女子为皇，天下不服。薛怀义、僧法明等，便伪造了《大云经》，讨好女王，以噎众口。因疏中说"自己是弥勒下世，女子为王……"武则天甚为欢喜，弥勒为音译，意译为慈氏，公元 690 年，武则天正式登基，名曰慈氏越古金轮圣神皇帝。全国掀起打造弥勒像之风，96 窟倚坐弥勒佛像应运而生。

这尊弥勒佛像是倚坐的姿势，两腿自然下垂，目光下视，高大威严。大佛的右手上扬作"施无畏印"——拔除众生痛苦；左手平伸作"与愿印"——满足众生愿望。在佛教信仰中，弥勒佛将是释迦牟尼佛之后的下一尊佛，他将于五十六亿七千万年后降临人间，释迦牟尼佛已派大弟子迦叶在云南大理鸡足山入定待之。

走进莫高窟，就像翻开一部浩瀚无垠的佛学图典，打开一座鬼斧神工的艺术宝库，穿越千年历史画廊，在高维空间随意穿梭，前流长河，波影重阁。忽而看见北魏时期的禅窟，融合了西域风格与犍陀罗艺术的魏晋风骨，转身偶遇元朝的彩塑，向左走，唐朝的佛像雍容华贵、扑面而来；向右走，宋元时的雕像由盛及衰。敦煌莫高窟保存着十个朝代 492 个洞窟，彩塑 2000 多尊，浮塑 1000 余身，其保存古代彩塑之多、历时之长、内容之丰、技艺之精为世界所罕见，因而，已经属于世界文化遗产。

敦煌壁画上的飞天，有的吹箫抚琴，反弹琵琶；有的伸开双臂，迎接客人；有的欢歌曼舞，低吟浅唱；有的飞快旋转，跳胡旋舞；有的目光惆怅，独自落泪；有的长发飘飘，奔向天边；有的轻落人间，独自曼舞；有的臂挎花篮，将幸福的花儿撒向人世。云雾缭绕中，她们衣带飘扬，俯瞰众生万象；仙乐缥缈中，她们舞姿妖娆，笑对人生百态。

第 61 窟、第 285 窟，是活色生香的乐舞壁画。这些沉睡了千年的寂静生命，一定没有想到千年后他们会从石壁上一跃而下，成了后世编排舞蹈借鉴的珍贵版本。1978 年震惊世界的《丝路花雨》，来自 112 窟的一尊反弹琵琶的伎乐菩萨；我到达敦煌当年春晚中的《千手观音》，取材于第 3 窟《千手千眼观音》；北京奥运会开幕式上的飞天也来自无言的壁画。"人间能得几回闻？"莫高窟内许多洞窟都是清歌妙舞的极乐世界。

大唐盛世，敦煌更是香火旺盛的佛教圣地，来莫高窟拜佛的人络绎不绝，从达官显贵到平民百姓，定期礼拜成为他们生活中重要的一部分。佛教经典《妙法莲华经》，记载了世俗人对佛祖的十种供养方式，第九种便是伎乐供养，伎乐指的是佛陀世界唱歌跳舞的菩萨，他们用音乐舞蹈来供奉佛祖。所以我们能够见到敦煌壁画中有无数这样的舞蹈形象："翩若惊鸿，婉若游龙。荣曜秋菊，华茂春松。髣髴兮若轻云之蔽月，飘飘兮若流风之回雪。"（曹植《洛神赋》）洛神一直在人间。

中国历史上曾经出现过许多著名的绘画大师，但他们的作品却极少流传到今天，历史无情地将他们绝大多数伟大的创造永远埋葬在时间隧道深处。我们却能在大漠隐者"莫高窟"中瞻仰、研摹从公元 4 世纪到 14 世纪一千多年间留存的四万五千平方米的壁画，然而，关于创作者几乎是空白，无名大师们留下的艺术珍宝却让全世界心灵震撼，让华夏子孙倍感骄傲。

所有的一切都是在岩壁上开凿第一个洞窟的僧人乐僔始料未及的。一念生，则百缘起；一念起，则万法生。乐僔"尝杖锡林野，行至此山，忽见金光，状有千佛，造窟一龛"（698《李君修慈悲佛龛碑》）后的一千年，人们便成就了他的心念，把这里变成了千佛洞，到北凉时期，此地已形成了小型僧侣社区。

这些洞窟最初只是作为隐士僧侣的冥想修行之所，第268窟可能是现存最早的洞窟之一，主室只有一人高，一米多宽，仅能容纳一人坐下，南北两侧共有四个小窟，这就是专门用来坐禅修行的禅窟。这个建筑形式来自佛陀的故乡印度，释迦牟尼窟中修行，远离喧嚣，冬暖夏凉。莫高窟的修建始于禅僧们的开窟活动，修禅须先观像，观像如同见佛，佛像壁画的出现，是为满足僧侣们修行时观像禅定的需要。

禅窟也与一个王朝崇尚佛法的程度息息相关，如结束了300年分裂局面而统一天下的隋王朝，对佛教的崇尚超过了中国历史上任何一个朝代。隋代的莫高窟蔚然一新，短短30年间，隋代开建和重修的洞窟，多达94个，几乎是乐僔开凿莫高窟200多年来总数的一倍。

热衷于佛教艺术的隋文帝，曾经明文要求为佛造像要雕刻灵相、图写真容，这一"形神兼备"的艺术主张，沿着畅通无阻的丝路传到敦煌，深深地影响到莫高窟塑像的风格，因而，隋朝的彩塑，血肉鲜活，也更合乎真人的身体比例。佛国一旦把人们的现实愿望纳入其中，佛教艺术便有了灵动的活力。

关于佛像最初的起源，学术界尚无定论，多数观点认为佛陀像滥觞于犍陀罗艺术。

犍陀罗是已故王朝贵霜王朝昔日的首都，贵霜王朝曾与汉朝、罗马、安息并列为世界四大强国。史籍记载，贵霜是公元前3世纪被匈奴击败、西迁至中亚的大月氏人创建的国家。汉武帝时，张骞出使西域，正是为了联络大月氏人东西夹击匈奴，而大月氏人却已经失去了复仇、归故的信念，想继续西迁。张骞虽未达成政治目的，客观上却打通了河西走廊，开辟了丝绸之路。公元前2年，大月氏使者伊存经丝绸之路，来到汉都长安，向博士弟子景卢口授《浮屠经》，佛教正式传入中国，中国人开始信奉佛法、诵读佛经，史称"伊存授经"。《三国志·魏书东夷传》注引《魏略》载："天竺有神人，名沙律。昔汉哀帝元寿元年，博士弟子景卢受大月氏王使者伊存口授《浮屠经》曰复立者其人也。"其后的公元1世纪，贵霜王朝的西域高僧用白马驮经来到洛阳，佛教正式在中国传播。

当高僧法显第一个来到中国佛教历史的起点——犍陀罗时，贵霜王朝已然溃灭，昔日的帝都如今只是一个名为弗楼沙的小国。而犍陀罗曾是古典时代人类文明的熔炉：印度文明、伊朗文明、希腊文明以及草原文明在这里因缘际会、水乳交融，造就了独一无二的犍陀罗文明。轴心时代的五大思想高峰及其带来的文明成果，在这里完美地融合：希腊的哲学、神学、美学和印度发源的佛教、印度教、地方神祇，以及伊朗系文明中的琐罗亚斯德教，乃至弥赛亚信仰，彼此激发碰撞，形成了影响东方文明的佛教文明体系。

法显比后来的玄奘法师幸运许多，毕竟他亲眼看到了昔日贵霜王朝号称世界第一的宝塔，以及国中敬奉佛法的盛况。再过230年，玄奘到来时所看到的只有轰然倒塌的宝塔与废弃的寺院，那里的佛教已经衰落，百姓也大多皈依印度教。两位高僧留下的《佛国记》与《大唐西域记》竟成为研究业已消失的西域及中亚各国的宝贵甚至是唯一的资料。

王朝可以覆灭，只要其文明能够用文学、艺术、音乐、建筑等方式留存，就能继续影响世界，这就是敦煌莫高窟最大的价值和功德。只有文学艺术家们才明白这个天地之道，因而他们才愿意以生命守卫敦煌——生命，只有一世，几十年时光；敦煌，却有千年，永不可重创。

融合了多种文明风格的犍陀罗艺术，经丝绸之路传入西域与敦煌，又融合儒、道、阴阳五行等思想，杂糅成中国文明的固有部分。

公元6世纪，一批洛阳来的画匠，使莫高窟壁画从中亚风格转变为中原风格。这些无名的艺术家们将中原流行的秀骨清像、瘦体宽衣、细眼薄唇、潇洒秀丽的大画家陆探微的绘画风格，与中原的衣冠文明、南朝的名士风流融合起来，从中亚和西域远道而来的佛陀形象，变成了中原特征的宽衣薄带，还有那佛陀脸上的神情安详、坦然、喜悦、超逸，才下眉头，却上心头，总能感受到东方人特有的含而不露，一种不言而喻的神奇艺术效果。

历史的无常与命运的无常是一样的，只有人类的心灵创造是永恒的，且已雕刻在莫高窟壁画中。

沙或欲言，也幽冥，望窟暗哽咽；石倘能说，也应泣，守敦煌无言；画若可记，也无能，记千年遗憾；像如可诉，也无法，诉无限悲凉。

二

岁月安好，细品敦煌。绮丽诡谲，文明奇观。一眼千年，一觉一生。

也许是偶然，也许是天意，常书鸿先生到莫高窟临摹的第一幅壁画，就是第 254 窟北魏壁画《萨埵那太子舍身饲虎图》，一个悲壮的牺牲、为信仰献身的故事，这是他最喜欢的壁画，他也正是用这种精神守卫敦煌的。

画中说：一次出游，萨埵那太子见到一只刚产下七只幼虎的虎妈妈因饥饿无力喂养幼崽，眼见八只老虎即将饿死，萨埵那太子决定用自己的身体喂养虎妈妈，可它连撕咬的力气都没有，萨埵那太子便用竹签刺破喉咙，从山崖跳到母虎身边，母虎舔舐了他的血，有了点力气，才吃光了他全身的肉。

就故事本身而言，凡夫们无法想象，舍身饲虎意义何在，价值几何，八只老虎生龙活虎后又将吃多少人，不知被它们吃掉的人要不要算在萨埵那太子头上，萨埵那太子成王后又将拯救多少人，八只老虎来世转世成了什么，如何报答萨埵那太子……舍身饲虎的精神意义很恒长，在我们上下五千年的历史中，有无数萨埵那太子，那些舍生取义者，那些不屈不挠、宁死不降的烈士们，那些危亡关头拯救国家的中华脊梁们，不是比萨埵还萨埵，比伟大更伟大吗？

肃穆无言，走入第 257 窟，从旁边小道挤进去，眼前一亮，失声叫道："九色鹿！"原来小时候抱着奶瓶子、眨着大眼睛看的动画片《九色鹿》出自这里，难怪画面如此奇绝，九色鹿如此优雅。这幅壁画是好莱坞的叙事模式：两头开始，中间结束。《九色鹿》的前世传奇是《鹿王本生》：舍己救人；今生故事却开启于几位艺术工作者及新科技传播方式：他们在敦煌待了二十三天，临摹了二十一幅彩色壁画，画了五本速写，诞生了动画片《九色鹿》，使敦煌享誉全国，而创造这个奇迹的上海美术电影制片厂获奖无数、影响海外，被誉为"中国动画学派"。日本动画片《铁臂阿童木》的导演手冢治虫受中国动画片的影响弃医从艺；《天空之城》的导演宫崎骏也因看了中国动画片而将此作为终身事业，且其艺术成就又影响世界。可见，物质与科技影响一时，文明与智慧才恒久流传，且根深蒂固、深入人类的潜意识。

多年以后，一想起敦煌，首先映入脑海的便是佛陀涅槃窟。为了它，我连续三天进入莫高窟，虽不解其意，但能接收其力。

这是一个特立独行的窟，关上大门，就是一具棺材，"尸身"竟是一尊完美迷人的睡佛，释迦牟尼向右侧卧着，头枕右手，左手轻放于腿上，长及膝盖，面带微笑，形容恬淡，腹部盈润，双腿浑圆，面部到颈部涂满了金粉，更显得光彩夺目、熠熠生辉。我痴痴地望着他，这就是寂静常乐的永恒境界吗？

睡佛身后是七十二个菩萨像，是印度佛教中国化的具体体现，因传孔子有七十二门徒。这些雕像每一尊表情、服饰各不相同，大多其乐无穷，少数愁容满面，而基座下面的弟子们却都号啕大哭。

洞窟内三面环绕着经变画，图解了佛陀涅槃前后的庄严场景，窟顶上方的潜伏又宛如一方佛国净土的苍穹，如梦幻泡影。

三

"敦煌"最早见于《史记·大宛列传》，即张骞出使西域"具为天子言：大宛在匈奴西南……月支居敦煌、祁连间"。东汉应劭《汉书·地理志》中的注释："敦，大也；煌，盛也"，唐代李吉甫的《元和郡县图志》中讲道："敦，大也，以其广开西域，故以盛名。"

纵观中国上下五千年历史，我们会发现，城市的盛名、规模与价值不断地易变，像封建王朝一样盛极必衰、衰极必败，没有一座城市能够横亘整个华夏历史，皆是各领风骚。

敦煌，曾经是连接东西方贸易的咽喉要道，是丝绸之路上的一颗明珠，一千年前，曾有四条道路从这里通向西方，十几个世纪以来，这里曾经汇集着来自欧洲的货物和文化，来自中亚的语言及文字，来自印度的艺术与宗教，他们在这里与中华文化全面交融。敦煌是西通新疆的唯一出口，是中亚、西亚和欧洲各国到达中国内陆的前站和必经之路。使团、远征军、中国商队、联姻的公主等去往西域时，不仅有巨额的资财、货物，还有相当数量的家畜、粮草等，在此补充与盘桓。外国的使节、僧侣、商人们也在敦煌停留，学习语言、了解风俗，甚至在此开店经商，西方的纺织品、药材、宝石，哪怕是瓜果都要途经敦煌，输入内陆。玄奘经过这里时，敦煌人甚至劝他留下来，因为这就是敦煌人想象中的西天的样子。千年前的敦煌就像如今的香港一样繁华与重要，一如它的名字。

莫高窟壁画有许多反映社会现状、百姓生活的壁画，第12窟、第25窟、第156窟都是婚嫁图，《弥勒下生经》也是用人间婚嫁的场面来反映，虽然弥勒世界里的女人五百岁出嫁，终究也是嫁的。敦煌人举行婚礼是在临时搭在新娘家的青庐里，青庐是模仿游牧民族用毡帐和柳枝做成的帐篷，青庐可以临时租用，不用的时候，可以像伞一样收起来。唐代的敦煌，女人的地位很高，在新娘家的青庐里拜堂成亲，拜天地，拜高堂，竟然是男拜女不拜——新郎跪拜，新娘只需要作揖。

在法国汉学家伯希和带走的上万件文物中，有一个小小的卷宗记录了唐末宋初时敦煌人奇特的生活：后晋开运二年敦煌寡妇阿龙地产纠纷卷竟然收藏在法国国家图书馆！在我流连忘返于莫高窟中神奇的雕塑、精美的画像时，敦煌吐鲁番学会秘书长正前往法国国家图书馆进行商谈，将阿龙文书的数字版图片购买回国。2008 年 4 月，中国学者才在法国图书馆亲眼见到文书上阿龙的名字，那印了一千多年的印章和纸印还清晰可见——这个官司，寡妇赢了。

一千年前的敦煌，寡妇都可以上衙门告小叔子，女人竟然还有自己的社交圈子！千年前的敦煌女人竟然可以成立女人社！女人社是敦煌成立的女性佛教信徒的社团，她们定期到莫高窟里诵经、供养佛祖。社团的活动会有定期公告，参加社团要签名登记，一个社团的女人，要互相帮忙，彼此协助。

大英图书馆中，收藏着一份后周显德六年女人社文书及社员名单。社员们按时向社里交纳费用或供品，只有这样，将来，女人社才会出钱，为她们操办一个体面的葬礼，并在葬礼上祈请菩萨，带领她们进入极乐世界。文书中鲜明地写着："正月三日女人社。立条件与后山河为誓。遇危则相扶，难则相救。"这很像桃源三结义：有福同享，有难同当。

一个叫龥龘与婆婆吵架的事，也被记录在敦煌文献里。这对婆媳竟然吵到儿子儿媳要离婚的地步，双方都很高兴，婆婆一高兴，把房里的东西都给了她，另外还给她做了一床被子；䶀䶀也很高兴，可以另择良人。敦煌的女人，竟然可以追求独立人格，有选择离婚的自由。

这不免让我们想到《孔雀东南飞》，被婆婆休回家的媳妇刘兰芝，最终的结果是"自挂东南枝"。还有那才情傲世的唐婉，竟遭遇同样的命运，被婆婆休回家。那时节，女人生在敦煌，幸运又幸福。

五代时，一位敦煌历史学家说："敦煌人民凭此活，尧尧圣瑞接云霞。""尧尧"就是指莫高窟众多的洞窟。洞窟是寺庙的一种表现形式，普通人可以修建自己的洞窟。在敦煌，想判断一个家族的地位够不够显赫，就去莫高窟，看看他家的洞窟修建得怎么样。当时，佛教在敦煌非常兴盛，人们在莫高窟修建佛窟，在里面修行打坐，供养佛像，据说这样做可以得到最高的智慧和痛苦的解脱，给今生和来世带来回报和利益。当年的人们，把自己的形象和名字，留在洞窟里，为了彰显功德。

什么算得上体面的葬礼呢？一千年前的敦煌人的生死观又当如何呢？莫高窟第 449 窟、榆林窟第 25 窟，是"老人入墓图"。这不是在为去世的人举行葬礼，而是送死期将至的老人来到坟墓，就像回到他永恒的家一样，在坟墓前与亲人、子孙诀别，老人独自进入坟墓，与外界断绝往来，直到去世。这两幅老人入墓图里，甚至还有来跳舞庆贺的人。

为什么老人还没有去世，就要进入坟墓里等待死亡呢？不，这不是普通的坟墓，墓室里面装修成了佛堂的样子，老人希望自己可以在生命的最后时刻诵经念佛，在安心修持中离开今生。有佛教经典认为，信徒在临终前与世隔绝，一心念诵南无阿弥陀佛，可以得到更高的修行境界，甚至可以进入极乐净土世界。

四

"欧洲人，你为什么一定要把他们拉到欧洲去呢？"英国人斯坦因第一次展示他在中国搜集的文物时，当地官员只是这样淡淡地问了一句。他因敦煌而成为 20 世纪初最惊人的探险者、考古学家，或者是盗贼是骗子，是丝绸之路上的魔鬼。

1907 年初，他来到敦煌时，古老的中国，仍在沉睡，莫高窟已被遗忘。当世界开始连通，历史的因果会在东西方产生，若伯希和没把敦煌遗书掠夺到法国，到法国学画的常书鸿就不可能在塞纳河边见到敦煌画作，来到敦煌守护了半个世纪，若无常先生，再经过半个世纪的各种损害，是否会像藏经洞一样只剩下一个个空窟……今人很难想象，那时候，常先生需要自己卖画拿钱贿赂当地军阀，请官员不要迫害莫高窟，许多官员还把经书一撕为二，为凑数，为卖钱……没脊梁、没文化的人当权，祸国殃民。

这让我想起《红楼梦》判词：千红一窟（哭），万艳同杯。若效仿此说，莫高窟（哭）——莫在高处哭泣。皆知高处不胜寒，但是，人总要往高处走，高是为了接近灵魂本源。

我站在常先生的坟墓前，无比庄重，灵魂肃穆，却不知该做什么，他不是佛，不是祖先，不能叩拜；可他确实做了佛的事情，舍身守卫敦煌。他及后来的守护者们的坟墓永远正对莫高窟。我只是长久地、长久地伫立，双手合十，鞠躬诚拜，恭敬如佛。

和斯坦因不同，法国汉学家伯希和对自己此次的"战果"非常满意，并希望让全世界都看到自己的"成就"。于是，他参加了在北京举办的一次文化交流晚宴，在宴会上伯希和拿出了几本六朝时期的古书，引起了在场的中国学者罗振玉等人的强烈兴趣。学者们纷纷上书请求清政府，将这些宝物妥善管理。清朝的财政，早已被各种不平等条约压得喘不过气来，根本没有余力拨款抢救文物。直到1910年转运文物的车队才抵达了敦煌。

守候在莫高窟前的王圆箓，本以为他们会和西方人一样，带着结实的皮箱来搬运这些价值连城的宝贝，眼前却是一辆辆简陋的牛车。这些车上不但没有皮箱，甚至连个像样的遮挡也没有，负责搬运的官差只在书籍上盖了几层草席作为遮挡。不断地有文物掉下来，还有不少人趁人不注意，从车上取下几件文物，然后再将其高价卖给遇到的外国人。因此等到这些文物被送到北京的时候，其数量已经少了一小半，且剩余的文物也因保护不当遭受了不同程度的损毁。不仅如此，这些该下地狱的官员甚至把宝物先拉回家，选取自己喜欢的留在家中，怕被发现，竟然将其一分为二。

　　根据伯希和的《敦煌千佛洞》所载，藏经洞是装满丝绸绘画以及写经的洞窟，可当我到敦煌进入此窟，发现里面空空如也，经卷已不复存在，宛如人们搬家留下的一座空房，感到无穷无尽的孤寂。

　　壁画上的供养侍女和供养比丘尼静静地站在菩提树下，脸上充满善良的微笑，仿佛在向我轻声诉说："终于把你盼来了，我的孩子，请你自己看看吧，我很惭愧没有保护好这满屋子的珍宝，我默默地站在这里，要告诉所有到这儿来的人这究竟是怎么一回事，因为我是历史的见证人。"

　　那时，我心里就暗暗发誓，我也要永远站在莫高窟的大地上，使她不再遭受任何灾难和蹂躏。

　　（《敦煌的光彩：池田大作与常书鸿对谈、书信录》）

被盗走的文物中有一件专家说一百亿也买不回来的珍

宝——女皇武则天为超度自己的亡母，亲手写就的小楷《金刚经》，以蓝底瓷青笺为纸，通篇用纯金粉写就，5162字一字不少，这样的抄经规制，非皇帝不可用，更显其雍容华贵。抄写完成之后，还要经过官府抄经生的三次校验，以保证文字没有任何缺漏。这件《金刚经》在敦煌干燥的洞窟中被保存得非常完好。

武则天不仅是女性皇帝，也是中国书法史上为数不多的女性书法家。她非常重视对王羲之的学习，我们现在所见到的《万岁通天帖》（又称《王羲之一门书翰》）就是武则天登基以后主持摹印的。此外，因为褚遂良曾反对高宗拥立武则天为后，武则天对他恨之入骨，即位之后将他贬至越南，但是对他的书法却是极为认可的。

据说，当年武则天亲自下令抄写经卷。她一共抄写了六千部，其中三千部是《金刚经》，另外三千部则是《妙法莲华经》。接着，她将这些经卷分别送到全国各大寺庙，作为供奉之用，以此来为她的父母积攒功德。

其中包括这篇金粉小楷《金刚经》，与其他许多经卷一同封存在17号洞窟内。直到20世纪初，一位姓王的道士偶然间发现了它……如今它被保存在法国国家图书馆。

无人守卫敦煌，或守卫敦煌的人没有文化、没有常识，对敦煌都是灭顶之灾。

为了守卫敦煌，常先生第二个女儿因病未能得到及时治疗而长眠于莫高窟。在无人无钱的情况下，常先生卖掉了自己的画作，去政府官员和军阀那里说尽好话，竟然还要受到土匪和官员的勒索。

中国智慧是一个更大的无形的藏经洞，需要有文化、有智慧的后人才能挖掘、发现、学习、践行。

> 世界上历史悠久、地域广阔、自成体系、影响深远的文化体系只有四个：中国、印度、希腊与伊斯兰，再没有第五个，而这四个文化体系汇流的地方只有一个，就是中国的敦煌和喀什，再没有第二个。
>
> （季羡林）

欧洲的货物和文化，西亚的语言和文字，印度的艺术和宗教，异邦的服饰和建筑，与中华文化杂糅成一幅幅绝美的壁画，展示在莫高窟的墙壁上。我为神秘、神奇又神圣的敦煌迷醉：

1987 年，敦煌莫高窟成功申请世界文化遗产，评选标准共有六条，符合一条即可，然而全世界只有两处符合全部标准——敦煌与威尼斯。

绝大多数人与我一样只知道有世界文化遗产，却并不详知评定标准，让我们来看一下，就明白常书鸿先生为何会将守护敦煌当作他的信仰：

①独特的艺术成就：代表一种独特的艺术成就，

一种创造性的天才杰作；

②历史影响：能在一定时期内或世界某一文化区域内，对建筑艺术、纪念物艺术、城镇规划或景观设计方面的发展产生过大影响；

③文明或文化传统的见证：能为一种已消逝的文明或文化传统提供一种独特的或至少是特殊的见证；

④历史阶段的展示：可作为一种建筑或建筑群或景观的杰出范例，展示出人类历史上一个（或几个）重要阶段；

⑤人类居住地的代表：可作为传统的人类居住地或使用地的杰出范例，代表一种（或几种）文化，尤其在不可逆转之变化的影响下变得易于损坏；

⑥特殊事件或思想的联系：与具特殊普遍意义的事件或现行传统或思想或信仰或文学艺术作品有直接或实质的联系。

看到这些标准，我才明白，二十几岁的我来到敦煌时，灵魂被深深地震撼，流连忘返于莫高窟的根源。灵魂一直引领我勇往直前、上下求索、追逐梦想、放下红尘、炼心涅槃，回归本源的自己，无心管他人眼光、评说。

我接连几天进入莫高窟，用灵魂欣赏，用心灵膜拜，很遗憾，我只会写几篇文章，发几句牢骚，却不会绘画雕塑，否则我也要像常书鸿、张大千等艺术家们入驻莫高窟：临摹、渲染、勾勒、涂抹，画上一生也不厌倦。敦煌壁画证明中国不只有黑白两色山水墨画，还有五颜六色的各种技法，完全不输西方油彩画。壁画中那栩栩如生的无数人物画像也证明我们的人物肖像画如那留黑守白的水墨画一样精彩纷呈、独具特色。

常先生在新中国成立后变身文化使节，一再到国外访问，自信地以东方艺术的独特魅力打破"西方万能"的观念，让敦煌成为世界的艺术宝库。

北疆风光

西域行吟

北疆

调色板打翻在此

　　从赫赫有名的河西走廊乘火车进入二千年前神奇强悍的西域，旅行两个月之后，我才理解为何昔日的西域大地上可以存在三十六国甚或四十八国：新疆的面积相当于一个伊朗、两个土耳其、三个法国、四个日本、五个意大利、六个新西兰、七个英国、十六个韩国、整个南欧，约占中国国土总面积的六分之一，我查阅资料时才一身冷汗，难怪一半的时间都在路上：从乌鲁木齐到伊犁大巴车程十三个小时，到喀纳斯十六个小时；到和田的特快列车二十三个小时，到喀什还要多一小时；去个旅行地，动不动就是几百公里，一千公里的也不新鲜。很难想象玄奘竟能抵达并穿越这片险象环生的广袤西域。

沿着玄奘西行求法的路线，一路向西。他骑马，我坐车；他需要跟严酷的大自然斗争，而我却为大自然而来。从敦煌到哈密，火车虽只有一站，但玄奘却要孤独地穿行一段充满无数危险与未知的噶顺戈壁：

"莫贺延碛，长八百余里，古曰'沙河'，上无飞鸟，下无走兽，复无水草。是时顾影唯一，心但念观音菩萨及《般若心经》……失道，觅野马泉不得。下水欲饮，袋重，失手覆之。"要么，向死而生；要么，返回玉门关的第四座烽火台，此烽守卫是信奉佛法、放他出国的第一烽守卫的亲戚，第五烽守卫者则粗鲁轻率、吉凶未卜。高僧也有执着，"宁可就西而死，岂归东而生！"于是，在无水的情境下，继续向西北前进。

我一声叹息，放下《大慈恩寺三藏法师传》，拿着水杯去车厢接头处打水，还泡了袋龙井，复坐拿书。"是时四夜竟无一滴沾喉，口腹干焦，几将殒绝，不复能进。"这种感觉，我在海拔五千米的冈仁波齐山上孤独地徒步一天一夜，凌晨出发、花了整个上午攀升更高海拔的卓玛拉山口时经历过：叫天天不应，叫地地不灵，上不能，下不去，呼吸困难，几近昏厥，无力挪动半步。

一人一马，没有指南针，没有水，四天五夜滴水未进，竟然能够行至伊吾，实是心之力、佛护佑，这是玄奘西行途中第一次经历死亡危险。直读完第一卷，望向窗外，一片洪荒，虽从碧绿的江南初到兰州时，就已经被苍凉的黄色惊异，在敦煌又被莫高窟的黄沙浸染了几日，一路向西，仍觉越来越荒芜、越来越空寂、越来越贫瘠，顿感视觉疲惫，头脑枯竭。这片几乎无水草的沙河却被大文学家吴承恩先生在《西游记》中改成了流沙河："八百流沙界，三千弱水深。鹅毛飘不起，芦花定底沉。"

我到达哈密时，与玄奘到达伊吾小国时的感受可完全不同，我直奔哈密美食街区，玄奘则直奔佛寺，"既至伊吾，止一寺，寺有汉僧三人，中有一老者，衣不及带，跣足出迎。"我茶足饭饱后轻松愉悦地踱进当年玄奘历经万般磨难走出莫贺延碛、走进西域的第一站：庙尔沟佛寺遗址，如今只剩下轮廓模糊的废墟。它曾让玄奘第一次哭泣，一个刚刚与死神擦肩而过的人与一个多年未见乡人的老者相对而泣。在废墟中唏嘘不已，参观完博物馆后就登上去吐鲁番的列车。一出站，无形的热浪翻滚而来，立时冒出一身热汗，倒吸一口热气，赶快钻入车中，直奔"火洲"中的绿洲——葡萄沟。

这里有中国最壮观、最独特的葡萄城，家家都是葡萄园，户户都有葡萄架。葡萄沟的正午是五彩缤纷的，葡萄架上爬满了茂密的绿色枝叶，密密实实、郁郁葱葱的绿色叶毯下，一嘟噜、一嘟噜的葡萄随风摇曳，一肥串、一肥串的各色葡萄自在地荡着秋千：有紫红色的，有青绿色的，有玫红色的，有浅绿色的，有暗红色的，还有双色的——左半边是暗红色，右半边却成了淡淡的玫瑰红，像玛瑙、似翡翠、赛水晶、若玉石。阳光透过枝叶斑驳迷离地亲吻着晶莹剔透的葡萄们，直让人心醉，恍惚间，葡萄不是用来吃的，而是用来赏的，赏上千年，亦是心动。外面炎热焦灼，沟内却清凉如水。我穿行在葡萄架下，七月初七午夜，这里听到牛郎织女的喃喃呓语最是清晰吧——如此茂盛的传声筒。

"吃葡萄还是吃饭？"新疆姑娘的声音似银铃般摇响耳边，却掺杂着浓浓的新疆味儿，像吃了一份半熟的羊肉手抓饭。

"都吃。"我笑答。

"吃饭，葡萄就随便吃，走时要买就四块钱一公斤。"

我走进达瓦孜民俗风情园，刚坐在院子中的床榻上，一听就跳起来："两块钱一斤！这在城市里至少要卖十几块钱。如果可能的话，我很想买一车皮，拿回去送人多体面。"

"那你就多买点！"新疆姑娘笑着说。

"想！如果这是我新疆的最后一站，可我刚来，要像唐僧一样一路西行，拿那么多葡萄怎么办呢？"

"送给你乌鲁木齐的朋友吃嘛。"

我哈哈大笑："我在乌鲁木齐要是有朋友，一定是张骞。"

"张骞是哪个明星？"

"明星怎能与他比？明星如流星，一闪即逝，他如皓月长天，永亘星空。"

"我听不懂。"新疆姑娘用特别新疆味儿的普通话说。

我笑翻了：若无这位"坚忍磊落奇男子，世界史开幕第一人"，（梁启超）西域该当如何？

桌子上摆满了瓜果和葡萄干，专供游人品尝，我抓起西瓜就咬："哇！"甜得就像从未吃过西瓜，又伸手拽了一串葡萄，甜到潜意识深处了，又撸了几大串，一头栽倒铺榻上，心满意足，"还用吃饭吗？葡萄当饭吧。"

"吐鲁番的葡萄哈密的瓜，库尔勒的香梨人人夸，叶城的石榴顶呱呱。"新疆姑娘得意地说："你运气好，昨天，我们的烧烤大王用那个大世界纪录的馕坑烤了十只烤全羊，还有剩的，你吃不？"

"吃！"一个鲤鱼打滚翻身坐起，我咽了口口水，眼巴巴地盯着远处山坡上，有一间房子大小的巨坑，肚子上写着："世界上最大的馕坑"——"这能烤骆驼吧。"

"嗯，能同时烤一峰骆驼、两头牛和十只羊。"

我伸伸舌头："阿弥陀佛，多少人吃得完？"顺道把几粒葡萄搁在舌尖上，缩回来。

在维吾尔族人眼中，馕是一种非常神圣的食物，不用馕坑烧制的馕是没有灵魂的。只是，人们在享受烤肉时还会想着它是世界第一大馕坑烤制的吗？人们热衷于营建世界第一的建筑，可这很容易被取代。果然，十几年后，这个2004年建造的仅高八米的馕坑被克拉玛依高六十五米的馕坑取代，这个坑被取代了，那个坑也不远了。永远不会被取代的只有流传千年的文明与文化，谁敢说写一部《五千年演义》取代《三国演义》？写一部《泥土记》来取代《石头记》？

　　馕坑定会被取代，但馕的文化却永存。有句维吾尔族谚语很可爱："馕是信仰，无馕遭殃。"馕是一种传奇的食物，胡杨三千年不朽，馕一千年不坏，在新疆，考古人员经常随手就能挖出一堆一两千年前甚至是三千年前的馕，而且保存完好，瓜子粒粒可见，仿佛上周才出炉。

　　据史料记载，早在汉朝开创丝绸之路时，当时的回鹘人就有打馕的传统，古人称之为"胡饼""炉饼"。在戈壁盐碱地里，每一粒粮食都无比珍贵，而久放不坏的馕，依然酥软可口，对新疆人而言便是生命燃料。尤其是丝绸之路上，骑着马或骆驼的商人长途跋涉在沙漠、戈壁、胡杨林等，数百里没有人烟，饿了就把馕抛在河水上游，洗手洗脸时，馕就泡好了，一顿饱餐。

　　新疆姑娘把烤全羊端了一盘子给我，又递给我一个馕："先吃，不够再加。"

　　"吃不下，馕就不吃了。"

　　"馕要吃，包着烤肉吃。"新疆姑娘把烤肉撸下来两块，撕一块馕，包上肉，递给我。

　　很快，我就说不出话来了，真是"天上龙肉，地上馕坑烤肉"，这样蜜甜的葡萄加上香绝的烤全羊，我真要乐不东归了。尚且沉浸在身心俱足的享受中，进来一个旅行团，新疆姑娘忙去招呼，上了一桌子美食，饕餮后载歌载舞。

"哇噢！"火焰山的风吹不爆我，惊艳美爆我了，新疆少女婀娜多姿的身材、曼妙曳地的长裙，头上密密麻麻的小辫子及精致美妙的小帽子，在火辣的舞蹈中更加动人。我跟在她后头学起扭脖子，双手交叠在下巴，却只是摇头，而非转颈，旅行团一阵起哄，谁要管它？吃了两盘葡萄和烤羊肉，实在坐不下。享受着新疆人的宴乐方式：歌舞助兴，想唱就唱，当下起跳，随手拿起锣鼓，瞬间转动裙摆，乐在当下。

我自在一倒，闭眼倾听，却听到一声声尖叫，忙鲤鱼打滚跪坐，却原来是高空走钢丝表演，"天哪，这可只是在电视上看到过！"

"你是有福的，他是我们达瓦孜第七代传人——'走索之王'热合曼，他能在绳上做各种高难表演。"是的，他已经在高空中跳舞、翻滚了。

歌足舞饱，一头钻进火焰山，热得不想动了。火焰山山体沟壑林立，童山秃岭，曲折雄浑，寸草不生，飞鸟匿踪，红日当空，赤褐色的山体在烈日照射下，砂岩灼灼闪光，炽热的气流翻滚上升，就像烈焰熊熊，火舌撩天。山麓形成红色的洪积扇裙，扇裙前缘又布满多边形龟裂，使人感觉更加灼热难耐。孙悟空被太上老君在八卦炉里炼时也不过如此吧，他倒是运气好，炼成火眼金睛，冲出来，一脚踢翻八卦炉，传说一块炉砖落在此地，变成火焰山。

维吾尔族的民间传说中却是这样的：天山深处有一条恶龙，专吃童男童女。当地最高统治者派两位勇士为民除害，经过一番惊心动魄的激战，恶龙在吐鲁番东北的七角井被砍，负伤西走，鲜血染红了整座山。《山海经》中将火焰山称为"炎火之山"，维吾尔人叫"克孜尔塔克"，意为红山。

这种天气，新疆人还要吃滋补的羊肉，真是魅力四射、火上浇油。所有的防晒装备及一堆冰水，还是不抵这热，从背包中抽出扇子，却像铁扇公主借给孙悟空的第一把扇子一样，扇的是火，越扇越热。

在《西游记》中，唐僧师徒去西天取经的很多地方，全国很多地方都在争，比如流沙河、花果山、水帘洞，只有火焰山，无地敢争，吐鲁番是唯一。景区几乎与这部巨著融为一体，有西游文化长廊，有三借芭蕉扇组雕，甚至还有牛魔王、铁扇公主的雕像，煽火童子，连温度计都是金箍棒和芭蕉扇形状。我瞄了一眼刻度：50，用手抹了抹额头的汗，难怪书中描写："火候之气，向外氤氲。奇峰之上，飞沙走石；草木之间，烈火炙魂。"再没有比"烈火炙魂"四字更贴切的了，把热写绝了。

唐代著名边塞诗人岑参第一次经过火焰山的时候，作《经火山》："赤焰烧虏云，炎氛蒸塞空。不知阴阳炭，何独燃此中。我来严冬时，山下多炎风。人马尽汗流，孰知造化功。"

《宋史·高昌传》："北庭北山中出硇砂，山中常有烟气涌起，无云雾，至夕光焰若炬火，照见禽鼠皆赤。"

《西游记》中，悟空问热源时，"老者道：'西方却去不得。那山离此有六十里远，正是西方必由之路，却有八百里火焰，四周围寸草不生。若过得山，就是铜脑盖、铁身躯，也要化成汁儿哩。'"钢筋铁骨化成汁儿，这是太阳的温度呀！

冲进就近的荫房，一边和晒葡萄干的新疆大爷聊天，一边降温，不然，我疑心自由的尾椎骨也会被烧成红色了，像孙猴子一样。荫房是吐鲁番的另一道风景，平顶长方形格局，墙壁用土块砌成，留有许多方形花孔，既能通风，又不使阳光直射在垂挂的葡萄上。晾房木椽上设若干"挂架"，用树枝、铁钩或麻绳固定，以挂晾葡萄。"挂架"离地面要有半米左右的距离，便于通风和清扫掉落的葡萄，那无数串悬挂的葡萄就像缠绕的土耳其毛毯。

我问新疆大爷要晒多久？"三十天到四十天。吐鲁番葡萄干，好吃得很。"新疆大爷的普通话比这葡萄串儿还绕，我便买了两公斤，边吃边看高昌故国。

在新疆所有现存的西域古国遗址中，我最想看的不是有着美丽动人的名字的楼兰古国，而是高昌故国，因为高昌故王麹文泰，比梁山好汉还豪义，比大唐帝王还慷慨。《三藏法师传》记载：麹文泰为玄奘购置了三十套不同的衣服，为抵御风沙和寒冷，还专门制作了特殊的手套和面罩，黄金一百两，银钱三万，绫绢五百匹——这足够玄奘西行二十年。根据当时的物价，麴文泰送给玄奘的路费相当于 1500 匹良马。马是西汉征伐西域的制胜法宝，昂贵如金，汉武帝甚至发动战争而不得，可见，麴文泰以举国之力助玄奘实现使命。

不止如此，高昌王还专门为玄奘剃度了四个精干的僧人，是为玄奘的徒弟，一路照顾玄奘，比《西游记》中还多了一个，另外还有规模不小的队伍：三十匹马，二十五个随从，四个徒弟，一名叫欢信的高昌官员——这简直是出使天竺。

仍不止如此，麴文泰还为沿途二十四位国王准备了厚礼，叮嘱他们关照玄奘，并亲自给西突厥的可汗写信，请他照顾并放行自己的兄弟，且以厚礼相赠。当是时，西突厥不仅控制着西域，其势力范围甚至越过葱岭以西甚至古印度的边境，如果得不到西突厥汗王的支持，成功西行几乎不可能。虽是一国，却是城郭，地域仅限于今吐鲁番市东南那点儿小地，仅仅一拜之交，麴文泰就慷慨慈悲如此，几乎搬空了国库，连玄奘都感动得涕泗横流："我十岁时父母双亡，只能栖身佛门，二十年来，四海为家漂流至今，何曾有过这种亲情？"玄奘承诺这个至真至纯的结拜兄弟：取经回来后，在高昌国讲经三年。二人洒泪而别。

很难说，如果不是高昌王麴文泰如此仁善重情、侠肝义胆，玄奘是否能够成功穿越西域三十六国，又要多花费多少年。

交友当交麴文泰，入城就入高昌城。我要亲见昔日重情重义的高昌王生活过的地方，哪怕是残垣断壁，也是情义无价。

高大的夯土城墙，残存的宫殿及寺院建筑，自《汉书·西域传》首次提及"高昌壁"，到 13 世纪废弃，使用了一千三百多年的高昌故城，竟然废弃如此，但依然显露出昔日的雄浑气象。东汉在此建立了新疆的第一个郡县：高昌郡。《北史·西域传》中记载："地势高敞，人庶昌盛，因名高昌。"

高昌故城平面呈现不规则的正方形，系三重城设计：外城、内城和宫城，俨然"长安远在西域的翻版"。四面城门，壁垒森严，等级明确。这曾经是一座富庶的城市，拥有自己的商贸区、生活区，甚至还铸造了货币，高昌吉利钱也是外圆内方，对应着中原人天圆地方的宇宙观。

当今保留较好的是外城西南和东南角的两处寺院遗址。史书记载，麹氏家族统治高昌时期，佛教达到了鼎盛，仅仅在高昌城附近，佛寺的数量就达到了三百多座，僧尼数量超过三千人，还修造了著名的柏孜克里克石窟，也叫千佛洞，比敦煌莫高窟早了一个多世纪。动荡的 20 世纪，欧、日等列强的强盗入侵，柏孜克里克石窟中 90% 的壁画被切割下来，现陈列于德、俄、日的博物馆中。

高昌王麹文泰是《大唐西域记》中表现得最立体、最丰富的人物，他同时对玄奘展示出了魔性、人性与佛性。玄奘到达高昌时，正是高昌国站在历史的十字路口上，高昌王需要玄奘这样的智者为他指点迷津，他苦苦挽留，但玄奘不忘初心："我此行不是为供养而来，大唐佛典尚不齐全，舍命西行是为了请取未闻之佛法。"

"葱岭可以移动，弟子的心意也绝不会改变，请法师相信我的诚意。"

"我西行只为求法，不可半途而废，请国王谅解。"

"本国没有导师，所以委屈法师留下来指引迷途的众生。"

"我西行只为求取佛法，如今遇到阻碍，大王也只能留下我的骸骨，却留不住我的神识啊！"

"法师务必留下，否则只能遣返大唐！"

（《大慈恩寺三藏法师传》）

麴文泰拿出王的霸道，拂袖而去。

绝食成了玄奘唯一的抵抗之法，他的命是高昌王唯一想要的。惊慌失措的高昌王室相继探视，但玄奘一直闭目不语，至第四天，奄奄一息。高昌王心悦诚服，斥巨资支持。一个国王，一个僧人，在佛祖面前结为生死之交，在丝绸之路探险史甚至中国历史上，留下最传奇的一页。

我来到昔日传奇的西域，亲见这传奇中的传奇。这个传奇之城更适合做影视城，只是，这荒凉的每一寸夯土都是历史，是文物，是国宝。

"不知生，焉知死"，若非伏羲女娲交尾图，我不会走进阿斯塔那古墓群。一进去，就看到了伏羲女娲像，围着它转了三圈，窥视它的秘密。不知是确有其物，还是先民的想象，在其他三大文明古国中也都有人首蛇身图，但都不如伏羲女娲交尾图这样优美、典雅，充满着无尽的意味，也只有伏羲女娲图才像 DNA 双螺旋形状，东方与西方、古代与当代、神话与科学，竟会以这种方式相遇，实在神奇。人类对生命的敬畏与探索从未停止，我们只是追逐着科技去发现，说不定，我们智慧的祖先已经发现了 DNA 双螺旋结构。

联合国教科文组织《国际社会科学杂志》有一期打开首页就是伏羲女娲图：这幅中国古画以双螺旋线为象征，表示阴阳作用，化生万物。落款是：波士顿艺术博物馆。前沿科学与上古神话的惊天巧合，人文祖先与生物祖先的奇妙认同：DNA 是生命的起点，伏羲女娲是中华民族的起点。人类基因组计划是人类史上三大科技计划之一，可见我们的祖先智慧之神、维度之高。

尤其在麹氏高昌末年至唐初百余年间，高昌产生了多种形态的伏羲女娲图，墓地埋藏着多个民族，但墓顶同样都悬挂着伏羲女娲图，都把伏羲女娲当作人类共同的始祖与信仰，只是人物形态各有不同：女娲像有的头戴凤冠、雍容华贵，有的曲眉凤眼、清雅秀丽；伏羲像有的是卧蝉眉、方脸膛，俨然中原贵族；有的却是络腮胡、高鼻梁，一看就是西域人。但整个图像，上方是太阳，下方是月亮，伏羲手持规，女娲手拿矩，空白边缘处布满各种星象，有的图像还有一条白线，细看却是流星，愣把一个墓室变成了一个小宇宙。

可怜的古墓群在 20 世纪初也未能避免欧日所谓探险家们的劫掠，几百箱文物被盗往国外，仅伏羲女娲图就有一百一十七幅流亡海外。"唉，我可怜的祖国啊，晚清以后至新中国成立前得贫弱到什么地步，不仅备受欺凌，横遭侵略，连文化、文物都破坏至此。"叹息完，尤为感恩我生在 20 世纪末，幸福在 21 世纪初，同时为世界上最伟大的、最古老的文明古国能够在如此短的时间内巨龙腾飞至如此状态，倍感自豪而骄傲。

"白日登山望烽火，黄昏饮马傍交河"，随着唐代诗人李颀的诗句在黄昏时分来到交河故城，此时，新疆仍是艳阳高照，不出国却有两个小时时差的感觉，比"交河城边鸟飞绝，轮台路上马蹄滑"更感神奇。但所有的神奇都比不上这座世界上最大、最古老、保存得最完好的夯土城市：官署、民居、庙宇、塔林和手工作坊……整座城市完全是由未经焙烧的生土构筑，每间房、每条街道，都是在原有的地面向下挖掘而成，这简直是用雕塑的手法营造了一座建筑奇观。

贯通南北的中央大道，把交河古城分为东西两区，东侧是官署区，西侧是居民与手工业作坊区。这里曾是唐武则天设立的安西都护府所在，现在是我国保存两千多年最完整的都市遗迹。游走其间，仿佛穿越时空，梦回唐朝；倏忽间，化身鲲鹏飞上九天，从高空俯瞰，交河故城宛若一艘古老的大船，航行在历史的瀚海之中。创造它的城邦国也只在史书中留下两个名字（车师初名姑师）和几行文字："楼兰、姑师，小国耳，当空道，攻劫汉使……天子以故遣从骠侯破奴将属国骑及郡兵数万……遂破姑师。"（《史记·大宛列传》）

在碧空万里、烈日如炙的大漠戈壁中寻访故城，深感亘古之沧桑、日月之交替、人生之苦短、王国之兴亡、历史之轮转、生命之薄短、人生之渺茫，千年的日月轮回不过白驹过隙，倏忽间而已。

吐鲁番　火焰山下，葡萄藤里的历史密码

　　吐鲁番许多秘密都在五十公里之外的托克逊，而托克逊秘密中的秘密，又都在五十公里之外的克尔碱。

　　几千年来，生活在吐鲁番的人一直在与干旱做着顽强的斗争。托克逊县的气候特征为干旱少雨的温带大陆性气候，全年降水量只有 5.7 毫米，而年蒸发量却达到了 3171.4 毫米。水这个生命之源是上天最昂贵而稀少的恩赐，要活下去，人们必须逆天而行。于是，一条神奇的"地下运河"被创造出来，这就是坎儿井，它与都江堰、广西灵渠并列为中国古代三大水利工程。

　　作为大规模的地下水利灌溉系统，坎儿井在吐鲁番境内绵延 5000 多公里，有 1700 多条，托克逊境内尤为密集。坎儿井成为吐鲁番的生命之泉。因这些天然地下矿泉水，富含诸种矿物质及微量元素，人类的智慧，使得原本无水之地变成了长寿之乡。

那么，坎儿井是怎样横空出世的呢？——

坎儿井是气候干旱的沙漠地区文明、传统和文化的体现，从中亚到北非、从中东到欧美都有，功能相同，只是名称、数量不同而已。世界上有四十多个国家和地区使用神奇的坎儿井，但只有波斯坎儿井被列入世界文化遗产名录，其中有世界上最古老的、最深的、最长的坎儿井。

难道真如传说一般，新疆坎儿井来自古老的波斯吗？

"余谓此中国旧法也。《史记·河渠书》：'武帝初，发卒万余人穿渠，自征引洛水至商颜下。岸善崩，乃凿井深者四十余丈，往往为井，井下相通行水，水颓以绝。商颜东至山岭十余里间，井渠之生自此始。'又《大宛列传》云：'宛城中无井，汲城外流水。'又云：'宛城新得秦人，知穿井。'是穿井为秦人所教，西域本无此法。"这是清末民初史学大家王国维在《西域井渠考》中考证：汉武帝时期已有坎儿井，是之谓井渠，为秦朝中原人所教。

许是因为伊朗直到今天还在使用，所以坎儿井保存得十分完好，得以申遗成功。而中国经济飞速发展，新中国成立后，政府早就修建了现代化的水利供水工程，家家用上了电井或自来水，坎儿井只是作为一个历史概念与地标性存在。

在古代，坎儿井的修建需要以生命贡献，甚至比修建长城更残忍，修建坎儿井的工人须是年轻人，且会导致他们平均年龄活不到 30 岁。

为什么呢？

如人生无常一般，坎儿井的修建非常残酷，坎儿井是由竖井、地下暗渠、明渠、涝坝四个部分组成，竖井主要是用来清理地下暗渠的泥沙跟淤泥，也是通风口，两个竖井之间间隔20—70 米，一条坎儿井多则会有上百个竖井，暗渠是坎儿井施工最难的部分。

吐鲁番先民们发明了许多方法，如油灯定位法，在竖井的中线上挂上一盏油灯，工人背对着油灯，始终掏挖着自己的影子，这样就不会偏离方向；木棍定位法，在两个竖井上挂上两个木棍，让木棍处于一条直线，在井下同样绑上两个木棍，对着木棍方向挖，就能打通。如此古老充满智慧的开掘方式是形成今天坎儿井的关键所在。

由于地下挖掘空间狭隘，常年阴暗，空气流通少，在艰难挖掘的同时，工人的寿命也面临着严峻的考验。他们只能跪在地下进行挖掘，很多人因恶劣的环境而活活冻死，或因 80℃的沙漠高温热死，还有人被突然坍塌的坎儿井活埋……经过很多代人的努力，才最终形成现今的坎儿井。为了后世子孙，为了命脉绵延，使沙漠变成绿洲，吐鲁番先民们的付出令后人敬仰。中国古代有三大伟大工程，前两项，每个中国人都知道：万里长城和京杭大运河，少有人知道，第三大工程就指新疆的坎儿井。

在托克逊,每一条坎儿井都有自己的名字,此外,它们还有一个共同的名字:林公井。

一百多年前,因"虎门销烟"被无端贬谪新疆的林则徐,到达吐鲁番后,"见沿途多土坑,询其名曰卡井,能引水横流者,由南而北,渐引渐高,水从土中穿穴而行,诚不可思议之事。"便力主推广坎儿井,从而将原来仅限于吐鲁番的30余处坎儿井,推广到伊拉里克等地,增开60余处,共达百余处。是金子总会发光,是良臣总是利民,苏公也与林公同。

在游历完托克逊的克尔碱之后,我在吐鲁番史游的最后一站便是新疆地区现存最大的古塔——苏公塔。克尔碱的秘密很简单,也很不简单,它的秘密刻画在岩石上。

中国历史灿若星河,但留下的古代岩画却不多,大学考古专业讲的也都是欧洲、非洲的岩画,而克尔碱岩画则给当代人一个天大的惊喜,暗红色的岩石上刻画着腾越奔逃的北山羊、怡然自得的骆驼、穷追猛扑的虎狼,足蹬高靴、搭弓射箭的猎手,原始而可爱,朴拙而呆萌。这是先民们最初的表达欲望,犹如一本朴拙的教科书,让遥远的当代人穿越时空与历史相遇。在游牧民族没有文字的漫长历史中,克尔碱岩画是先民们独特的生活日志。狩猎、放牧、舞蹈、战争……无言的生活似乎很丰富。

类似于阴山岩画这样的早期人类生活记载,还有法国的韦泽尔峡谷洞穴群、西班牙的阿尔塔米拉洞穴岩画、挪威的阿尔塔岩刻、南非的德拉肯斯山公园、阿根廷的洛斯马诺斯岩画、澳大利亚的卡卡杜国家公园、哈萨克斯坦的泰姆格里考古景观岩刻等遍及地球上五大洲的多个角落，这些岩石上的古画作为人类早期的视觉表达，是人类文字发明以前最重要的记录，它所提供的信息，是研究人类历史的重要资料。

遗憾的是，我们至今仍然无法完全理解其中的信息含义，更令人慨叹的是，因为缺少文字的有效传承，无数人类的智慧流逝于时间长河之中。人们只能用大大小小的绳结和口耳相传的话语代代相传，但这些信息记录，即使侥幸残存，其表达意义更难破译。口头交流是当下的、瞬间的，只有壁画与文字才能把原始人类的原始理性、情感经历记录下来。没有记录，历史会模糊，后人会迷惑，人类会遗憾。

神奇的是，在一块距地面六七米高、面积为四十二平方米的巨石上刻着极其独特的古代水系图，利用石头的自然坡度、深刻地刻画出近40条大小河流，显示了当时自然水系的分布，对托克逊县古代水系分布具有极大的研究价值。水系图下游，还刻有大量猎人骑马狩猎和各种草原动物食草饮水以及奔跑的生动图案。据考证，它们的绘刻者是公元前六七世纪的车师人，就是创造了神奇的交河故城的族群。

看完岩画，看高塔，苏公塔高达四十四米，在二百多年前，这称得上是超级工程。塔下的石碑，分别用汉文与维吾尔文，记录着"大清乾隆皇帝旧仆，吐鲁番郡王额敏和卓"的丰功伟业。

额敏和卓是清乾隆年间吐鲁番地区的贵族，他不仅率众归顺清朝，并在清军平定准噶尔大小和卓叛乱及处理南疆事务中立下卓越功勋。乾隆皇帝称赞："其心匪石，不可转移"，并在中南海紫光阁中为之挂像。我细细地读遍全碑，触摸着这些石刻，感慨着不同的生命有不同的使命，不同的历史造就不同的帝臣，不同的行为创造不同的成果。

游牧人生

马蹄踏过的草原，没有边界

　　离开吐鲁番，意味着离开了火焰山，终于到达乌鲁木齐，吃完最正宗的大盘鸡，到国际大巴扎，一天就过去了。在旅行路上，日子很容易过，且过得舒心养眼，似一匹天马飞翔在无垠的宇宙，如风自由。在中国境内最北端，每当春天的风吹醒了准噶尔盆地古尔班通古特沙漠的冬窝子，蛰伏一冬的哈萨克族牧民便赶着百万牛羊，沿着湛蓝的布伦托海，浩浩荡荡开始了逐水草而居的转场迁徙，这场季节的轮转从春到秋，是中国乃至世界最长、最完整的哈萨克族游牧迁徙，宛如移动的史诗。

　　哈萨克族牧民逐水草而居，随畜群流动，在整个一千公里的往返迁徙过程中，以家庭为单位平均搬家达160余次。人道是，现代科技与交通完全可以像都市人一样安居乐业，但"即使全世界的游牧消失了，新疆的游牧还会在"（《中国国家地理》）。哈萨克族转场严格按照部落约定和自然生存法，设五个节点：冬牧场、夏牧场、前山牧场、河谷繁育牧场、春秋过渡牧场。哈萨克人居住的地方，按一年四季分为冬窝子、春窝子、夏窝子、秋窝子，一般春秋两季为一处。

把家称为"窝子"，是很多人无法接受的字眼，"家"是我们神圣的一生的居所，我们可以"窝"在家里，可以蜗居，住在几平方米的鸽子笼里，绝对不能生活在"窝子"里，但他们真正做到了：朝碧海而暮苍梧，以天为盖地为庐，年年岁岁岁岁年年。

我常在文章中自嘲是在生活中旅行，在旅行中生活，旅行在生活中，但在哈萨克族牧民的游徙人生方式前，我甘拜下风。游牧民族是真正以天为房，以地为床，随季而动。

在花样年华时，我拎着沉重的皮箱在世界各地转场，过着像游牧民族一样的生活，开一辆车在中国各地搬家，我的生活，在别处；我的人生，很游牧。游牧民族是冬牧场、夏牧场、春秋牧场；我则是江南、西南、闽南、回归中原。他们牵着骆驼、骑着马、驮着帐篷、成群结队；我则更简单，一辆车，一个人，一堆箱包，开往东西南北中。他们随季节而行，我随心而行。把包裹和人卸在哪里，哪里就是家，在租来的房子里用习惯的方式谱写当下的自在、美妙的未来，是一样的。

人生最关键的，不是住在哪、赚了多少钱，有多少财产，而是心真如自在。从前，生活的转场，是为了心。当下，静守一处，同样为心所令。命：甲骨文中就是"令"，加个"口"，仍是"令"，命，就是遵从口发出的指令，谁之口？天之口？心之口？人之口？

听不同的令，就有不同的命；行不同的道，就有不同的运。从前，我只能做到听心之令，正在修习，能听到天之令……此一生，唯心尔。心口合一，就有好命；天人合一，即行天令。

文学与修行，使得我放下名利，远离红尘。很年轻时，我就不为传统和他人的眼光而活，也从不为外在的财富而活。庄子在《逍遥游》中告诉人类："鹪鹩巢于深林，不过一枝；偃鼠饮河，不过满腹。"

我的旅行更是随心所欲，唯心所指，许多城市都有人民公园，而让我当成景点去逛的只有两个地方：一是四川成都，二是新疆，前者是因为茶文化，后者是因为和文化。走进成都人民公园西南侧的岚园，仰望"阅微草堂"，"阅尽世间冷暖百态，方知人生的微小如尘埃"，感悟着纪晓岚对命运的彻悟，徜徉于诗廊四壁，欣赏着这位大才子谪戍期间遍游天山南北"追述风土，兼叙旧游"之作。

通过这些诗可以了解当时新疆的面貌："到处歌楼到处花，塞垣此地擅繁华。""恰似春深梁上燕，自来自去不关人……无

数红裙乱招手，游人拾得凤凰鞋。""烽燧全消大漠清，弓刀闲
挂只春耕。"我驻足此诗前，品味时代的发展、历史的轮转，汉
朝时抵挡西域的弓箭、刀枪与烽燧，到清朝时，已经消失殆尽，
西域繁华，刀箭如梦，历史如幻，时间如风。

　　一阵香风袭来，头脑一凛，突然悟到，中国先人的上古智
慧从创造伊始就已经能够确保中华文明传承到人类的尽头，华
夏子孙能够安康绵延至宇宙尽头。《易经》昭示宇宙易变之常
态及如何在易变中不变的道法；《道德经》揭秘世间万物之玄秘
及存在之法；道家智慧使伟人智者道法自然、利而不害、功成
身退；《孙子兵法》《鬼谷子》《素书》等则直指战争及人生的本
质；由中国智慧结合佛教诞生的禅宗，则提供了修心问道之法；
儒家经典则提供了"舍生取义"，使得中华民族在任何存亡危急
关头定有无数平凡的英雄舍命拯之，舍小家、为大家、舍己为
人。印度只诞生一个佛陀，而中国有无数个，舍生取义的当下
就是佛陀。佛陀为拯救众生痛苦，中国无数的佛陀使得古代中
国成为唯一一个延续至今乃至永恒的文明古国。我们的先人从
创世纪初就用宇宙大道构建了这一切！

　　纪晓岚最智慧之处是在贬谪期间作了《阅微草堂笔记》，
"隽思妙语，时足解颐；间杂考辨，亦有灼见……无人能夺其
席"（鲁迅《中国小说史略》），它与《聊斋志异》合称为清代笔
记小说中的"双璧"。

纪晓岚贬行至吉木萨尔城郊，发现了北庭故城遗址，进行了大量田野调查与研究，北庭故城是武则天设置的北庭都护府，为维护国家统一、边疆稳定作出了巨大贡献。唐代著名的边塞诗人岑参曾在此生活过两三年，写下许多流传后世的好诗篇。当年的北庭繁华与居民数与今日吉木萨尔相同，日暮西山时分，岑参登上北庭北楼，"大荒无鸟飞，但见白龙堆。旧国眇天末，归心日悠哉。上将新破胡，西郊绝烟埃。边城寂无事，抚剑空徘徊。"与朋友武判官把酒言欢，送他归京时，昨天还"北风卷地白草折，胡天八月即飞雪"，次日便"忽如一夜春风来，千树万树梨花开"。

纪晓岚对于北庭故城的发现全记录于《阅微草堂笔记》，让这座承载过丝绸之路繁华的遗址，重新进入人们的视野。六百年的繁华旧梦，梦后留痕，于2014年被列入《世界文化遗产名录》。

纪大才子说："读书如游山，触目皆可悦。"我边读边游，登至水塔山的山腰处，屹立着一座威武炮台，几门大炮一字排开。炮台前方广场上高耸着一尊左宗棠汉白玉雕像，一个多世纪前，68岁的左宗棠心怀"国家领土，寸尺不能让人"的雄心壮志，抬棺西征，一炮成功，这是日薄西山的晚清时期，让国人觉得扬眉吐气的大事。左宗棠建议朝廷在天山南北地区设置新疆行省，取"他族逼处，故土新归"之意。200多年以前，乾隆皇帝正式将此地命名为"新疆"，但设置伊犁将军作为此地最高军政长官，并未作为单独的行省。

有一种解释十分新鲜有趣、亲民好记："疆"字的"弓"字旁代表着新疆绵延 5600 公里的边界线，"弓"下的"土"字代表这是中国领土不可分割的领土；右边的"畺"字三横夹两田，刚好能代表新疆的地形：三山夹两盆，三山——阿尔泰山脉、天山山脉、昆仑山脉；两盆——准噶尔盆地、塔里木盆地；两盆衍生出两大沙漠——古尔班通古特沙漠和塔克拉玛干沙漠。一个字可涵括整个新疆，这种方块字的魅力唯独中国才有。

走在一炮成功广场，很风凉，谁都想"一炮成功"，尤其当下，可为这一炮，需要数十年甚至一生的积淀与功力……且有时，一炮成功后，未必得善果。在红山公园，我瞻仰着正义而慷慨的林则徐雕像，他在虎门销烟不求一炮成功，而是为国为民，却被贬谪到新疆伊犁"效力赎罪"。临行前，林则徐把自己编写的《四州志》交给魏源，嘱托他撰写《海国图志》，书中倡导"师夷长技以制夷"，成为近代中国开眼看世界的第一人。在西安与妻别时，他作诗"苟利国家生死以，岂因祸福避趋之"。不久，又在与友人书中写道："自念福祸死生，我已置之度外，唯逆焰已若燎原，身虽放逐，安能委诸不闻不见？"言为心声，诗以明志，即使忍辱负重，仍不改忧国忧民之心。

走在伊犁林则徐纪念馆中，思量着，一般人承纳不了这样天大的委屈，只有高尚的灵魂可以傲然于卑鄙的俗世。事实上，虎门销烟震惊中外，是世界禁毒史上树起的第一座丰碑。

林则徐不仅是中国人心目中的英雄，在国际上也享有崇高声望。1987 年，联合国第 42 届联大将"虎门销烟"次日——6 月 26 日，定为"国际禁毒日"。

忠臣无论身处何境，忠心不改；能人无论身在何处，福泽一方。林则徐一到新疆，发现新疆没有详细的地图，便行程一万多公里，做了大量的勘测工作，详细制作出新疆的国防地图，并交给左宗棠。在新疆，两位同样被贬谪的晚清重臣仅有一面之缘，但林则徐为左宗棠的学识和格局所倾倒，深信此人值得重任托付："东南洋夷，能御之者或有人；西定新疆，舍君莫属！"二十七年后，左宗棠，一炮成功，平定新疆，建立行省。

第二件大事，林则徐兴修水利，开荒屯田，大力推行坎儿井，变赤地为沃壤，人称"林公井"，他谪戍伊犁，又在喀什河旁自费修建了"林公渠"。林则徐在新疆三年，做了很多造福百姓、巩固国防的事，人人传颂，消息传到京城，道光皇帝大受感动，封其为林文忠公。

宠辱不惊，顺逆安然，为国为民，尽心尽力，行在当下，福泽一方，从更高维度上去经营自己的人生，在苦难中修行，在逆境中反击，这是中国精神。

伊犁是个有故事的地方，纪念馆则是放映故事的静止电影院，我们驱车至五公里之外的汉家公主纪念馆，观赏遥远的大汉往事，太多故事与汉家公主有关。

时空回到两千年前，伊犁河流域是当时西域最强大的乌孙国的游牧地，汉武帝听取了张骞联合乌孙以"断匈奴右臂"的政治建议，命他为中郎将，率三百人于公元前119年再度出使西域，并以汉家公主嫁给乌孙王作为结盟的条件。女人用"和亲"这种特别的方式牺牲自我，和平国家几百年。

纪念馆里，汉阙高耸，亭阁林立，回廊曲折，史载第一位远嫁西域的细君公主头戴珠钗、身着汉服、怀抱琵琶，似乎仍在唱着《悲愁歌》：

> 吾家嫁我兮天一方，远托异国兮乌孙王。
> 穹庐为室兮旃为墙，以肉为食兮酪为浆。
> 居常土思兮心内伤，愿为黄鹄兮归故乡。

悲苦的人生之诗却碰巧为历史上第一首边塞诗，被史学家班固收入《汉书》，后又收入汉诗，称为"绝调"，为后世传诵。

史载细君公主出嫁时，汉武帝念其行道思慕，故令工人裁筝、筑为马上之乐，从方俗语，名曰琵琶。又有说刘细君本人精通音律，思念故土，创制琵琶。唐《乐府杂录》记载："琵琶，始自乌孙公主造。"无论谁造，都因细君公主思乡诞生，所以琵琶声带着那种大漠苍凉、塞外孤僻之感，易令身处逆境的游子感伤。大诗人白居易赏一首琵琶曲，听一个离别的故事，作一首《琵琶行》，"江州司马青衫尽湿"。仅是琵琶女年老色衰、嫁给"重利轻离别"的商人，大诗人便如此，若是他穿越时空亲见和亲的细君公主，一个年仅十九岁的南方人，生活在大西北，又嫁了个将死的老头子，死亡过早地陪伴并夺走了她年轻的生命，白乐天再乐天知命，也要哭死过去了。

生活不同于历史一笔带过，而是要一天天过、一日日品的，可怜的细君公主难以适应，忧伤早亡。另外一位汉家公主解忧公主却演绎了和合思变的传奇故事，解忧公主在此处生活了半个世纪，历朝四代，嫁王三次，成为马上王后，为西域带来五百年的和平，其影响至今未止，到神奇的八卦城特克斯可见一斑。

特克斯有很多"最"：世界上最大、最完整的八卦城；世界上唯一的乌孙文化与易经文化交织的地方；中国最西边的八卦城和易经文化所在地；中国道家文化传播最西端的地方；中国西域最大游牧古国——乌孙国所在地；中国现存乌孙古墓最多的地方；中国古代有史记载远嫁公主最多的地方……最神奇的是，究竟是哪位神人在中国西北边陲一个少数民族聚居地，用中原的智慧文明创建体现出易经文化内涵和八卦奇特奥秘思想的城镇：以中心八卦文化广场为太极"阴阳"两仪，以相等距离、相同角度按八卦方位如射线般向外辐射"乾""兑""离""震""巽""坎""艮""坤"八条大街，每条主街长 1200 米，每隔 360 米左右设一条连接八条主街的环路，由中心向外依次共有四条环路，其中一环八条街、二环十六条街、三环三十二条街、四环六十四条街。

八卦城各道路环环相连、条条相通，没有一盏红绿灯，因为不会塞车和堵路。但是，初来乍到的人一定会迷路，身在"八阵图"，不知八卦形，就像进入诸葛亮的八卦阵一样，怎么都出不去。除非懂易经，沿着某卦一直环形走，若要到别的街，要看它在哪一卦，哪个平行街。走在八卦城里惊奇万分，路牌是卦名，指示牌中心似一张摊开的龟皮，平行分开八只角，少数民族名字的街名，括号内则是汉地也没有的坎街、离街、兑街等，登上三十米高的"观景塔"，俯览八卦城全貌，叹为观止。这样高维的创造、精密的设置，定由一位道家神仙才能做到，我更信服是长春道人丘处机所建。历史中，他也确应成吉思汗之邀远赴西域，到过此处。

在古城墙西北角乾卦的位置上，有宫殿式的建筑，再往东南角上的喀拉峻大草原，是乌孙国的夏都，乌孙王的盛大迎亲队伍，与细君公主的百人队伍金风玉露一相逢，胜却人间无数。

骑马奔驰在特克斯草原上，吹着西域的风，寻找着汉家遗风，顿觉天马行空。这里盛产真正的"天马"，乌孙王迎娶公主最好的聘礼就是一千多匹乌孙神马，汉武帝曾在《易经》占卜的卦上得到：神马当从西北来，便赐名"天马"，这是荡平西域最好的坐骑。后来，张骞向汉武帝报告说，大宛国"多善马，马汗血，其先天马子也"。(《史记·大宛列传》) 得了"汗血宝马"，"天马"之名移交，汉武帝又赐名乌孙神马为"西极"，内心欢喜之下，还作有《西极天马歌》："天马徕兮从西极，经万里兮归有德。承灵威兮降外国，涉流沙兮四夷服。"可见古代马之神奇重要，在这片盛产神马的草原上，策马狂奔、纵横驰骋，怎一个"爽"字了得！

逢草原必骑马，就像逢山必登一样，在巴音布鲁克草原上，马上观景，景更动人。那景色令人窒息，文字无力，美得如此真实，又感不真实——"此景只应天上有，人间能得几回闻"，上帝也创造不出这样的美，似是高维空间投射在地球上的幻影：连绵不绝的洁白雪山下，辽远平阔的绿色谷地，逶迤浩莽的峰峦叠嶂间，游龙似的缠绕着静谧的溪流，引颈高歌的白天鹅，远处高飞的大雁，沁人心脾的绿色，云彩像天瀑一样流淌在天空，铺天盖地。被美迷失了心，跌下马来，躺在绿甸，仿佛躺在云间，乱云飞渡，腰间舒卷，云烟俱净，铺天盖地，地久天长，人生如幻。在静谧的苍穹里，聆听古老的故事，诉说岁月的沧桑，揭开神秘的面纱，挑起心灵的萌动，祈祷千年的期盼。

土尔扈特部日思夜想的祖国为其选择了这样绝美的定居地，英年早逝的沃巴锡可以安然长眠了，他是一个创造人类史上一次壮举的英雄。走进这座移动的寺庙，惊异人类会创造意想不到的奇迹，二百多年前，十七万人用牛马驮着帐篷寺庙，从伏尔加河沙俄境内东归故里，不是转场，而是回归。东归中土是土尔扈特部创造的奇迹。在旅行中，风景震撼的是眼睛，历史滋润的是心灵，英雄点燃的是激情，文化浸染的是骨髓，神奇创造的是奇迹。

回程中，又过果子沟大桥。桥，就在那里，似行云，如山脊，不悲不喜，度人彼岸，不舍昼夜。大桥通往美丽的风景，而有些大桥本身就是风景。

"左右峰峦峭拔，松桦阴森，高逾百尺，自巅及麓，何啻万株。众流入峡，奔腾汹涌，曲折弯环六七十里。"（《长春真人西游记》）能够创造"一言止杀"奇迹的长春真人谒见一代天骄路过此地时都会为此震惊。成吉思汗西征欲进入伊犁河谷，被峡谷孔道果子沟阻拦，多方尝试无果的情况下，成吉思汗命随行的次子察合台将果子沟开凿成行军的军道。察合台率领部众凿石修道，砍木为桥，共计架设48座桥梁，成吉思汗大军才继续西征。

在古代，果子沟是通往中亚和欧洲的丝路北新道咽喉，被称为"铁关"。架设如此自然的大桥，注定命运不平凡，果子沟大桥一经竣工，就成为国内第一座公路双塔双索面钢桁梁斜拉桥，世界最美大桥之一，而且改变了游牧民族的命运。位于伊犁的西天山是全世界最为艰难的转场路线，曾几何时，牧民们赶着牛羊穿梭在天山南北，多少人畜被暴风雪吞没，但他们依旧逆风前行，带着全部家当历时几个月翻越崇山峻岭，只为在冬季到来之前安全抵达冬窝子。如今，转场只需几小时。之于牧民而言，这是天堑上的生命之桥。

梦想总于绝境现，风景历来在险峰，果子沟春天万花争艳、色彩绚烂，夏天百果飘香、黄杏如金，素有"伊犁第一景""奇绝仙境"之美称，古人赋诗赞其"山水之奇，媲于桂林，崖石之怪，胜于雁岩"，林则徐称之为"天然画景"，长春真人诗言"日出下观沧海近，月明上与天河通"。

天桥本风景，开车经此处，坐在天空里，行走云水间，一览众山小，高处瞰红尘。人生就像一座大桥，自此岸来，往彼岸去；历尽千帆后，归来仍少年。

喀什

一座老城，半部欧亚史诗

在喀什的时光，总是恍惚迷离的：拱形的建筑和五颜六色的浮雕，奇形怪状的器皿，满街的羊肉抓饭、烤全羊、馕与切糕，饱满诱人的各种异域干果，鲜艳而迷人的女孩的裙子与各种花纹的维吾尔族小帽儿。

大巴扎就更像中亚国际贸易市场了：中亚貂皮、波斯地毯、土耳其的丝巾、沙特的干果、英吉沙的刀、吉尔吉斯的望远镜、色彩绚烂的维吾尔族服饰、造型奇特的陶器与乐器、五彩缤纷的新疆土特产、质量上乘的和田玉器……近万种商品，几千个摊位，二千多年历史，古丝绸之路各国商品会聚此处，充满了古老厚重的历史味道、浓郁绚烂的异域风情。

我拿起一把漂亮的英吉沙小刀，故意用

那种九曲十八弯的疆普问："老板，多少钱？"

老板用更绕的疆普说："150。"

我专注把玩着刀："便宜点吧！"

他突然一把抓过我的手，并用力握了一下："120。"

我瞬间变成冰雕，手僵硬成刀，下意识地还价："80。"

他又用力握了下我的手掌："100。"

孔子啊，男女授受不亲。

我哆嗦地坚持："80。"

他竟然又握了下我的手："真主啊！成交。"

真主啊，砍价为什么握手？

老板把刀从我手里抢过来，插入刀鞘，拿出一个袋子装好，递给我。终于哆嗦着从腰包抽出一张百元钞票，等对方找了零，立即脚底抹油。

有人轻拍我的肩膀，"嗨！小姑娘，你是汉族吧！"

刚才的惊吓还没过去，又添新的，我僵硬地拧过身去，是两个汉族行者，惊魂未定之余，强笑着："当然，当然！"

"在这里，碰上汉人真的不容易！你一个人吗？我们租了车去阿克苏、库尔勒一路玩回乌鲁木齐，刚好差一个人。明天出发。"

"行！走！"

"心情好，可以去精绝古国、楼兰古国遗址。"

"好！去！"

随心所欲的旅行包括随当下善缘，随缘而动，随时出发。

有一个地方，别的游人不去，我是要去的。我崇拜英雄，自然要去盘橐城，顶礼膜拜班超。沿着土曼河畔，有一段长十余米、高近三米的城墙残垣，曾是疏勒的行宫，若非班超，疏勒在浩瀚的历史中留不下痕迹。

秦汉时期，中原一直受匈奴威胁，秦始皇建万里长城，汉初七代皇帝的和亲政策未能阻止。直到汉武大帝倾国之力，收复西域后，却在两汉交替之际，因王莽篡权，匈奴乘虚而入，卷土重来，西域三十六国再次陷入动荡乱局。

公元73年，刘秀的儿子汉明帝刘庄下令四路大军向西进发，在大进军的浩荡队伍中，有一位已经41岁的史学家之子投笔从戎，随军出击，因表现出色，被任命为汉使出使西域。他的出色表现在文，而非武；表现在智，而非勇。他未能成为卫青、霍去病那样彪炳史册、以武正名的大将，而是攻城为下、攻心为上，仅凭三十六勇士巧得鄯善、威收于阗、名震西域的智慧汉使，西域诸国："莫不向化，大小欣欣，贡奉不绝。"（《后汉书·班超传》）匈奴退出西域，"西域自绝六十五载，乃复通焉。"（《后汉书·西域列传》）一个人可以改变一段历史，甚至几十国的命运。

走在神道上，两侧排列着虎虎生威的三十六勇士雕像，没有名字，雕像基座上刻着职务：校经师、谋士、文俗官、骁骑都尉……拾级而上，便是智勇双全的英雄班超的塑像。

班超率领这三十六勇士，以"不入虎穴，焉得虎子"的决心，没用朝廷一兵一卒，就完成了征服西域三十六国的伟大壮举，帮助西域各国摆脱了匈奴的控制，其余诸国，尽皆归降。我看着创造神话的英雄雕像，品味着他创造的无敌传奇，他出塞时，以传奇的傅介子为偶像，却成就了比偶像更为传奇的传奇。史学家们认为中国几千年历史上，班超创造的军事奇迹空前绝后。

依稀看见班超欲返中原时，于阗百姓抱着他的马腿跪哭，请求他不要离去。史书记录："依汉使如父，诚不可去。"中国历史上，能如此得百姓之心的武将凤毛麟角，班超也深受感动，最终选择留下，开始了对西域长达十七年的经略治理。盘橐城的城墙、古亭、浮雕墙、石牌坊与烽火台，都诉说着喀什人民对班超的怀念与感恩。

班超的智慧来自史学家族的文化滋养，他的父兄正是中国历史罕见的"三班"，连他的妹妹班昭都被浸染成为中国历史上第一位女史学家，他却立志像张骞一样效力边疆。班固被参私修国史入狱，班超立即不顾一切到京师上书、申冤救兄成功，其后投笔从戎，建功西域，一去三十年。兄长班固正在撰写的《汉书》对他起到了精神引领作用，而他寄回的资料，又对班氏兄妹撰写《汉书·西域传》帮助很大，这是中国历史上最神奇的家族：父子大才，文武兼备，共建英名。

公元 91 年，班超离开盘陀城，前往龟兹继任。公元 95 年，在封班超为定远侯的诏书中，汉和帝对其大加赞赏："不动摇中国，不苦士兵。"

西域统一后，班超把目光投向更远的西方。公元 97 年，他派甘英出使大秦（罗马帝国），与中西亚各国建立起友好关系，将丝绸之路从亚洲延伸到欧洲，再次打通衰落的丝绸之路。甘英最远抵达条支的大海，是史载首位到达波斯湾的中国人。

"臣不敢望到酒泉郡，但愿生入玉门关"，班超年老思乡，申请多次未准。班昭上疏和帝，文辞真切感动和帝，班超终于获准归乡，次年逝于故土。

像我这样的平凡人只能读历史、跟随历史在当下旅行。驱车前往尼雅遗址途中，两边皆是一望无际的沙漠，那种荒芜感、冷漠感、出离感更甚甘肃百倍。

尼雅遗址是丝绸之路南道、塔克拉玛干沙漠南缘、现存规模最大的聚落遗址群，号称"东方庞贝"，是《汉书·西域传》记载的"精绝国"故地："精绝国，王治精绝城，去长安八千八百二十里。户四百八十，口三千三百六十，胜兵五百人。精绝都尉、左右将、驿长各一人。北至都护治所二千七百二十三里，南至戎卢国四日行，地厄狭，西通扞弥四百六十里。"精绝国消失四百年后，玄奘前往印度路过精绝国遗址，称呼其为尼壤城："媲摩川东入沙碛，行二百余里，至尼壤城，周三四里，在大泽中。泽地热湿，难以履涉。芦草荒茂，无复途径。唯趣城路，仅得通行，故往来者莫不由此城焉。而瞿萨旦那以为东境之关防也。"《大唐西域记》中的简要描写是关于精绝古国最后的记录，直到 1959 年，尼雅遗址才重见天日。

1995 年，在尼雅遗址精绝王子墓中出土的"王侯合婚，千秋万岁宜子孙"锦衾、"五星出东方利中国"织锦护臂残片，一经现世，立成国宝级文物，被誉为 20 世纪中国考古最伟大的发现之一。

织锦护臂采用白、青、黑、赤、黄五色经丝，花纹流畅自如，极为华丽，代表了汉代织锦技术的最高水平。在缭绕的祥云中，用圆圈纹表现"五星"图案，五色、"五星"，体现汉代阴阳五行思想。并有凤凰、鸾鸟、麒麟、白虎等祥禽瑞兽，云彩瑞兽星宿，共同演绎出天地间的大气象，隶书汉字赫然醒目："五星出东方利中国。"这句话，意义非凡，是新疆地区出土的文物中，迄今为止年代最早的"中国"二字。

五星：即金木水火土五大行星；

东方：是星占术中特定的天空区域。

中国：指黄河中下游的中原地区。

五星出东方即"五星会聚""五星连珠"现象，人们相信当五星会聚东方，中原王朝将安宁昌盛。《史记·天官书》与《汉书·天文志》皆载："五星分天之中，积于东方。中国利，积于西方，外国用兵者利。"精绝王族以此铭文锦为护臂，表示出对中华文化的推崇与认同，也有可能是中原王朝的馈赠。

尼雅遗址地处丝绸之路南道的交通要冲，是古代东西方文化交流融汇之地，汉文化、古代印度文化、贵霜文化、希腊罗马文化和早期波斯文化曾在此交汇。遗址保存状况之好，文化内涵之富蕴，规模之宏伟，为世界罕见。

佛塔是尼雅遗址的代表性建筑。在尼雅遗址中，以中央佛塔为中心，环形分布着民居、水渠、冶炼坊、果园畜圈等一系列分工明确的城郭遗迹。

1901 年，英国人斯坦因揣着对古代中国文物的狂热渴求，不断寻找被时间和沙尘掩埋的宝藏。按玄奘口述《大唐西域记》中描述的线索，果然在沙漠中找到了真正的尼雅遗址，斯坦因最终从尼雅遗址盗走了六百多件珍贵文物。

在尼雅遗址周围，还有丹丹乌里克、喀拉墩、圆沙等一系列被沙海掩埋又打开的古城遗址，千百年来，这些古城遗址与黄沙作伴，潜藏地下悄无言。

最负盛名的西域古国则是楼兰，楼兰之名归功于伟大的唐诗：

> 黄沙百战穿金甲，不破楼兰终不还。
> 明敕星驰封宝剑，辞君一夜取楼兰。
>
> （王昌龄《从军行七首》）

愿将腰下剑，直为斩楼兰。

（李白《塞下曲六首·其一》）

莽莽万重山，孤城山谷间。

无风云出塞，不夜月临关。

属国归何晚，楼兰斩未还。

烟尘独怅望，衰飒正摧颜。

（杜甫《秦州杂诗二十首·其七》）

君不闻胡笳声最悲？紫髯绿眼胡人吹。

吹之一曲犹未了，愁杀楼兰征戍儿。

（岑参《胡笳歌送颜真卿使赴河陇》）

……

小儿的说法是：楼兰究竟惹到谁了，又杀又斩的？私底下以为是文字本身的美感及音律的平仄押韵，就拿最有名的第一句来说：

当时的西域三十六国，经考证有如下地方——龟兹、焉耆、若羌、楼兰、精绝、且末、小宛、戎卢、弥、渠勒、皮山、西夜、蒲犁、依耐、莎车、疏勒、尉头、温宿、尉犁、姑墨、卑陆、乌贪訾、卑陆后国、单桓、蒲类、蒲类后国、西且弥、劫国、狐胡、山国、车师前国、车师后国、车师尉都国、车师后城国等国，除此之外还有乌孙、大宛、安息、大月氏、康居、浩罕、坎巨提、乌弋山离等十几个西域国。

把"楼兰"换成任何一个名字都不美了，三字以上的不用说，似乎只有"安息"音律合适——黄沙百战穿金甲，不破安息终不还，但"安息"之意与"死亡"相关，为汉文化之大忌，自然，使得"楼兰"成为所有西域之国的代名词，形成唐朝这种特别的"诗伐楼兰"的文化现象，事实上，当时，楼兰古国早已经不存在了。

楼兰位于罗布泊西部，处于西域的枢纽，在古代丝绸之路上占有极为重要的地位。我国内地的丝绸与茶叶，西域的马、葡萄与珠宝，最早都是通过楼兰进行交易的。许多商队经过这一绿洲时，都要在楼兰暂时休憩。楼兰王国从公元前176年建国到公元630年消亡，共有八百多年的历史。王国的范围东起古阳关附近，西至尼雅古城，南至阿尔金山，北到哈密。《史记·大宛列传》中根据张骞的见闻记载："于阗之西，则水皆西流，注西海；其东水东流，注盐泽。盐泽潜行地下，南河则河源出焉。多玉石，河注中国。而楼兰、姑师邑有城郭，临盐泽。"可见，那时，这个拥有诗意名字的楼兰是美丽而富饶的。

我们行进在哈罗公路上，经过南湖戈壁、南湖雅丹、砖红色的库姆塔格山谷，"一川碎石大如斗，随风满地石乱走"（岑参）。

这条天路把白龙堆沙漠劈成两半，白龙堆是非常典型的雅丹地貌，土台用砂砾、石膏泥和盐碱构成，呈灰白色，在阳光照射下反射点点银光，似鳞甲般，古人遂称其为"白龙"。

沙漠不只荒凉之美，还有生命之险，"上无飞鸟，下无走兽，四顾茫茫，莫测所之。唯视日以准东西，人骨以标行路耳。屡有热风恶鬼，遇之必死，显任缘委命，直过险难。"印度求法第一人东晋高僧法显在《佛国记》中这样描述穿越沙漠时的情景，1600 多年前，法显一行人，去西天取经，流沙漫天，一片死寂，只能依靠太阳的位置来辨别方向，凭借路上露出的白骨来确定路标。

夕阳西下，遇一谷口，色彩极其绚烂，山顶呈现出灰绿色，山体灰白色却夹杂着深紫色，远处起伏的山丘渐渐展开，灰绿色的山丘逶迤不绝。在枯黄的沙漠中，居然点缀如此青绿，似是钴蓝调与褐绿外加白粉而成，很像弥漫在青铜器表层那种沉淀千年的铜锈的痕迹，唯有《千里江山图》可以媲美。一切浑然天成：天然之绿，沙漠之灵，岁月之功，历史之谜。

几个人兴奋地跑上山头，高处远眺，大漠荒壁，一道灰绿的巨龙绵延天地，龙头龙尾若隐若现、若即若离，我们站在龙脊高处，似是乘龙高翔，阳光依然毒辣刺眼，热风裹挟着高温沙子，这就是白龙堆。

法显经过十七个昼夜，一行人终于穿过沙漠，到达西域小国鄯善——就是更名的楼兰，而我们只开了五十个小时的车。

公元二三世纪，鄯善国以及楼兰城都达到了鼎盛时期，城内客商云集，佛寺香火不断，城外农业、畜牧业不断发展。公元6世纪，高僧法显到时也还好，"其地崎岖薄瘠，俗人衣服粗与汉地同，但以毡褐为异。其国王奉法，可有四千余僧，悉小乘学。"(《佛国记》)鄯善人奉行印度的法律与生活习俗，国中僧人以梵文为专用语言。再一个世纪后，玄奘从天竺取经归来路过楼兰城时，"国久空旷，城皆荒芜。"(《大唐西域记》)

究竟发生了什么？这个曾经名噪一时的国家突然神秘消失？为何消失？楼兰文明究竟发展到什么程度？时至今日，仍是未解之谜。

别的西域古国的消失，只有一次，楼兰却是三次。3800年前，它叫"小河"，由古印欧人种中的吐火罗人在罗布泊西部的库姆河支流建立的文明；汉代"楼兰"，由古印欧人种中的塞人建立，存续不足百年，汉元帝派傅介子刺杀了忠于匈奴的楼兰王，立前王之弟质子尉屠耆为王，更名鄯善，在罗布泊西南部的若羌绿洲上，存续了500多年。楼兰仅百年历史，却在唐诗中永存。

传说中，楼兰消失前，曾把举国珍宝埋藏在沙漠腹地……

19世纪末，各怀鬼胎的列国探险家们进入罗布泊时，其荒芜程度超出人类想象，瑞典探险家斯文赫定经历三次生死考验，都没有在沙漠中寻找到传说中的宝藏，却在20世纪初发现了在风沙中湮没千年的楼兰遗址，古城沿河而建，几乎全为流沙掩埋。经过一个星期的挖掘，他们找到了丝织品、耳环、陶片、头发、家具残件等物件，挖出一尊高 1.15 米的佛像，还有许多精美的木雕及有文字的纸和木简，最有价值的是晋代手抄本《战国策》。斯文赫定将这些文物全部带回了瑞典，储存在今斯德哥尔摩瑞典国立民族学博物馆中。世界各地的探险家纷纷扑向楼兰，掀起了一场世界范围内的"楼兰热"。

1934 年，又是一个瑞典人，考古学家贝格曼进入罗布沙漠，去寻找"有一千口棺材，魔鬼在其中出没"的墓地。在迷路、迷茫、迷失之后，最终，考察队终于在一条无名小河之畔，一座小沙山上发现了密密麻麻的根根立木，贝格曼称之为"死者的殿堂"，这就是小河墓地。

时因条件及战争所限，这片埋藏千年的奇迹继续沉睡黄沙之下。直到 1980 年，在孔雀河的下游，古墓沟的二级台地上，中国考古学家发现了一处史前墓葬，因其形状像极了太阳，称之为"太阳墓地"。经测定，这些文物竟然在公元前 2310 年至公元前 1535 年之间。不久，附近又发现一具女性干尸，系原始欧洲人种及欧罗巴人种，竟已沉睡近四千年！复原人像后，还是一个不折不扣的"楼兰美女"。

21 世纪初，中国考察队正式进入小河墓地大规模开采，发掘了小河墓葬，出土了二十九具干尸木乃伊，只是，距离瑞典人想要寻找的"一千口棺材"还很遥远。如今，它们被陈列在新疆博物馆中的"干尸陈列馆"，我掩面只看文字，对干尸毫无兴趣。看来我只是喜欢考古学，完全不能实地考古，天天拿着洛阳铲铲古墓，当古墓丽影、干尸呈现时，本该惊艳，于我则所有美好一扫而光。

"知道这是什么吗？"那个拍我肩膀兼司机的男孩举着一个小物件儿，问三个女孩，两位美人皆摇头。

我眼睛要翻到天上去了："你带洛阳铲干吗？"

"哟，小小年纪，挺专业呀！亲见楼兰古国，此生也只一次，不如我们去挖挖，看能不能挖出楼兰古国迁移之前藏在孔雀河边的宝藏，哪怕是个古钱币，也是古董。"

两个美人眼睛已经发光了。

我调皮地提醒："那要是挖出干尸呢？"

两个美人已经瑟瑟发抖，抱在一起了："你！"

"沙漠盛产干尸，还有，西域四十八国都凭空消失，留下多少历史与干尸。"

男孩拿着洛阳铲，恨得牙根痒痒。

我继续打击他："20 世纪初，文物大都被欧美探险家们盗走偷回国。21 世纪初，小河墓地与'楼兰美女'被中国考古学家们挖掘出来了，你一个行者，想挖金箍棒啊。"

南方美人说："金箍棒在海里，不在沙漠。"

北方美人说："金箍棒是东海龙王的定海神针，太阳墓是楼兰古国的镇国之宝。"

男孩把洛阳铲往身后一藏："撤！"

如今，楼兰遗址已为无情的流沙所湮没，形成独特的"雅丹"地貌。遗址中最显眼的建筑区遗迹是城中的"三间房"，这三间房的墙壁是城中唯一使用土坯垒砌而成，坐北朝南，直接对着南城门。东西两端的房屋都是木结构，木料上还残留着朱漆，有的木料长达六七米。从这一组建筑物的位置和构造等情况分析，这里可能就是当年楼兰统治者的衙门府所在地。只是当年，可能一千年前，也可能四千年前……

"死亡之海"并非只负责制造死亡，也可以诞生奇迹：半个世纪前，六十公里之外，新中国第一片蘑菇云飘荡宇宙，中国第一颗原子弹爆炸……许多无名英雄像西域古国一样辉煌存在、悄然逝去，留给后世的是崇拜与敬仰，安全与强盛。

在中国，有那么多消失殆尽、无影无踪的古国痕迹与文明，解体得那样匪夷所思，消亡得一干二净，就像从未存在过，但它们明确出现在《佛国记》与《大唐西域记》中，在这两部非虚构纪实作品中，赫然记录着西行取经的高僧法显与玄奘亲历时的状态，鲜活明朗、丰满立体。像这样消失的古城，在新疆很多，但留下遗迹的为数不多，目前仅发现十个古城遗址。除了消失的西域三十六国，还有曾与汉朝和亲过的乌孙国，《史记》记载过盛产汗血宝马的大宛国，西迁至中亚创立了亚欧四大强国的贵霜帝国、张骞出使西域想要联络的大月氏，及当时另一亚欧四大强国安息帝国等十几国。这些国家，消亡得痕迹皆无，如果不是史书、两位高僧行记及莫高窟等壁画艺术的存录，它们的存在就像宇宙中的陨石一样，落在某个星球上，变成一块巨石而已，对地球不再有任何影响。

我孤独地走在这些孤独的故国遗址中，看到的不只是苍凉、落寞，而是孤独：历史的孤独、国家的孤独、宇宙的孤独，孤独的我面对着这个孤独的世界，孤独地欣赏着孤独的存在。人类是孤独的，孤独成一个民族，是一个生命的最高境界；如果一个民族都是孤独的，许是文化的悲哀……

孤独地在孤独的绝域，孤独了太久，恍惚走在孤独的月球，又似乎是火星。尽管佛经说有3000个大千世界，3000个小千世界，宇宙之外还有宇宙，星系之外套着星系。可宇宙，难道不是孤独的吗？月球不是孤独的吗？地球就更加孤独，它一直在拼命寻找宇宙中第二个地球，寻找了几十亿年，尚未有定论……

地球有五十亿人，人类不依然孤独吗？

孤独，究竟是什么？孤独的意义，又是什么？

生命，究竟是什么？生命的意义，又是什么？

黑水城

西夏秘卷

西夏王陵

神秘列阵，埋没着党项人的帝国残梦

　　多年以后，仍无法忘记初次站在西夏王陵之前的震撼与困惑，我几乎无法呼吸，不敢迈步。西夏王陵的恢宏雄伟与气势磅礴震撼了我，而这个曾经先后与辽、金、宋三国鼎立的西夏王国却一夜之间在历史中蒸发：包括文明、文化、文字，似乎不曾存在过，实在令我困惑。

　　欲在历史中深游宁夏，就必须了解从天而降却又无声无息消失的西夏。

　　无论是地理位置，还是历史印迹，在1038年之前，西夏国是悄然无迹的，河西走廊在它南部穿行，突厥在它北部猖獗，匈奴在它西部活跃，西夏一直沉默似金，直到一个神奇的民族从青藏高原东迁至此，三百多年后，建立了一个与宋、辽三国鼎立的王朝时，西夏才震动整个中国。然而，在浩瀚的史籍中，无论是《史记》《汉书》，还是《后汉书》《二十四史》，尤其是《唐五代史》无论新旧，都没有记录西夏的历史。这本身就是神秘而诡异的。

1937 年，德国飞行员卡斯特在飞越宁夏平原时发现在贺兰山脚下排列着众多巨大的白色土堆，他首先联想到了美洲平原上圆锥形的白蚁堆，继而是埃及金字塔，或许这些土堆是史前文明的遗迹。他举起当时刚问世不久的卷帘式徕卡相机，拍了下来，永存在中国的影像志——《中国飞行》中。

2007 年，我站在这群白蚁堆前，举起数码相机，拍下几十张。

西夏王陵，这是一个迷人的名字。直至 20 世纪 70 年代它才被第一代考古学家确定。我漫步着，瞻仰着金字塔般的陵墓，它们是一样的，只知道是西夏王的陵墓，却难以确定主人的真实身份：一无史料记载，二无墓碑铭文。

放眼望去，西夏王陵，共有九座，由南向北排列，仿宋陵而建，沿用中原传统的昭穆墓葬法：一般来说是父亲在右边，儿子在左边，依次如此。唯一能够确定的是第七座陵墓主人，刚好是西夏第七位皇帝仁孝皇帝的陵墓，假设算上开国皇帝李元昊的父亲和爷爷的陵墓，刚好九座。

我无言地穿行在无言的陵墓中间，无言地看着西夏无言的结局。英雄的帝王再叱咤风云，到头来，仍是"荒冢一堆草没了"……

我走了很长很长的路，这像极了中原王朝的丧葬风格：事死如事生——帝王死后的陵寝与生前所住宫殿的规模相匹配。仅仅一个遗址而已，就如此浩瀚磅礴，可见，西夏王朝该有多辉煌，然而，历史却未留下只言片语……

陵园最重要的建筑是灵台，宋朝的灵台是方形，唐朝以山为陵，而西夏王陵的灵台却是一座塔式建筑，八角密檐塔，皆系单数：五层、七层、九层，佛塔都是单数的，就像莫高窟的九层佛塔。在中国历史上，塔形灵台仅西夏一例。神秘的西夏创造过许多神奇的第一，无论是生前还是身后。

许多第一都与西夏开国皇帝嵬名元昊息息相关，首属文字。在人类文明史上，大多数文字都是自然而然演变而成的。汉民族的传说是仓颉造字，"上古仓颉，南乐吴村人，生而齐圣，有四目，观鸟迹虫文始制文字以代结绳之政，乃轩辕黄帝之史官也"（《万姓统谱·卷五十二》）。"昔者仓颉作书，而天雨粟，鬼夜哭。"（《淮南子·本经训》）《荀子》《吕氏春秋》《淮南子》等著作，皆是同一说法。汉字经历了千年的演变才有五千多字，而李元昊竟然命令一个叫耶律仁荣的人，在短短四年就创造了近六千个西夏文字！党项人叫它蕃文。

有一本无比珍贵的蕃文字典《文海》，中有五千多个西夏文字，与汉字对应，因历史原因，现存于俄罗斯圣彼得堡东方文献研究所。

蕃文一经现世，嵬名元昊立即建立蕃大学，想为官做宰者，必须学习蕃文，同时将很多汉字版佛经翻译成蕃文。如此短的时间内，一套完整的民族文字体系，从创制、推广到使用就完成了，这在世界文化史上是一个绝对的奇迹。

在中央集权制的国家中，王的天性和欲望会决定一个王朝的兴亡及风格。嵬名元昊的汉姓来自唐帝王，他也最欣赏唐玄宗在唐帝国最鼎盛时期建造的兴庆宫，便派画师去中原绘制唐帝都，将新建的都城命名为兴庆府，唐韵汉风融合党项族建筑风格，没有兴庆府，就没有今天的银川。

创造文字，扩建都城，兴修水利，恢复西夏传统，攻占河西走廊，李元昊用六年时间，完成了一系列令人瞠目结舌的国家工程。实现野心的时刻终于来临：

1038 年，嵬名元昊终于穿上镶有龙纹的白色皇袍，在戒坛寺，戴上皇冠，国号大白高国，时年 34 岁。

然而，仅存的关于西夏的记载中还存在许多令人咋舌的史料，其一，是伟大的创世纪者李元昊的死因，据说是被太子削鼻、流血过多而死，他导致自己威武雄才的父皇才 46 岁就死于非命。更匪夷所思的是，这位太子杀父后竟无力自保，被国相以弑君之名杀掉，何苦来着？

西夏最后一位太后——罗太后，与侄子发动宫廷政变，联手废除了亲生儿子夏仁宗的帝位。当侄子李安全登基之后，她被流放西北，孤独地死于一堆佛经之中，现额济纳旗黑水城遗址的一个佛塔中，似流星般一闪而过。直至1908年那个夏天，俄国探险家科兹洛夫第二次返回黑水城，开启一座12米高的佛塔后，如山般的文献与佛像中端坐着一副人的枯骨。所有文物被运往俄国，经考证，这就是亲手废除亲儿子的帝位后被流放的罗太后。原因，无史记载，只能根据其大量翻译女王武则天最爱的佛经推断：她想成为西夏的女王，却失败得如此诡异。

西夏人笃信佛法，却又骁勇善战：拿着屠刀，立地成佛。

生活在青藏高原时，党项人最初的宗教信仰是古老的原始巫术，被吐蕃族攻击得无法存活时，经唐太宗允许后，向黄土高原与河套平原迁徙，中原文明开始影响党项人的生活，自然的神灵让位于佛教的信仰。据史书记载，西夏历史上先后向宋朝廷求取大量佛经，尤其是李元昊的父亲李德明。

西夏人笃信佛教是从皇室开始自上而下进行的。很快，西夏成为一个佛的国度，罗太后为皇后时，就大力推行佛教，不仅组织大批人翻译佛经，而且刊印大量佛经，其中包括《大藏经》。而罗太后组织翻译成西夏文的《大藏经》就有820部，3579卷。党项族连女性都有勇有谋，杀伐决断，在宁夏回族自治区海原县境内一个西夏时期的城堡临羌寨遗址中，竟然发现了梳妆台、化妆盒、梳子等女性用品，这是中原军营中最忌讳的。西夏因人口稀少，允许女性入伍，女兵被称为麻魁。

据《宋史》记载，公元1096年，西夏梁太后率军攻打宋朝的金明寨，顺利攻下城寨后大肆抢掠，甚至将俘虏献给了辽国。在西夏内部政局大乱之时，一直想征服西夏的宋神宗，以为有机可乘，立刻调集了五十万大军，兵分五路进攻西夏。这位梁太后用一位成熟政治家具备的镇定与睿智，亲自出征，主动宣战，倾全国之兵力三十万人，使宋军死伤数目过十万人，再次损兵折将，铩羽而归。如此惨败，使得宋神宗临朝失声痛哭，迫不得已，只好与西夏再度议和，每年仍按原数"赐"西夏岁币，用大把大把的银帛来"买"和平。

在一轮浑圆的落日孤美于荒芜的大漠中时，我唏嘘着走出西夏王陵：如此神秘的西夏，最终遭到蒙古大军的全面屠杀，几近灭绝，且连西夏文明一并消失，这个曾与大宋、辽三国鼎立的西夏王朝从历史上神奇消失，无正史可考，只留给曾经的兴庆府两个古老的区名：兴庆区和西夏区。

神奇的西夏神奇地进入我的灵魂世界，之后的几天，无论是在沙坡头滑沙，还是在黄河上体验已经有1500年历史的最古老的运输工具——羊皮筏子，欣赏半是黄沙半是黄河的神奇景观，我都唏嘘着"黑头石城漠水边，赤面父冢白河上，高弥药国在彼方。"彼方究竟是何方？（唐代史料记载，弥药人就是党项人。）

黑水城

流沙之下，未被风干的隐秘文明

内蒙古是中国跨越纬度最长的省份，它的最佳旅游方式不是集中一段时间游玩全省，而是在旅行与它交界的省份时去就近的地方。为了更深刻地解读与亲历西夏历史，我特意从银川驱车至阿拉善盟额济纳旗看一个神秘的古城遗址，城里隐匿着太多不为人知的秘密。

走在如西夏王陵般荒凉而残缺的土城中，历史一如城堡般荒凉，这座曾经给西夏与世界带来神奇的地方有两个极端的名字：黑水城与弱水流沙，前者阴暗，后者浪漫，这是现今已知唯一一座用党项族语音命名的城市，党项人叫黑水城为额济纳，它的蒙古名字是喀拉浩特。

这里原始社会就有人居住，汉朝时是有

史记载第一位公主下嫁塞外的乌孙故地，匈奴人占领后改叫居延，这个名字因唐代伟大诗人王维的一首《使至塞上》而永世流传：

> 单车欲问边，属国过居延。
>
> 征蓬出汉塞，归雁入胡天。
>
> 大漠孤烟直，长河落日圆。
>
> 萧关逢候骑，都护在燕然。

当我坐在大学教室里解读这些美妙的边塞诗时，从未想过，有一天我会来到诗中描写的地方，会在真正的居延欣赏真正的"大漠孤烟直，长河落日圆"。为此诗，我定要逗留至黄昏时分，等到万家灯火、炊烟袅袅时，亲见大漠孤独而上的炊烟因风而直如树干，曾经的居延河的落日因大漠荒凉、旷远显得分外圆满，人生之妙不可言莫过于如此。

笑看大漠落日，耳边响起香菱的声音："我看他《塞上》一首，那一联云：'大漠孤烟直，长河落日圆。'想来烟如何直？日自然是圆的。这'直'字似无理，'圆'字似太俗。合上书一想，倒像是见了这景的。"（《红楼梦》第四十八回）而今我合上书，信游此处，亲见此景，真真心服王摩诘，连这个黄连般苦命的香菱见到姐妹们作诗，她都要学，成为作家自然是全天下历届中文学子的集体最高梦想。

1909 年 6 月，俄国探险家科兹洛夫的梦想是到此寻找传说中的宝藏，他前后三次涉足黑水城，第二次挖掘了九天时间，用骆驼队驮走了 40 箱上万件西夏文物及文献。科兹洛夫把能带走的都带走了，带不走的毁坏或埋藏，他死后也带走了埋藏文物的天机。科兹洛夫使这段被深埋地下的历史，一个消逝的王朝的印迹，无数不可言说的秘密显露于光天化日之下，成就了世界探险史上的奇迹，且诞生了一个新的国际学科——西夏学，这一发现被公认为是 19 世纪末、20 世纪初继殷墟甲骨、敦煌遗书之后的中国第三大考古文献发现。

科兹洛夫的盗窃震惊了西方考古界，他得意地在沙皇居住的夏宫向尼古拉二世用幻灯展示了他的伟大发现，又在圣彼得堡展出了他的辉煌战果。这诱发了另一个强盗的野心，美国人华尔纳于 1923 年急不可耐地到达黑水城，却发现黑水城只剩下残垣断壁，被损毁得片甲不留。愤怒的华尔纳大骂科兹洛夫及后来也到过黑水城、曾以盗取大量敦煌文物而闻名于世的探险家斯坦因是两头野猪，把这里啃得一干二净。他骂的不是他们的盗窃行为本身，而是他们把文物全盗走了，一点儿没给他留，他同样是来盗窃的。继这位哈佛大学高材生滚回国后，日本人也来了，但是发现了什么，盗走了什么，秘而不宣——国民性各异的国际强盗。

这些永远属于中国的珍贵的西夏文物，如今都陈列在俄罗斯圣彼得堡艾米塔什博物馆：中国存世最早的唐卡、最早的活字印刷品、世上绝无仅有的双头佛像，以及西夏文、汉文双解词典《番汉合时掌中珠》……这就造成一个扭曲的文化现象：西夏与西夏的历史在中国，西夏学的研究却在国外。本应该在黑水城博物馆或银川博物馆中看到这些国宝，如今要去俄罗斯了。

黄色，黄色，还是黄色，一个黄色的世界，纯粹的没有半点其他颜色，冒出一个西班牙小说的名字《碧血黄沙》，眼前的黄沙苍凉悲壮，隐藏的碧血涂抹在历史的时间隧道。

也许，少有人知道，最早的丝绸之路在居延——东起阴山，中经居延，西至天山，史称居延路，汉武大帝打通河西走廊以后，在居延屯田、筑城、设障，把漠北草原与河西走廊连接起来，居延就在古丝绸之路的十字路口。商旅们在中原、漠北、阴山与西域之间来来往往，源源不断地交流着东西方的货物商品、文化艺术。一切都在易变，无论历史还是地球，很久很久以前，这里有相当大的水域，仅古居延海就有700多公顷，城处于三面临水的绿洲之中，因名弱水流沙。

公元1226年，成吉思汗率领十万大军挥师中原，黑水城作为蒙古大军通往中原的必经之地，不可避免地发生了一场夏蒙血战。战争选在游牧民族最空虚的春季，同样无史记载，只知，异常惨烈，碧血染红了黄沙，历史遗失了西夏。

1275年，如果意大利人马可·波罗真的来过黑水城的话，他说他看到的是一个绿洲之中生气盎然的城市。几百年之后，人们在勘探黑水城遗址时发现，大城中套着小城，小城才是西夏时期的遗址，蒙古人灭了黑水城之后，又扩建了它，叫集乃城。

　　与西夏息息相关的，还有黄河——天下黄河富宁夏。"黄河，在历史上扮演的角色像一条喜怒无常的巨龙，翻滚奔腾，专门制造可怕的灾难。从公元前 23 世纪到公元后 20 世纪初叶，四千余年间，便有过 1500 余次的小决口和 7 次大决口及 8 次大改道（包括一次人为改道）。"柏杨先生在《中国人史纲》中这样说，但未提及：宁夏位于黄河上游地区，几乎很少受到黄河的负面影响，反而深受黄河恩泽，宁夏被誉为"塞上江南"。我从江南来到"塞上江南"，美美地周游了全省，消失的就消失吧，不痛苦过去，不忧患未来，活在当下，吃一碗浆水面，来两个羊盘缠，揪几根银川馓子，一杯八宝茶，享受 21 世纪和平富足的宁夏。

镇北堡

西部荒野上的光影江湖

天还没有大亮，远远的，在晨光熹微中，隐约看见一座土城，呆板地耸立在前面，给我们领路的老乡向前一指说，快到了，那就是银川……

这是 1955 年作家张贤亮人生初见银川时的第一印象，躺在担架上的可爱的病人竟然好转，兴奋了起来，在被子里唱起了 20 世纪 30 年代的流行歌曲《凤凰于飞》。

眼前是一座寂寞荒凉破落的古城，耳边却响起了华丽而甜美的歌声，这种强烈的反差让我终生难忘。

若干年之后，张贤亮才得知，银川别名

"凤凰城"，这是一个非常奇特的巧合。更奇特的巧合是，这个诉说他的人生故事的央视纪录片《一个人和一座城市》的拍摄地正是他二十几年后亲自创建的镇北堡西部影城。

半个世纪后，我游历到银川，其发展仍不比北上广深，但有什么关系呢？来之前，就没指望这个西夏故地会繁华，更何况，繁华落尽之后的苍凉，比苍凉本身更让人寸断肝肠。

镇北堡西部影城给我的震撼既非来自它本身的苍凉美感，也非在其中拍摄过震撼了几代人的多部电影，而是它的主人及主人的传奇人生本身。电影再美，也是假的；再震撼人心，也是杜撰的；看过再多遍，也改变不了什么。只有真实的人生，才让凡人明白，传奇就是平凡人在平凡的世界中缔造出的不凡的人生，英雄就是平凡的人在非凡的命运中坚忍、坚忍、再坚忍，创造超凡的奇迹。

在结束长达 22 年劳动改造后，1980 年，张贤亮发表了短篇小说《灵与肉》，后来被拍成震撼五〇后、六〇后的电影《牧马人》，直到电影上映十几年后，我妈还在唠叨着"想当年，《牧马人》如何如何"，尤其每年春晚中，朱时茂、陈佩斯一出来演小品，她就得说一遍："想当年，朱时茂演《牧马人》时多年轻、多英俊，现在竟然演小品了。"直到 2023 年一个春天的午后，我才一边吃饭，一边看完了电影《牧马人》，色彩、场景、服装是老到无法直视，但是，灵魂仍在，震撼仍存！二十年后，当男主角许灵均被通知右派错判，彻底平反，明天再不用去大漠放马，而是去教室教书，干部告诉他拿钱回家吧，他坐在椅子上无声地痛哭时，我也哭了，我能够感同身受那份宇宙般的剧痛，任何一个年轻人，青春被劳改场无端糟蹋了，仅是哭远远不够的。而他也只能哭，那不是他一个人的悲剧，是一个时代的悲剧。

1993 年，张贤亮创建了镇北堡西部影城，十年之后，谢晋导演就在他创建的影视城中拍摄了由他的小说改编的电影，获奖无数、风靡多年。人生本身，就是传奇。真实的励志故事，胜于百万字鸡汤。

镇北堡西部影城的入口处是一副我正在践行的对联：旅游长见识，行走即读书。横批是：知之门。一进门，右手边一块长方形巨石上写着：镇北堡西部影城，落款是：张贤亮。书法很漂亮，我很困惑，为什么这位中文系学生坐在教室中学习的中国当代文学"反思文学"与"伤痕文学"的代表人物会在这里题名呢？走进去，我才恍然大悟，竟是这位当代著名作家创建了这座著名的影视城，这实在太惊喜、太传奇了。

这不是一般的影视城，这里诞生过影响几代人的百部著名电影：从《牧马人》到《红高粱》；从《东邪西毒》到《大话西游》，从《双旗镇刀客》到《新龙门客栈》；从《红河谷》到《黄河绝恋》……每一部都震撼人心。

镇北堡西部影城的前身是 5 个世纪之前的明清边防要塞。看到"清城"和"明城"，就能感受那历史的沧桑、大漠的孤烟、空灵的生命、无数的故事。苍凉是一种力量，一种审美，一种价值。张爱玲说人生是苍凉的手势，镇北堡则是苍凉的明证，西北大漠则是苍凉中的虚无。把这苍凉变成无形的财富和无尽的价值的是当代文学史上赫赫有名的作家。

"我始终认为，镇北堡西部影城是我在文化创造中的另类作品。"张贤亮前辈硬是把这个苍凉之地变成"安心福地"，真是不折不扣的平凡的英雄。能够发现苍凉的审美价值的人，一定是在苍凉中浸染、沉浮多年且有深邃文化修养、并能把内在的修养转化为外在具象的智慧的人。

清城一转身，紫霞仙子和至尊宝的塑像仍然在城楼上，诉说着前世今生五百年的相遇，一万年的爱情，说不尽的纠缠。戴上金箍，我就无法爱你；放下金箍，我就无法保护你。

　　曾经有一份真诚的爱情放在我面前，我没有珍惜，等我失去的时候才后悔莫及，人世间最痛苦的事莫过于此。你的剑在我的咽喉上割下去吧！不用再犹豫了！如果上天能够给我一个再来一次的机会，我会对那个女孩子说三个字：我爱你。如果非要在这份爱上加上一个期限，我希望是——一万年！

那么经典的台词，是以谎言的方式出现的，感动过无数人，我始终不理解，即使是无厘头的电影，就可以滴眼药水、面无表情泪千行吗？或是故意如此，才无厘头。

无论多少人多么爱《大话西游》，无论我看了多少遍，似乎始终也没有坐在那里从头到尾耐心地看完，我是不喜欢的。但我喜欢周星驰为电影奋斗、创造与拼搏的精神，我是看着他的电影长大的，他早期的电影我看不大懂，但二十年来始终未中断过，他为电影而生，且为电影人生，这就值得敬佩。

苍凉城堡中的苍凉极大地诠释了《大话西游》的沧桑，明清的边塞时的深远最好地展示了《大话西游》的前世今生，前者是五百年的轮回，后者是五百年的存在——完美的结合。中国电影从这里走向世界，影视城的力量就是成就一部电影的灵魂。城中到处都是紫霞仙子，许多游客也都穿着紫霞仙子的衣服，有人会看了好多遍《大话西游》之后，穿着紫霞仙子和至尊宝的服装来寻找两人经典对白之处。

走进一个独特的月亮门，映入眼帘的是《红高粱》的酒窖，那是另外两个传奇：电影导演是艺术家张艺谋，作者是诺贝尔文学奖获得者莫言前辈——凡是那些勇于改变传统、改变命运、改变历史，并创造无比辉煌的生命历程的人，都是英雄。英雄不是天生的，而是执着无悔地追逐并完成自己人生使命的普通人，无论苦难，无论生死，不忘初心、永不言败，这个坚忍的过程就是无悔人生，就是英雄历程。

汴梁城

中原问道

河之南

河洛圣水碰撞出的华夏文明

21 世纪，若论科技发达及旅行热度，河南悄无声息；若论历史，公元前 21 世纪，河南必会让华夏子孙肃然起敬、匍匐跪拜。往昔不可追，来日犹可变，提及在历史中旅行，河南真是惊为天人，却不知何故，寥落了一个世纪。

中国八大古都，有四个在河南：洛阳、安阳、开封、郑州。除此之外，河南地图上，随手一指便是几千年前的旧都，几万年的历史。

点下商丘，不得了，"三商之源，华商之都"，颛顼曾建都于商丘，帝喾之子契佐禹治水有功封于商，为商族人的始祖。在甲骨文中，"商"字上像鸟冠，下像穴居，穴居的商人以玄鸟为图腾。

商丘西北有庄周陵园，《庄子》是"文学

的哲学，哲学的文学"，汪洋恣肆，一泻千里。庄子洞悉易理，深刻指出"《易》以道阴阳"，最早提出"内圣外王"思想对儒家影响深远，其"三籁"思想与《易经》三才之道相合。二十几岁时研读《庄子》，灵魂甚喜：超越世俗，顺应本性，自由自在，天人合一。

商丘夏邑是孔子祖籍所在地，"其先，宋人也。"（《史记·孔子世家》）夏邑有孔子还乡祠，孔子居鲁国时，时常回宋国祀先省墓。《礼记》载：孔子早年观殷道，少居鲁，长居宋。或许，没有殷周文化，就诞生不了儒家思想。孔子所谓的周游列国实际是游说各国采纳他的思想，为了践行他自己的政治主张：入仕。

指下新郑，"黄帝故里"，历史悠久自不必说，黄帝时代的轩辕氏，仰韶文化的有熊国，龙山文化的祝融氏之国，《国语》说黄帝有二十五子，从这里走向四面八方，开启华夏文明。

指下新乡，中国公民自费旅行的最早"三国"之一，40年前，当人们觉得出国跟去外太空一般，就到河南的新、马、泰三日游：新乡、驻马店、太康。可别小看新乡，它可是中华民族古代文化发源地之一，远古时期，人类的祖先就在这里生活、劳动，曾发生过夏朝灭亡的鸣条之战，公元21世纪之前的牧野古战场仍吹着公元后21世纪的春风。

一声叹息，点下鹤壁，这总是个普通的地方吧，一看别名，神经立即纠错：朝歌，商朝旧都，是那火遍大江南北的《封神演义》暴君纣王与妲己亡国的地方。纣王兵败自焚露台，繁华二百年的殷都成为一片永久的废墟。

《诗经·卫风·氓》的故事就发生在鹤壁的淇水："氓之蚩蚩，抱布贸丝。匪来贸丝，来即我谋。送子涉淇，至于顿丘。"《诗经》是我国古代最早的诗歌总集，收录了 305 篇诗歌，国风 160 篇中就有 95 篇出自中原一带，鹤壁在春秋时是卫国所在地，《诗经》咏颂河流最多的首数黄河，其次淇河。

不要小看这首诗，它是中国现存最早的抒情叙事长诗，开叙事诗先河，影响后世二千余年，从乐府诗《孔雀东南飞》《上山采蘼芜》到白居易的《长恨歌》，无不从它那里汲取营养；直到近代姚燮的《双鸩篇》中还可以看到它的影子。在人类创造的所有文明中，文化的影响力最是持久。

那就去许昌随意转转，不过三国故地、魏之五都而已，却更大跌眼镜，这里发现的"许昌人"头骨，年代距今约 10.5 万至 12.5 万年。学术界有"欲探华夏祖，必访'许昌人'"的说法。擦去额头涔涔渗出的汗水，我周游中国时，真没用心观河南；史游中国时，河南游得最持久、最深远。

河南有五阳，一个比一个年长，一个比一个史长。

南阳、安阳、濮阳、淮阳与洛阳。

南阳：早在五六十万年前，与北京猿人生活于同一时代的"南召猿人"就使用打制石器，过着采集和渔猎生活，在白河上游繁衍生息。约在五六千年前，南阳就出现了村落和房屋，产生了农业、畜牧业和制陶等手工业。南阳是楚汉文化的重要发祥地，盘古神话、牛郎织女等传说，三顾茅庐、羊续悬鱼等典故皆发源于此。

濮阳：别名帝丘，上古时期，濮阳一带的河济平原，是黄帝为首的华夏集团与少昊为首的东夷集团的活动地带，黄帝与蚩尤的大战就发生在这里。

濮阳是中华文字始祖字圣仓颉的故里，关于仓颉有很多神话，他是黄帝的史官，相貌古怪，有书写绘画天赋，能仰观天文，俯察万物，根据山川动物等创造文字，使得中国从传说时代步入信史时代。不仅仓颉距离我们好几千年，就连"一脚踏两省、一手摸三县"的仓颉陵庙，也可能最早建于东汉延熹年间，距今已有 2000 多年的历史，成为"百王敬仰"、"万圣崇尊"、历代贤哲文人朝拜的圣地。澶渊之盟后，北宋名臣寇准专程祭拜仓颉庙，挥笔题下"盘古斯文地，开天圣人家"的千古名句，称仓颉为"三教之祖""万圣之宗"。

安阳：古称殷，国家历史文化名城，是早期华夏文明的中心之一，世界文化遗产殷墟所在地、世界记忆遗产甲骨文出土地，《周易》的发源地，被誉为"文字之都"。早在 25000 年前旧石器时代晚期，先民就在此生活，有盘庚迁都于殷、商王武丁中兴、奴隶傅说拜相、女将军妇好请缨、文王拘而演《周易》、信陵君窃符救赵、项羽破釜沉舟等历史名人轶事。

安阳内黄的二帝陵，是"三皇五帝"中高阳氏颛顼、高辛氏帝喾的陵寝。

颛顼是黄帝的孙子，帝喾是黄帝的曾孙，皆为姬姓。颛顼陵有元、清标志碑，帝喾陵有明代标志碑。元、明、清三代陵碑均立于两位上古帝王陵前，实属罕见。

汤阴羑里城的文王是有史可据、有址可考的中国历史上第一座监狱，因"文王拘而演《周易》"，硬是逆袭为圣地。82岁的周文王姬昌被殷纣王关押七年间，据伏羲八卦推演出64卦384爻，使监狱变成周易文化发祥地。文王肯定能推算出商纣王的结局及周朝必将取而代之的定数，才能忍痛食其子羹，又到演易台上吐出。

周文王还开了另一个智慧的先河：在苦难中坚忍，在困境中创作，不仅成为后世的典范，且是一剂心灵良药。身被拘损，心却自由，创作是唯一能够彰显心灵能量的方式，同时是对心灵的一种滋养，慰藉失去自由甚至健康的极痛监禁岁月。司马迁在文章中率先亮起逆境中坚持使命的大旗："文王拘而演《周易》……"

淮阳：现为周口市的一个区，周口已经了得：别名龙都，古为宛丘，太昊之墟，神农所都之地；周口的鹿邑是"老子故里、道家之源、道教祖庭、李姓之根"，据说也诞生了另一位道家、太极文化传人陈抟，传说他可以睡百日不起，与宋太祖一局棋赢了一座华山，当宋朝天下初定后，太祖又亲向其求教宋朝天数，他不假思索地说："一汴二杭三闽四广。遇崖则止。"宋太祖不解其意，陈抟摇头道："此乃天机，不可泄露。"结果应验，北宋都汴京，南宋都杭州，后被蒙古逼至福建，全军覆没于广东崖山海战。

周口的西华，别称娲皇故都，流传着女娲补天的故事，且因此诞生了淮阳的泥泥狗。淮阳的伏羲太昊陵，最早兴建于春秋时代，孔子游说列国时曾来此拜谒观瞻，三国时的小王子曹植来此后，留下《伏羲赞》：木德风姓，八卦创焉。龙瑞名官，法地象天。

淮阳第二大名人墓是陈胡公墓，香火鼎盛，陈氏后人所敬奉的先祖名妫满，虞舜后裔，在牧野之战中，立下汗马功劳，周武王灭商后，把他封到陈地（今淮阳），并把女儿太姬嫁给他，称胡公，系陈姓与胡姓的起源。

淮阳有中华民族的"根"，是中华姓氏文化的发源地。从古文献和考古文物来看，中国出现的第一个姓氏是伏羲的"风"姓。在淮阳举办过中华姓氏文化节，海内外数十万华人来此朝觐。

由姓氏而对生命个体来源出处的追究，对民族始祖的敬仰与崇拜，构成了中国文化的一个独特的文化景观。百家姓是一个虚指，其实，现有姓氏11969个，除2200多个少数民族姓氏及无源之姓，余下4820个姓氏中有1834个姓氏起源于河南。大姓300个，根在河南的就有171个。

在四面环水风景秀丽的淮阳城，孕育了中国最古老的哲学思想，城东北一里处的湖中心有一座画卦台，相传伏羲氏就在这里始画八卦。画卦台上的庙宇早已淹没在时光深处，无处寻迹，相传为伏羲所栽的八卦柏至今仍傲然挺立。传说，画卦台上卧着一只白龟，久之不去，在中国古代，白龟的出现意味着神将显灵，伏羲氏根据白龟的背纹图案画出了八种符号，即八卦，他用八卦代表天地间的各种事物，由此升起了中华文明的一缕曙光。

河南之古，叹为观止；河南之久，顶礼膜拜；河南之丰，言之无极。

洛阳

十三朝古都，一朵永不凋谢的心灵牡丹

　　中国历史上建都年代最早、时间最长的城市，不是西安，不是北京，而是洛阳，古代的洛邑、洛京、神都，在五千年文明史中，这是唯一一个敢称神都的城市，自然是唯一一个女帝赐名——神州之都、神仙之都。洛阳在北魏时就已是世界上最大的城市，人口百万、车水马龙、繁华兴盛。

　　人们似乎已经遗忘了这个可以证明中华文明确切存在上下五千年的城市，却有源源不断的考古发现震惊着世界：在二里头发现的公元前21世纪的夏都斟鄩遗址；在漯河贾湖遗址出土了30多支八千多年前的骨龠（ yuè ），分别有5孔骨龠、6孔骨龠、7孔骨龠和8孔骨龠。经专家研究，这些骨龠已具备四声、五声、六声和七声音阶。演奏家小心翼翼地手捧这支八千岁的文物，仍能吹奏，且可以演奏当代歌曲，七声齐备，胜于丝竹，这不仅是中国古代音乐文明的奇迹，也是世界之最。这证明中国音乐历史长达 7000 至 9000 年，同时也完全刷新了中国五千年文明史，八千多年前能够吹奏的笛子，肯定不是外星人留下的，说明那时已有人类生存。七孔均匀，骨壁轻薄，一万年前的古人用什么工具凿空笛眼，且在近万年后仍能够吹奏当下新曲，仍有可能永远是世界之谜。可以证明，那时候的古代人类至少已经在河洛生活了几百年，甚至上千年，才能有这样的能力和技术。

七孔音阶也刷新了中国音乐史，中国古典乐器向来只有五阶：宫、商、角、徵、羽，古琴只有五弦，筝在古代只有 13 弦，即使当代是 21 弦，仍是五阶：弹"4"时是由"3"按弦而出，弹"7"时是先弹"6"，左手按弦而出。虽然万年前，中国大地上已经出现了七声音阶，但中国古典乐器：琴、瑟、箫、埙、笛、鼓、钟等仍然喜欢五阶，为什么呢？

因为中国文化和中国智慧！

"五声"一词最早出现于《周礼·春官》："皆文之以五声，宫商角徵羽。""五音"最早见于《孟子·离娄上》："不以六律，不能正五音。"

不知有多少人知道五音可以养生，音乐可以疗愈，中国古人在几千年前就知道并且运用五音为人体五脏"按摩"。音乐的频率与五脏律动的频率相对应，无论哪里出了问题，频率一定会紊乱，通过音乐的频率可以校正过来。乐的繁体字是"樂"，加上草字头就成为药的繁体字："藥"——音乐即音药，古时草药皆源于大自然，来自植物。"宫商角徵羽"匹配"心肝脾肺肾"，形成五音疗法，在2000多年前的典籍《黄帝内经》中就有提及。中国古人认为，五音与人体五脏相对应，能通过影响人的情绪来改善相应的脏腑功能，如今，世界医学与科学已经证明：音乐对促进人体健康有多重作用。

量子科学也已证明宇宙的运行同样依赖频率，在互联网上有许多高维音乐，甚至直接标明爱的频率、木星的频率、宇宙的声音，当音乐频率与宇宙频率一致时，不仅对人体有疗愈作用，甚至对于生命能量的提升都大有帮助。

听高维音乐，不只让思虑太多的头脑放松下来，还时常让心灵喜悦，美妙得像喝了最美的红酒，吃了最好吃的食物，得到了最真挚的爱情一样，妙不可言，美不胜收，多巴胺和内啡肽汩汩涌动，那一瞬间：世界是自己的世界，全世界只有自己，自己是世界上最有权威的女王、最智慧的哲人、最知名的作家，自己就是世界，世界只有自己，自己创造了世界。那种感觉，千金难买，亿万难求，如果一直生活在这样的频率中，哇，太美妙了，那是神仙的自在，是高人的觉悟。

河南的世界之最不少，中国之最更是不可胜数，仅洛阳就如数家珍。而洛阳最令我着迷的是华夏子孙的"根"文化——河洛文化，想想看，在树枝上生活三十年，到"根"上去旅行，实在让人兴奋。

河：定指黄河。炎黄二帝时代，流淌在中原大地上的河流密如蛛网，但只有黄河被称为"河"，而其他河只能叫作水，河南因诞生于黄河南岸而得名。洛：是指洛河，同样赋予了一座位于洛水之南的城市一个灿烂而悠久的名字——洛阳。

洛阳境内山川纵横，东临嵩岳，西靠秦岭、崤山；北依王屋、太行二山；南望伏牛山；向东，出了虎牢关，是一望无际的华北平原；向西，出了函谷关，进入关中平原。洛阳东压江淮，西挟关陇，北通幽燕，南达荆楚，又据黄河天险；自古便有"八关都邑，八面环山，五水绕洛城"之说。正如清代顾祖禹在《读史方舆纪要》中所言：洛阳"河山拱戴，形势甲于天下"，是掌控天下的战略要地。

全长5400多公里的黄河，流过三门峡口之后，在中下游地区形成了广袤的冲积平原，奔腾喧嚣的黄河遇见温润舒情的洛河，造就出一方沃土。洛河是中国北方少见的冬天不结冰的河流，自古便有"温洛"之称。"尧之都，舜之壤，禹之封"，神都非它莫属。

从公元前2070年，中国第一王朝夏朝在此建都开始，到公元938年五代十国时期的后晋灭亡，直接以洛阳为王朝都城的时间，有1600年左右，从禹的孙子太康在此建城斟鄩到五代后晋石敬瑭，共13个朝代。沿洛河东西35公里长度的范围内，分布着二里头夏都斟鄩遗址、偃师商城遗址、周王城遗址、汉魏故城遗址和隋唐洛阳城遗址等五大都城遗址，人称五都贯洛。可谓古矣、丰矣。

河洛文化的神奇传说首数河图洛书。相传伏羲有一次在黄河边，发现了一头龙首马身的怪兽，怪兽的鬃毛卷成有规律的图案，伏羲氏受到启发，制作了八卦图指导部落生活；大禹治水时，又看见从洛水中爬上来一只巨龟，背上也有规律排列的图案，大禹悟出治水之道。

史料说：河图洛书是远古时代流传下来的两幅神秘图案，源自天上星宿，蕴含着深奥的宇宙星象密码，被誉为"宇宙魔方"，是中华文明的源头。又有说："河图"的这个"河"，其实指的是星河、银河，二十八星宿也在银河系中，河图最初的原型是一条白色旋转的龙，围绕着中点运转，中点是北极星，这就更不得了。

河图洛书慢慢演变成一黑一白两条龙，头尾相续，形成太极阴阳图。在古人的观测中，其他所有的星星都是动的，包括太阳和月亮，只有北极星是唯一不动的星，是谓"天极"，东西南北和四面八方交叉点叫"中"，所以，我们伟大的国家永远都叫——中国。

河图本是星图，其用为地理，故在天为象，在地成形也。在天为象乃三垣二十八宿，在地成形则青龙、白虎、朱雀、玄

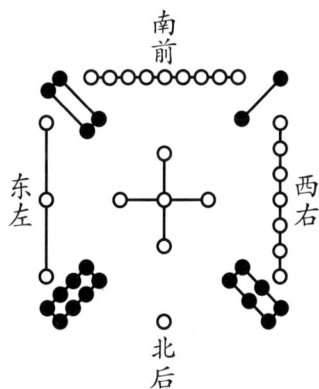

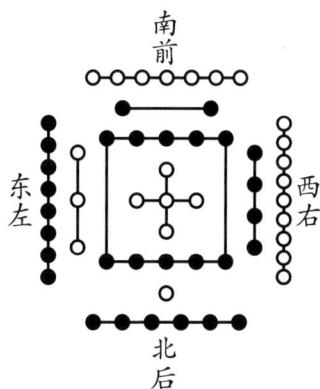

武、明堂。河图之象、之数、之理，至简至易，又深邃无穷——

> 天一生水，地六成之。
>
> 地二生火，天七成之。
>
> 天三生木，地八成之。
>
> 地四生金，天九成之。
>
> 天五生土，地十成之。
>
> 一六居北，二七居南，
>
> 三八居东，四九居西，
>
> 五十居中。

一幅图，金木水火土、东西南北中，规则中有序，逻辑中有理，显像中有道：天一生水于北，地二生火于南，天三生木于东，地四生金于西，天五生土于中，至六以成水，至七以成火，至八以成木，至九以成金，至十以成土。

无论是河图还是洛书，中间皆是十字，表示"中土"。佛法说："人身难为，中土难生。""中土"就是指中国，最早的"中国"系河洛出土文物——何尊中的"宅兹中国"。

每个文明都有自己的创世纪神话及造人传说，古老中国的神话先是天地一团气，混沌一片，盘古撑开这片混沌之气，无中生有，创造一切。所以，"河图洛书"最重要的是气："天地有正气，杂然赋流形。下则为河岳，上则为日星。于人曰浩然，沛乎塞苍冥。"（文天祥《正气歌》）当一个王朝衰落时，中国人会说：气数已尽；人活一口气，人之将死：没气了；人有气质：气乃神、灵，质为体、骨。

洛书表达的是空间：水平空间、二维空间，以及东西南北四个方向。洛书上，纵、横、斜三条线上的三个数字，相加其和皆等于十五。河图洛书最早记录在《尚书》之中，《易传·系辞》也有"河出图，洛出书，圣人则之"，《论语》载："凤鸟不至，河不出图。"《竹书纪年》讲：黄帝在河洛修坛沉璧，受龙图龟书。是中华文化、阴阳五行术数之源，太极、八卦、周易、六甲、九星、风水等皆可追溯至此。

我不确定这两幅神奇的图形是否神奇到可以诉说宇宙的奥

秘、银河系的排列，只觉怎么看怎么神秘，怎么转怎么玄幻，怎么加怎么奇奥。

"河图洛书"图式反映出中国古代先民的数字崇拜和时空观念，主要表现在对一至十这十个基本数字的崇拜，以及对由基本数字生发的数字的崇拜，如：六六产生的三十六，七七产生的四十九，八八产生的六十四，九九产生的八十一，由十产生的百、千、万等。在古代中国人的文化观念中，一至十这十个基本数字都不单是数学意义的数字，它们还具有美学意义、祥瑞意义、世界观及宇宙观的意义等，每个基本数字都是完美数、吉利数、理想数、大智慧数，细说起来都含义无穷。

孔子 71 岁感慨"河不出图，凤鸟不至，吾已矣夫！"汉代儒士认为：《周易》源于八卦，八卦源于"河图"，洛书是《尚书》中的《洪范九畴》。武则天 76 岁亲书升仙太子碑碑文："山鸣鸑鷟，爰彰受命之祥；洛出图书，式兆兴王之运。"

传说，宓羲氏之女溺死洛水而为神，故名洛神。吹着洛河的风，盘坐在岸边，我倒倾向于相信那个传说：有河必有神，有水必有仙。上古时期，主宰黄河的神叫"河神"，又叫"河伯"；主宰洛水的神叫"洛神"，又名宓妃。二人结合，即"河洛文化"的起源。河神倒是静谧了几万年，洛神可就不安静了，从屈原开始，她就成为文人笔下描摹的完美女性象征："吾令丰隆乘云兮，求宓妃之所在。解佩纕以结言兮，吾令謇修以为理……"(《楚辞·离骚》)之后，又出现在西汉司马相如的《上林赋》及东汉的张衡、蔡邕笔下；到了三国大才子、可怜的小王子曹植这里，一个"翩若惊鸿，婉若游龙"的洛神既成为永恒，又成为男人永远妄想的女神：

> 髣髴兮若轻云之蔽月，飘飖兮若流风之回雪。远而望之，皎若太阳升朝霞。迫而察之，灼若芙蕖出渌波。秾纤得衷，修短合度。肩若削成，腰如约素。延颈秀项，皓质呈露，芳泽无加，铅华弗御。云髻峨峨，修眉联娟，丹唇外朗，皓齿内鲜……

在明代"小品圣手"张岱的百科类书《夜航船》中记载："谢灵运曰：'天下才共一石，曹子建独得八斗，我得一斗，自古及今共用一斗。'"谢灵运不仅是史学家、文学家，兼通史学，擅长书法，翻译佛经，奉诏撰写《晋书》，辑有《谢康乐集》，开创了山水诗，这样不可多得的大才子自夸才一斗，却夸曹植才高八斗，可见其才，可见这篇《洛神赋》的内力与影响力。

"洛神"是神中之神，《尧典》(《尚书》篇目之一）中帝尧就像太一的化身，他安排羲和生伏羲和女娲，即"太极生两仪"；伏羲和女娲生了四个孩子，可看作是"两仪生四象"，其中一女便是"洛神"。

离开洛河，走进一个不起眼的村落，它有一个不起眼的名字，五千年前，这里却是天下的中心。站在村口，不敢迈步，那种沉淀了数千年的味道像幽灵一样争先恐后地钻入我的毛孔，使我举步维艰，一是敬仰，一是重压，渺小的我不敢仰视浩如银河的历史。

我被二里头夏都遗址博物馆的造型惊艳到了，瞬间冰封，眼前仿佛一条穿透了几千年历史长河的巨龙盘旋着博物馆，绕着"龙"转了一圈又一圈，我发现很多物件："钥匙""盘龙""绿松石龙""铜爵""玉璋"等。嘿嘿一笑，这有点像东北人，家里有点啥都穿在身上，博物馆的镇馆之宝都镶嵌在建筑中了，但是，恰到好处。只有二里头有资格炫耀，博物馆屋顶就像一把"钥匙"，探寻华夏古迹、打开中华文明的神匙，其四方、周正、理性的外形就像夏朝的青铜器。

如果它能够留存四千年，定是后世研究的精美文物，不仅是馆藏文物，还有博物馆本身，后世会发现21世纪的先人热衷于建筑艺术，他们喜欢把建筑建设到最高、最美、最磅礴、最奢侈、最文化，二里头夏都遗址博物馆是目前世界上夯土规模最大的单体建筑。但愿未来数万年，没有战争，没有天灾，没有地壳变迁，没有地球毁灭，我们成为被后人研究的古人。

走进这座中国最美博物馆，瞬间穿越回最早的中国，"第一王朝"四个大字威严、肃穆，竖列在展厅中，深深地感受着这份霸气、真实与远古，恭敬地蹀入五千年历史长廊中。

传说落在人间，需要证明；史籍所有记载，需要呈现，中华文明究竟是否有五千年文明史，夏朝是否真的存在，二里头夏都斟鄩遗址的发现既震惊世界，又实证中华古史。

"第一"二字，意味着天下之先、文明之源、王朝之首，一切都需开创，一切皆系独创：最早的中轴线布局的宫城建筑群、最早的双轮车辙、最早的井字形城市主干道路网、最早的中轴线宫殿建筑群布局、最早的官营手工作坊区，最早的青铜礼器群，中国出土最早的青铜器皿"华夏第一爵"——乳钉纹青铜爵，我冷静地观赏着它冷静的身躯，沉稳地品味着它沉稳的造型，无言地感受着它无言的存在，理性地接受着它理性的能量，它一如既往静默四千年，依然冷静、沉稳、无言而理性地向后人诉说着那段古老遥远又如传说般的开创史，被视为中国传统文化的象征，甚至为中华文明源头的象征。

中国最早的网格纹青铜鼎安静乖巧地三足鼎立在那儿，这是烹饪器皿？我舔舔嘴唇，右手托左肘，左手托着下巴，食指点着脸颊，古人怎么用它烧菜做饭呢？鼎里刷干净，加上水，下面生上火，可以煮菜、煮肉。夏朝人吃炒菜吗？中国最早什么时候开始炒菜？用油吗？油是怎么发明的？用筷子还是木棍？用手抓，简单，但汤呢、面呢？端着喝，几个人一起端？什么朝代发明的？这是发明吗……不禁哑然失笑，却原来，吃是另外一种历史，也是一种文化，需要深入研究，并非生命本能那么简单。

　　夏朝人与唐朝人不一样，宋朝人也与今人不一样，这不只是涉及经济的发达、时代的变迁，还有烹饪器皿的易变，以及各种科技元素的发明。我们现在做饭，再也不用纯原始的青铜铁器、陶器，一插电、一开火，各种形状和材质的炊具及新式武器轮番上场，古人想都没想过的空气炸锅、焖烧锅等，做法不同，食物不同，味道不同，但肠胃是相同的，一日三餐是相同的。

　　当今及不远的未来，各种科技发明代替人类，人工智能可做一切杂事，那么，人类节省下来的时间用来做什么？这是21世纪人类的使命——人类该往何处去。上月球旅行，到银河聚会，在宇宙遨游？往其他有生命的星球转场？不过是开始了另一个轮回。在那个星球，我们又变回夏朝人，开始茹毛饮血，狩猎打鱼，研究吃住，第一是安全，第二是吃饱，第三是穿暖，第四是延续生命，第五有遮风挡雨的洞穴，最好有能够固定、舒适一点的居所。都解决了之后，有人觉得自己高贵，要受人尊敬，要统治那些低劣的人，阶级出现。人多了，得建立一种场域，一种秩序，一个制度，一些约定，大家有条不紊，井然有序地生活，国家出现了。

　　比起更遥远浩渺、无可预知的未来，历史再遥远也不过万年，在佛教世界中，未来佛"弥勒佛"的下世还需要五十六亿年，迦叶尊者还在大理鸡足山入定等待……算了，还是回到历史，这才五千年。二里头博物馆陈列的许多青铜器，使得中国的青铜文化可以追溯到公元前 21 世纪，表明夏王朝的都城已经有了青铜器作坊。殷商时期，青铜器铸造工艺不仅十分成熟，而且整个都城几乎就是一个大工厂，历史课本中著名的司母戊大方鼎就是这个大工厂的杰作，现陈列在国家博物馆中，是禁止出境展览文物。

走出旷野般浩瀚的博物馆，然后向北去看更浩瀚、更原始、更纯正的二里头考古遗址公园，这里向世人呈现的是一座史无前例的王朝大都，精心设计、规模庞大、井然有序，中国古代多项政治制度、都邑制度皆发源于此，简直是最早的"紫禁城"，或者说，没有夏都斟鄩，就没有紫禁城。

据考证，夏都斟鄩遗址原面积应在 400 万平方米左右，是当时世界上规模最大的都城。有学者对其繁盛时期的人口进行过估算推测，居民有 2 万—3 万人，也是当时世界上人口数最多的城市。夏朝是中国历史上的第一个王朝，中国正式进入农耕文明，更是东亚大陆上最早的广域王权国家。

突然想到青铜器"何尊"，它虽然陈列在陕西宝鸡中国青铜器博物馆内，却与洛阳和夏朝密切相关。青铜器的铭文上 122 个文字中有"宅兹中国"四字，这是第一次出现"中国"字样。

何尊铭文与《逸周书·度邑解》中的一段记载十分吻合。武王克商以后，仍存焦虑，通宵不眠，周公旦得到通报后赶过去问其故，武王说："我承天命灭商，却还没有定下都邑，那就意味着我还不能确定承受天命，怎么能安睡呢？"周武王对旦又说："如果要确定承受天命，平灭殷商，就必须依傍天室（上天的都邑），那里有上天的法令；依傍天室的地方在哪儿呢？不需要到远处去寻找，就是洛地；上天已经经过反复探求，一定会佑助我们，洛地距离上天的都邑不远，以后定都于兹，就把这里叫作度邑吧。"（参见黄怀信《逸周书汇校集注》）

武王病逝后，"成王长，周公反政成王，北面就群臣之位。成王在丰，使召公复营洛邑，如武王之意。周公复卜申视，卒营筑，居九鼎焉。曰：'此天下之中，四方入贡道里均。'"（《史记·周本纪》）

我穿行在博物馆旷野中，游走在历史森林里，自言自语："何尊！这个名字也好——何以为尊，唯我中国。"难怪佛教说："人身难为，中土难生。"生于中土真是自豪，我愉快地作别二里头夏都遗址博物馆，微笑着对着这串开启古代中国华夏文明的神奇钥匙说："你成功了！走进你，让我感到作为一个中国人，一个华夏子孙，如此珍贵，尽管我渺小得不值一提，但我必须掷地有声地向世界宣布：生为中国人，我的灵魂都很骄傲！"

带着我的骄傲，站在一个历史的大骄傲前：天下第一女碑，则天大帝，你是中国女人的骄傲！这是游人罕至之处，我摸着"飞白体"的"升仙太子之碑"六字：丝丝入白、浓淡相宜，感慨着武则天的才智：文采、书法、佛法、谋略俱全，真是难得的全才，可她十四岁进宫，她家世甚好，家庭教育应该是好的，就像李清照，但理性推断，更多的才华是在进宫后被冷落的十四年中历练的，尤其是智慧，既来自后宫生存所迫，又来自佛法。可这漂亮的女书，又是何时练就的……我抚摸着六字中巧隐的十个鸟形笔画：美与力、刚与柔、智与才、书与画、文与识并存。"脱去铅华脂粉气味，不同于流俗。有巾帼不让须眉大丈夫气概。"（北宋《宣和书谱》）武则天的人生也是如此。

七十六岁，嵩山封禅，返回时留宿于此，触景生情回宫后撰写碑文。

唐朝为楷书发展的巅峰，从皇帝到一般士人，都对书法尤为重视，高手如云的唐朝甚至建立了"以书取仕"的制度。武则天是书法史上为数不多的女性书法家。她的小楷如绽放花朵、如密法明灯，温馨和美，原藏敦煌十七号窟中，却被法国强盗盗去，现存法国国家图书馆。而这篇"升仙太子碑文"笔法婉约流畅，意态纵横，她首开草书刊碑之先河，既不失为女书之精品，又为历代书法家推崇。

无论书法功力，无论佛法智慧，无论政治谋略，无论诗词文采，武则天都当之无愧千古奇女子！

河洛文学

不止"古今兴废事，只看洛阳城"（宋·司马光），古典文学的辉煌与承继，也要看洛阳。

先说"汉代五绝"之一的汉赋，滥觞于"辞赋之祖"荀子与屈原，起源于洛阳才子贾谊，发展于汉赋四大家，兴盛于司马相如，洛阳纸贵于左思，华丽收尾于曹植，《洛神赋》不只让无数后世遥想洛神之美，也惊叹汉赋之丽。

说到曹植，最令人唏嘘的是他的身世。他的存在，就让想当王的人觉得不安全。七步之内不赋诗就丧命，站在通许县七步村的曹植墓，看着墓碑上刻印的《七步诗》："煮豆燃豆萁，豆在釜中泣。本是同根生，相煎何太急？"政治消解人性，权力瓦解亲情，现实往往让人匪夷所思。

古人的自由不仅取决于出身，还有王朝安危，"洛阳何寂寞，宫室尽烧焚。垣墙皆顿擗，荆棘上参天。中野何萧条，千里无人烟。"（《送应氏二首》）如此繁华的汉都洛阳，仅因一场董卓之乱就落得如此下场，直让曹植感叹："天地无终极，人命若朝霜。"战乱之后的神都，繁华之后的硝烟，一如灿烂的流星，划过天际，留下绝美的残光细线，落在地球上，不过是一块丑陋无言的巨石，毫无用处。

然而曹植的描述远远比不上亲历者——大才女蔡琰，汉族内乱尚不足畏，可怕的是好不容易被汉武大帝花了几十年平定的匈奴人重新长驱直入、内外皆患："斩截无孑遗，尸骸相撑拒。马边悬男头，马后载妇女。"覆巢之下无完卵，就连文学世家、名门之后蔡文姬也未能幸免："岂复惜性命，不堪其詈骂。

或便加棰杖，毒痛参并下。旦则号泣行，夜则悲吟坐。欲死不能得，欲生无一可。"

董卓被司徒王允计杀后，蔡邕仅一声叹息，便惹恼了他，让蔡邕冤死狱中，不知怎地就断送卿卿性命。关中混战时，蔡文姬跟着难民到处流亡，却被南匈奴兵抢走，因年轻貌美被献给左贤王，塞外苟活十二年，生育两子。

曹操统一北方后，出于对故人蔡邕的怜惜与怀念，"痛其无嗣"，重金赎回蔡文姬。

在历史中，谁会像蔡文姬一样面临着家与国、乡与子如此凌迟的抉择、痛腑的两难？"天属缀人心，念别无会期。存亡永乖隔，不忍与之辞。儿前抱我颈，问母欲何之。人言母当去，岂复有还时……我尚未成人，奈何不顾思。见此崩五内，恍惚生狂痴。"重返中原故土本是幸事，却要付出与儿女永远生离的巨大代价。"死别已吞声，生别常恻恻。"杜甫仅与李白一面之缘，十二载不见，梦李白时如是说，更何况，蔡文姬与亲子诀别！明知生别就是死别，却还是要别，人世间最悲惨的离别莫过于此，最断肠的抉择无出其右。

文姬泪洒归途，前路漫漫，悲欣交集，一曲《胡笳十八拍》，揉碎一地血泪，从北方流到南方。回到日思夜想的中原故土，却是"城郭为山林，庭宇生荆艾。白骨不知谁，纵横莫覆盖。出门无人声，豺狼号且吠。"于国于史，文姬归汉是雪耻、是回归；于母于心，是骨肉永别、痛彻心扉。

屡次反复听古琴曲《胡笳十八拍》，自觉其悲愤、痛苦之情远不如诗文："故乡隔兮音尘绝，哭无声兮气将咽。一生辛苦兮缘别离，十拍悲深兮泪成血……一步一远兮足难移，魂消影绝兮恩爱遗。十有三拍兮弦急调悲，肝肠搅刺兮人莫我知……"古今中外有此境遇者不在少数：陀思妥耶夫斯基二十几岁险被杀头、杜甫与曹雪芹之子被饿死……蔡文姬却在《悲愤诗》中将其悲其愤其情展现得更甚于悲剧之王俄狄浦斯，一百零八句，五百四十字，字字血泪，句句悲情，读来令人瞠目结舌，遥想人间地狱，揪心挠肝、惨烈至极……能在这种炼狱中爬出来，活着，本身就是奇迹。

《悲愤诗》是中国文学史上第一首自传体长篇五言叙事诗，对后世影响甚远，"诗圣"杜甫深得其妙。

杜甫是圣，扎根大地；李白是仙，飘在天上；如风自由，初始落地。我从前爱李白的"天生我材必有用，千金散尽还复来"的豪迈与洒脱，"长风破浪会有时，直挂云帆济沧海"的励志与远见，"花间一壶酒，独酌无相亲。举杯邀明月，对影成三人"的创意与浪漫。现在爱杜甫的"感时花溅泪，恨别鸟惊心。烽火连三月，家书抵万金"的悲怆与苍凉；"人生不相见，动如参与商。今夕复何夕，共此灯烛光"的沧桑与真情，"安得广厦千万间，大庇天下寒士俱欢颜"的慈悲与大爱。

《王直方诗话》说："不行一万里路，不读万卷书，不可看老杜诗。"我读了万卷书，行过万里路，且写百万字，阅尽人间色，大观天下景，凤凰涅槃后，再读老杜诗，甚觉更同频。李诗来自天上，属于灵魂；杜诗扎根地上，属于现实。天上的诗，每每微醺小醉之后，曲水流觞地诵读，甚觉妙趣横生；地上的诗，理性清醒仔细揣摩，行云流水地朗念，渐会心生慈悲。

我们对杜甫似有许多误读，杜诗被称为"诗史"，诗很长，寿却不长。因杜诗沉郁顿挫、忧国忧民，代表作"三吏""三别"凄凉悲怆，世上疮痍、民间疾苦，尽现其中，总让人觉得李白没有过沧桑穷困的暮年，而杜甫似乎没有过灿烂和悦的青春，感觉杜甫像李白的祖父，却是小李白十一岁的弟弟，且出身名门，祖父是武则天时代"文章四友"之一的杜审言，且"学诗犹孺子"，"九龄书大字，有作成一囊"，"往昔十四五，出游翰墨场"。

三十五岁以前，家境殷实，因几次科考落第，杜甫过的是闲云野鹤、读书壮游的生活。五六岁时，在河南郾城看过舞蹈家公孙大娘的剑器浑脱舞；后在洛阳尚善坊的岐王李范宅里，遵化里玄宗宠臣崔涤堂前，听过李龟年的歌声；在洛阳北邙山顶玄元皇帝庙里欣赏过画圣吴道子画的五圣尊容、千官行列，这在他以后的诗歌创作中都有所反映。当时社会名流观其辞赋，夸他有班固、扬雄之风。二十出头，因父亲任兖州司马，杜甫还过了四五年裘马轻狂的快意时光，登泰山时"会当凌绝顶，一览众山小"，何等气魄与潇洒。

可为何，杜甫会诞生在一个窑洞中呢？巴巴地来到巩县，痴痴地望着杜甫诞生窑，河南人并无生活在窑洞的习惯呀……此洞虽寒酸，但此地甚好，窑洞上方，但见一座长着矮树荒草的土山，横亘着向两边排开，中间是两道豁口，远望能依稀看到更远处的山峦。往大处看，这里嵩岳、邙山对峙，黄河、伊洛河、泗河三河汇流，连《诗经》里也响彻着它们的涛声；往细处看，窑洞背靠的山体也大有意味，形似笔架，诗圣杜甫，以天地为移动的书房，把如椽大笔放在这无形而永恒的"笔架"山上。

三十六岁，杜甫再次参加科考，却遇上奸臣李林甫导演了一场"野无遗贤"的闹剧，其后，困守长安十年。这不是一般的"十年"，是改变无数人命运的"安史之乱"酝酿的十年，曾经英明的唐玄宗却仍无政治敏锐性，不居安思危，"安史之乱"一爆发，战都不战，守也不守，立即逃跑，干了历史上所有昏君干的同样的事儿。

一个帝王的昏庸，会导致无数人的死亡与受难。"安史之乱"导致无数的历史悲剧，李白也因站错了队伍，刚成为永王幕僚，永王就被唐肃宗杀死，他被判死刑，名将郭子仪等人求情，改为流放夜郎。若非天下大赦，一代诗仙就此命丧夜郎。而杜甫则开始更加穷困的最后十一年的漂泊。文人的苦难是文学的福音，而这苦难是要激发这些天才所有的天赋，在"青衫老更斥，饿走半九州"（王安石《杜甫画像》）中，杜甫竟然写下一千多首诗。

其人生之诗大半在此段人生中，因而，今人总感觉杜甫一生穷困，从未中榜，不过做了四年小官，最悲惨的是，四十四岁时，刚任完全与文无关的兵曹参军、回家省亲时，小儿子却饿死了。杜甫悲作《自京赴奉先县咏怀五百字》，却只有三十字写幼子，其他皆是忧国忧民："穷年忧黎元，叹息肠内热。""朱门酒肉臭，路有冻死骨。""忧端齐终南，澒洞不可掇。"茅屋为秋风所破时，他祈愿："安得广厦千万间，大庇天下寒士俱欢颜"；难怪北宋政治家王安石见到他的画像时说"所以见公像，再拜涕泗流。"杜甫认为"惟公之心古亦少"——"常愿天子圣，大臣各伊周。宁令吾庐独破受冻死，不忍四海寒飕飕。"

杜甫路过石壕古道，目睹差吏夜捉人征兵的暴行："吏呼一何怒！妇啼一何苦。三男邺城戍。一男附书至，二男新战死。存者且偷生，死者长已矣……天明登前途，独与老翁别。"此小家已经为国家贡献了两个儿子，朝廷不仅不满意，继续抓人，连老妇人都跟去做饭。杀人的不只是战争，还有昏君污吏。

不是宰相，心系苍生；不是将军，却在远征；不是青天，为民吟忧；不是官吏，清正爱人；不是菩萨，大爱慈悲；仰观四极，细视八荒，胸怀社稷，心系天下，悲天悯人，愤世嫉俗，"世上疮痍，诗中圣哲；民间疾苦，笔底波澜。"（郭沫若）

战乱使得杜甫"朝行青泥上，暮在青泥中"，"明日隔山岳，世事两茫茫"，杜甫也在流亡途中，走向自己的内心，取道关陇，进入西蜀，他失去一切，唯有诗歌："我生苦飘零，所历有嗟叹。"他经历了彻底的失去，也做到了灵魂的重建，他自称"儒""老儒"，甚至"腐儒"，他用作诗来完成儒家"立言"的使命，诗歌中流露着仁爱，呼唤着仁政。后人称其为"诗圣"，而成为圣贤，正是儒家的最高理想。

公元 768 年（大历三年），杜甫思乡心切，乘舟出峡，先到江陵，又转公安，年底冬天的时候漂泊到湖南岳阳，泊舟岳阳楼下。登上神往已久的岳阳楼，凭轩远眺，面对烟波浩渺、壮阔无垠的洞庭湖，想到自己晚年漂泊无定，国家多灾多难，感慨万千，于是写下了《登岳阳楼》：

> 昔闻洞庭水，今上岳阳楼。
>
> 吴楚东南坼，乾坤日夜浮。
>
> 亲朋无一字，老病有孤舟。
>
> 戎马关山北，凭轩涕泗流。

两年后的一个冬天，杜甫在由潭州往岳阳的一条小船上去世，时年五十九岁。"存者且偷生，死者长已矣"，杜甫遗愿要归葬首阳山，但其次子宗武因穷困无力做到，只好暂时掩埋于耒阳。在诗人死后四十三年，方由其孙杜嗣业扶枢归葬于河南洛阳偃师首阳山下，现在首阳山下也有杜甫墓。

杜甫与范仲淹一样是真正身体力行"先天下之忧而忧，后天下之乐而乐"的人，而文正公一直"居庙堂之高"，偶尔外放，忧民是公；杜甫一直"处江湖之远"，却忧其君，甚为难得。二人心同——"宁鸣而死，不默而生"，皆从儒家教诲，一心仕途。文学之鸣放带来的声誉远亘未来，文化之力才会使古老的中华文明影响世界："李杜文章在，光焰万丈长。"

杜甫并不知，他已经出色地完成了自己的使命，永垂文学史，仅凭诗作便可扬名世界。杜甫诗集被翻译成各种语言，为世界人民所钟爱。1961 年，在斯德哥尔摩举行的世界和平理事会主席团会议上，杜甫被列为次年纪念的世界文化名人之一。1962 年恰逢杜甫诞辰一千二百五十周年，世界各地都举行了广泛的纪念活动。日本著名汉学家铃木修次说："杜甫，虽然是古人，但他的作品已超越时间，不断地给读者以新的刺激和感动。"

美国著名汉学家宇文所安在《盛唐诗》中说："杜甫是最伟大的中国诗人。他的伟大基于一千多年来读者的公认，以及中西方文学标准的罕见巧合。在中国诗歌传统中，杜甫几乎超越了评判，因为正像莎士比亚在我们自己的传统中，他的文学成就本身已成为文学标准的历史构成的一个重要部分。杜甫的伟大特质在于超出了文学史的有限范围。"

美国现代诗人雷克斯罗斯认为杜甫所关心的是人跟人之间的爱，人跟人之间的宽容与同情："我的诗歌毫无疑问地主要受到杜甫的影响。我认为他是有史以来在史诗和戏剧以外的领域里最伟大的诗人，在某些方面他甚至超过了莎士比亚和荷马，至少他更加自然和亲切。"

金风玉露一相逢，便胜却人间无数，若不吟诵爱情，而是形容高贵的友情，诗仙与诗圣之遇见，惊艳中国文学史，一场才华的遇见，一次伟大的会晤，一份交心的友情，堪比孔子谒见老子的文化盛事，老子在孔子眼中是"龙"，李白在杜甫眼中是"灵"。

他们遇见时，既不是"仙"，也未被封"圣"，但都拼命地在成仙、为圣，相逢即知音，携手同游，把酒言欢，吟诗作文，些许自在。杜甫重情重义，总念旧情，李白乐在当下，少忆往昔。短短一年多的时间，李白与杜甫两次相约，三次会见，相见恨晚。

李白是个性情中人，所以他走到哪里都能很快交上朋友。从杜甫写给李白的十二首诗中可以看出，杜甫真正懂李白。

"痛饮狂歌空度日，飞扬跋扈为谁雄。"（《赠李白》）一个"空"字，表示快乐并非为心，为谁？李白若做徐霞客那样的超人，便是真仙，此生更圆满。"不见李生久，佯狂真可哀。世人皆欲杀，吾意独怜才。敏捷诗千首，飘零酒一杯。"（《不见》）一个"佯"字证明李白之悲哀，"自是君身有仙骨，世人那得知其故。"（《送孔巢父谢病归游江东兼呈李白》）揭穿李白之潇洒假象，"出门搔白首，若负平生志。冠盖满京华，斯人独憔悴。"（《梦李白二首·其二》）他确实是天才，但朝廷无人因天才而容忍其慢妄。"笔落惊风雨，诗成泣鬼神。"（《寄李

十二白二十韵》)

《春日忆李白》《冬日有怀李白》《天末怀李白》《梦李白（二首）》《赠李白》《饮中八仙歌》……可见杜甫真诚真实，交人交心。

两千多年前，孔子与老子，一儒一道，开启了中国思想的源头；一千多年前，李白与杜甫，一仙一圣，再放思想的灵光，他们继承了先人的智慧。

司马光在《独乐园记》中写道："孟子曰：'独乐乐，不如与人乐乐。与少乐乐，不如与众乐乐。'此王公大人之乐，非贫贱者所及也。孔子曰：'饭蔬食，饮水，曲肱而枕之，乐亦在其中矣。颜子一箪食，一瓢饮，不改其乐。此圣贤之乐，非愚者所及也。若夫鹪鹩巢林，不过一枝；偃鼠饮河，不过满腹；各尽其分而安之。此乃迂叟之所乐也。'吾闻君子所乐必与人共之，今吾子独取足于己，不以及人……"

司马光反对王安石推行新法，自请调职离京，退居洛阳，投闲置散，营造园林，取名"独乐园"，居十五载。

司马光居洛期间，专心修撰《资治通鉴》，绝口不论政事。实际上，他对王安石推行新法很不以为然，对一时文士，夤缘钻营，竞附新法而扶摇直上，尤深恶痛绝。以"独乐"名园，即表示自己绝不随波逐流，趋时逐鹜，而要洁操净守，傲立于世俗之外。但以"独乐"命园，和儒家的兼济之志似有乖违，因此，文章一开篇，即对孟子的非难"独乐"提出异议，同时对孔子的固穷之乐，也表示难以企及。

司马光在独乐园中以读书、修史为乐，兼及钓鱼、采药、浇花、剖竹、弄水、见山，无拘无束、任真自得。时常雇一头小毛驴四处访古，自在的小老头，坐在驴背上，背一书卷，拎一酒壶，捋着胡须，慢声吟道："若问古今兴废事，请君只看洛阳城。"

原只把司马光当作政治家与史学家，难以望其项背，没想到，他的《独乐园记》《独乐园诗》写进了我的心里，却原来，知音在此。

邙山与二寺

生死之间，佛道同辉

弗洛伊德认为：梦是潜意识在现实中实现不了的愿望和受压抑的满足。那么，公元64年，汉明帝夜梦金人飞空而至，这个梦究竟是他潜意识的哪一部分？他意欲何为？

第二天早上，汉明帝召集群臣解梦，有博学的大臣说："西域有神，其名曰佛。"于是，汉明帝就派人去天竺国求佛，十八人使团走到大月氏，遇见从印度东行传法的高僧摄摩腾和竺法兰，便把他们和大批佛经迎请回来。是时，是中国人第一次西天取经，且是官方组团。

汉明帝梦见金人时，佛陀已经灭度五百年，阿育王朝和孔雀王朝也已覆灭，在复兴的婆罗门教的挤压下，大量佛教徒离开印度，把佛法带到印度南面的海岛，以及印度北边的大月氏、龟兹、于田等国。佛教需要新的沃土，这正印证了灵性诗人鲁米的诗："你正在寻找的东西也一直在寻找你。"

汉明帝大喜，第二年，便在洛阳修建了中国第一所官办寺院，供印度高僧翻译佛经，为表彰不远万里驮经回来的白马之功，命名为白马寺。自此，白马寺，被尊为佛教的祖庭，白马也成了佛法的象征。自佛教东传以来，洛阳，一直就是重要的佛教中心。

虽然佛教东传中土还有别的传说，但汉皇"感梦求法"带着极其浪漫主义的色彩和无可言说的成分，且是一种中国智慧的呈现。

至汉代，中国已经有两千多年的文明史，中央集权制才存在二百多年，且刚刚经过王莽乱政，天下初定，这位东汉第二任皇帝，仍需在实践中探索如何治理大一统国家，实在力不从心，需要神助。若主动到异域求法，实在有违大国颜面，但异域文化及思维意识，对中华文化会是一个巨大的补充与和平作用。汉代古人远远不了解两千年之后才被人类发现的潜意识，都相信梦为神赐，神可入梦，好梦自然带来好运。

用庄周梦蝶的说法，究竟是汉明帝梦见了佛陀？还是佛陀进入了汉明帝的梦？许是神通广大的佛陀已经预见他在印度创办的佛教将会消失于印度，只有中土才能够将他的正等正觉的悟道传播到世界各地，所以，随风潜入帝王梦，开启千年菩提路。

　　一只笼子在寻找一只鸟（卡夫卡），佛陀倾尽几百世修行悟道成佛、创立佛教，不能让它从世界上消失，佛教这只智慧的笼子需要智慧的新国度与新教徒。

　　无论如何，佛教就这样梦幻但却真实地来到中国，开启了无数人的梦，圆了无数人的梦，解了无数人的梦，醒了无数人的梦。

　　一粒智慧的种子落在智慧的国度，开出智慧的莲花，智慧了无数本自具足、只待被开启智慧的智慧的人。

　　印度的气候、环境、无尽的苦难及王权的微弱适合培养一个尼泊尔王子悟道成为佛陀，为人类带来离苦得乐的法门、放下舍得的智慧。同时，印度没有保全、发展及承继这种宇宙至高能量的智慧，唯有中土才有，所以佛教必须来到中国，也只有来到中国，才能将其传播到世界。这是高维空间，或者科幻地说，多重宇宙之中的高层宇宙意识决定的。没准儿，《庄子》逍遥游中的鲲鹏与九天，都是存在的。自人类诞生以来，凡是不执着三维世界虚象的人，都能连接宇宙高维空间的智慧与能量，发明、创造各种宗教思想、科技成果与文艺作品，来指导人类未来的走向。之于人，人生是一场漫长的修行，之于地球，也是一个漫长的修行，它也需要修正地球的能量与法则，需要拿走不适合在地球上生存的一切，至于原子弹怎样无害于地球与人类凭空消失，未来会解决的。

建筑、风景易看，历史、文化难懂，在历史中旅行，实在是一场身心灵的自在修行与迅疾成长。

据史料记载，公元前2年，就有大月氏的使者伊存来到长安，口授佛经，学术界一般将"伊存授经说"作为佛教初入中国之始。

佛教似乎是为中国而诞生的，它与中国的渊源不是一般的深，它知道泱泱大国过于广博，于是，分为四条主要线路传入中国：

陆路：从古印度西北部进入现在的阿富汗地区，穿越帕米尔高原，进入中国的新疆，再传入中原。

山路：从北印度穿越喜马拉雅山脉到达青藏高原，落地开花为藏传佛教。

水路：从印度洋穿过马六甲海峡进入中国的南海，到达中国的广州、福建等沿海地区。

南路：从印度经现在的缅甸、泰国传入云南的傣族地区，称为上座部佛教，也叫南传佛教；汉传佛教基本上是从陆路及海上丝绸之路传入中国。

虽同属一支，但传承二千年之后，仿佛是三个宗教一般，而各宗又分为不同的派系，正所谓龙生九子，各不相同，而这不同实在是太迥异了。

我在西藏生活过一年，参拜过许多藏传佛教寺庙，亲见过好几个活佛，屡次在布达拉宫瞻仰班禅达赖的传奇；也在西双版纳与光着脚的小僧人聊过天，旅行过东南亚所有的国家，泰国就去过七八次，亲历了同一宗教因传入不同的国度与环境，由不同的民族与文化接收，竟然形成了如此迥异的命运与风格。世界实是玄奥。

槛外人走进白马寺的三重门槛，古树成荫，落英缤纷，一派佛国净土的清净气氛，那匹功高盖主的白马石像直射眼帘，白马已经成为佛教话语中的典型意义，传说悉达多王子出家时骑的就是白马；一千余年后，大唐高僧玄奘去印度求法时牵的也是白马；《西游记》中的唐三藏骑的是神奇的龙王三太子变身的白龙马。

来白马寺观瞻需带着某个意义、某种指向，若作为景区游览多半失落，花园里只有牡丹，长长的原木已经被磨得圆腻，藏经阁的大门紧闭，方丈的门虚掩，只待贾岛来推敲：僧人该推还是敲月下门。竹林深处乍现一个茅屋，竹门木匾上写"止语茶社"，下面一副对联：客来莫嫌茶味淡，僧家不比世情浓。只有止语，才能心听，也才听心。

四处悠游，寻找着张继当年夜宿白马寺的那间茅屋，一个秋日的黄昏，"夜泊枫桥"的张继看着"月落乌啼霜满天"，却是"江枫渔火对愁眠"。同样是秋夜，却是雨声淅沥，想着"白马驮经事已空，断碑残刹见遗踪"。屋外"萧萧茅屋秋风起"，自己"一夜雨声羁思浓"。

不止这个连身世都是谜的张继总是愁思无眠，即使是声名显赫的白马寺也屡次毁于战火，风光不比从前。这里开了太多中国佛教先河："中国第一古刹"；中国第一座舍利塔；翻译了第一部汉文佛经《四十二章经》，第一部汉文佛律《僧祇戒心》，受戒了首位西行求法的中国僧人朱士行……武则天大帝执政时期，据说白马寺僧人有三千余众，南山门抵达漯河岸边，北面则背靠邙山，因离寺门过于遥远，每晚僧人要骑马关山门。

二千年来，佛教极大地改变了中国文化的内涵，尤其禅宗诞生后，如太极般纠缠交错，简净明朗，你中有我，我中有你，不分彼此。

白马寺是释源祖庭，禅宗祖庭却是少林寺，二寺距离只有三十公里。

中华文化起源于中原，中原的中心是河南，那么河南的中心在哪里呢？就是以武术扬名世界的少林寺所在——嵩山。在武侠小说中，有很多称霸武林、以真实山川命名的虚假门派，但只有少林功夫是真实的，且独创了禅武。

少林寺为北魏孝文帝元宏敕建（495年），为安顿来朝传授小乘佛教的印度僧人跋陀。印度高僧菩提达摩在这里首传禅宗，使其发展成为佛教中的重要宗派。达摩祖师在这里面壁九年，留下了"一苇渡江""面壁九年"的故事，确立了"明心见性，一切皆空"的修道禅法，收了断臂求法的神光，并赐名慧可，是为二祖。

"我心不安，请师父安心。"慧可说。

"将心拿来，我与你安。"达摩祖师说。

"没找到心。"

"你心已安。"

二位神人的神对话，简如太极。比起读一个大雁塔的佛经，与一个寺庙的百千僧众念经一生，禅宗的思维、交流与传法方式更适合内敛、含蓄的有识之士，几句话，令有智慧的人思悟半生或就此顿悟成佛，无怪乎，禅宗在中原大地开花结果。

少林寺为世界熟知，则是在一个特殊的年代，用特别的方式呈现出不可替代的特立独行的意义。在 20 世纪 80 年代，一毛钱的票价卖出了 1.6 亿的票房，创造了空前甚至绝后的票房奇迹，那相当于十六亿人次观看了电影，当时中国人口才几亿？现在动辄几十个亿的票房，是因为电影票贵：30—300 元。以最低票价算，即使 30 亿票房的电影也才有 1 亿人观看，北、上、广、深的 VIP 影厅得二三百。可见，电影《少林寺》让少林寺火成什么样！

世人皆知"天下功夫出少林，少林功夫甲天下"。连中俄边境一个小村子里五岁的小胖丫儿，在小小的昆仑黑白电视机里看了《少林寺》后，也郑重宣布："我要去少林寺！"

"去干啥？"

"学功夫。"

一家十口笑得东倒西歪，然后，我的小胖屁股上挨了亲妈一脚："你是个小妮！老实待着。"

我的武学天赋就这样被轻易切断：骨骼清奇，脊梁挺拔，腰身灵活，行事果决，出手迅猛，刚正不阿，愤世嫉俗，杀富济贫，正气凛然，实是练武的好材料。

电影《少林寺》是虚构的，少林寺十三棍僧是否救过李世民，正史并无记载，但却取自一段真实的历史：大唐的立国之战，秦王李世民与王世充的战争，少林僧人真正助过李世民。少林寺因此受到唐太宗重赏，名扬天下，成为"天下第一名刹"。至唐宋年间，少林寺拥有土地14000多亩，寺基540亩，楼台殿阁5000余间，僧徒达2000多人。达摩开创的禅宗在唐朝兴盛，成为佛教最大宗派。

"天下功夫出少林"，少人知"少林功在永化堂"。少林永化堂，被称为少林南院，与祖庭少林寺隔河相望，开堂之初，由明朝皇室周王府出资建造，且有八位皇室王子在本堂剃度出家，别称八王子院，是明朝的皇家门堂。明末，面对内忧外患，门下由少林禅武医僧和少林俗家弟子组成的少林僧兵，多次奉诏，保家卫国，屡建功勋：东援朝鲜抗击倭寇、西平宁夏鞑靼叛军、南讨播州杨氏叛军、北伐建州女真叛军、内剿中原流寇贼匪等威胁明朝存亡的诸多护国战争，很多弟子都因此而喋血疆场、为国捐躯。"满门爱国忠孝，一堂振兴中华"，"誉满天下，威震华夏"。

少林寺成为"禅宗祖庭，功夫圣地"。

与禅宗相比，唯识宗却鲜为人知，但是，创立者却影响世界，他就是洛阳人玄奘。玄奘翻译了 75 部佛经，并著述了神奇的《大唐西域记》。在他的影响下，不仅诞生了更为神奇的《西游记》，且在 1300 年后，帮助印度考古学家发掘了千年古代印度佛教遗址，重修中世纪印度历史。

在看了一场实地表演的少林功夫之后，去寻找一个更令我好奇的存在：禅堂。某日，曾经在某个纪录片中看到少林寺的打禅七，甚觉神秘有趣。站在这座最早建于 1500 多年前的禅堂，探头探脑。禅堂是十方丛林的核心，是僧人开悟的地方，也叫大彻堂、选佛场，佛是可以选的，妙趣横生。2006 年，俄罗斯总统普京来少林寺参观，很想与少林武僧过招，出于安全考虑未果。方丈告诉他：少林寺最厉害的功夫在禅堂，由武入禅是禅宗最高的境界。

门上贴着两块红字：念佛是谁？禅七止静。前四字与"我是谁"异曲同工，突生一念：活着是谁？吃饭是谁？睡觉是谁？……

禅七是佛教禅宗和净土宗的主要修行方式，并非所有僧人皆可参加，需有一定的修持及好身体。禅七不是七天，而是七七四十九天，在打禅七之前，要向方丈告生死假，表明色身交与常住，性命交与龙天，同时，意味着，除了生死之外无大事。在生命无常中，没有人知道自己应该什么时候向谁告生死假。

看完纪录片，既向往又恐惧，"打禅七"是每年"冬安居"时举行，相当于熊要冬眠，对外恐惧冬天之寒冷，对内恐惧痛经时期意识涣散，还怕规矩。"打七"时，一个个禅僧鼻对口，眼观心，如泥塑木雕般端坐在座位上。好多规矩，很多仪式，又是"坐禅"，又是"坐香"；还有"加香"；更有"跑香"，竟有监香师，跑错圈，撞了人，踩草鞋，也免不了要挨上一香板。当时，身似乎拥有一切，心是不自在的，想去开心地品味禅悦，明心见性。人生何尝不是打禅七？

常胜将军李世民的开国之战发生在洛阳北面的邙山，还有一位更加特立独行的常胜将军，战场杀敌总是戴着凶恶面具。竟有人因容貌太俊美，无奈以面具震慑敌人，他在洛阳邙山的战役被后世谱作《兰陵王入阵曲》。"突厥入晋阳，长恭尽力击之。邙山之战，长恭为中军，率五百骑再入周军，遂至金墉下，被围甚急，城上人弗识，长恭免胄示之面，乃下弩手救之，于是大捷。武士共歌谣之，为兰陵王入阵曲是也。"（《北齐书·卷十一·列传三》）别的将军以英勇战功闻名，兰陵王却以美貌独冠天下。

邙山是一座异乎寻常的山，其历代古墓葬星罗棋布，"北邙山头少闲土，尽是洛阳人旧墓"。东汉光武帝刘秀首葬邙山，开帝王丧葬之先河，邙山不只厚葬中原皇帝，还有南方皇帝。

吴越国王钱俶"生在苏杭，葬在北邙"。因其和平归顺，使得钱姓获得宋代编撰的《百家姓》中第二位的殊荣，得以善终。在杭州生活时，我经常从孤山漫步至断桥，跨步北山路，上行宝石山，走至保俶塔，皆说此塔为钱俶所建，保佑他去开封任职平安，他从五代走入北宋，从吴越走进开封，留下一座保俶塔供后人黄昏时分，宝石流霞，一杯龙井，笑谈史话。

同为五代十国亡国之君，以"一江春水向东流"而风华绝代的南唐后主李煜，命运却天壤之别。北宋兴兵南下之时，他选择仓促对抗，在灭国前还曾请求过吴越国王钱俶的帮助，最终在"故国不堪回首月明中"亡国，不明不白地死在汴梁。虽仍以王礼葬于邙山，但生前所受屈辱，绝非一个普通男人所能忍受，更何况是一个才情盖世的君王。

蜀国后主刘禅、吴国后主孙皓、南朝陈后主等众多亡国之臣皆埋葬于邙山之上。邙山上下的古墓冢，埋藏着一部中国古代史，每一个墓主，都向后人展现这部历史的某个片段，但却是他们的整个人生。历史由一个又一个生命，活现出的一段又一段人生组合而成，人生之长短厚重，皆生命选择创造。

邙山上还沉睡着文学家范仲淹、诗圣杜甫、诗魔白居易、一代名臣狄仁杰，这些灿若星辰的名字，最后都刻在洛阳的墓碑上，邙山山峦、洛水水畔是他们的魂归之所。

"死去的亲人哪，你要到很远的地方去呀，你要去邙山，你到了那里就永远回不来了。"

这是韩国的《邙山歌》，韩国人死了以后，灵魂到哪里去了呢？——邙山。韩国人"魂归邙山"的观念，可能源自唐代。史载，当时洛阳太学有三万人，其中，韩国留学生约占十分之一，他们之中未能回国、客死异乡的二百多人，被合葬在邙山，称作"韩园"。其他回国的学生，不仅带回了学术典籍，也带回了中国的风俗意义。他们将首尔附近的一座山，也命名为邙山，而韩国的大河洛东江，则效仿洛阳之名。

邙山上还埋葬着大量东亚人与中亚人，这些外国人坟墓，印证了洛阳作为丝绸之路起点城市以及曾经在世界中心城市的地位。

独特的邙山诞生了独特的洛阳古墓博物馆：搬迁、复原了上自西汉、下迄宋金时期的代表性墓葬25座，陈列文物总计600余件。分为历代典型墓葬、北魏帝王陵、壁画馆三大展区，历代典型墓葬展区，地上与地下并存。

墓葬文化是与祖先的对话，是一个民族文明传承的另一种形式，在幽冥的地下，我们看到中华民族的文化与血脉之根仍然蜿蜒曲折、连绵不绝。

通过墓葬形制的整体展出，让我们有更多的视角去了解墓室建筑、出土文物、墓室壁画、砖雕艺术和文物所在的空间环境。这在中国，乃至世界，堪称绝无仅有的一大奇观。

开封

东京梦华录中绽放的千年烟火

　　帝王喜好非人力所左右，甚至，某些时候，强大的政治也无能为力，冥冥中似是天意。英国国王爱德华八世不爱江山爱美人；中国皇帝有不爱江山爱修行的，比如大理王朝六位出家的皇帝及传说中出家的顺治帝；有不爱江山爱艺术的皇帝，且皆是横亘古今的大才子，最著名的当数南唐后主李煜与宋徽宗赵佶，两人的结局出奇地相似。

　　晴朗的冬季正午，漫步在龙亭公园，并不觉得寒冷。有人说："龙亭不亚于西湖，且更胜于西湖，这下面城摞城，埋了几朝古都，我们行走在全球罕见的城上城。"

　　龙亭永远不抵西湖的盛名，虽仍气势磅礴，却已风光不再。南宋承接了北宋破败的辉煌，自古繁华的江南名城临安接替了汴京世界大都的地位，成为马可·波罗笔下描写的"天堂之城"（the Heaven City）。

国破家亡，北宋东京人得以生活在如此天堂的临安，已是无上的幸运，但是，虽居"三秋桂子，十里荷花"的美艳江南，仍然无法慰藉南渡的北宋人亡国丧家的灵魂隐痛。

林升在临安的一家客栈墙上题写："山外青山楼外楼，西湖歌舞几时休？暖风熏得游人醉，直把杭州作汴州。"

"千古才女"李清照《题八咏楼》："千古风流八咏楼，江山留与后人愁。水通南国三千里，气压江城十四州。"

爱国诗人陆游临终前《示儿》："死去元知万事空，但悲不见九州同。王师北定中原日，家祭无忘告乃翁。"

"五忠一节"杨万里《初入淮河》："中原父老莫空谈，逢着王人诉不堪。却是归鸿不能语，一年一度到江南。"

可是，你能怪宋徽宗吗？要么，是他配不上那个时代，要么，是那个时代配不上他。他是一个伟大的艺术家！李煜和赵佶本身也都是政治制度的受害者，被掠走之后，不仅被拿走了男人所有的一切，包括尊严及灵魂，且遭到了极其深重的身心灵的摧残及严惩。

宋太祖赵匡胤掠李煜，强暴其后并鸩杀之，却没想到因果循环，金人掠走他的舅孙和仍孙，把东京城一扫而空，把皇帝的后宫嫔妃、公主都赐给各个大臣或充实后宫，路途中哀嚎遍野，其惨状更甚于南唐后主。这样竟然也能苟活，只在无意中听到皇家图书馆中的书画作品也被掳走之后，宋徽宗才仰天长叹，凄风冷雨中填词一首："凭寄离恨重重，这双燕，何曾会人言语。天遥地远，万水千山，知他故宫何处。怎不思量，除梦里、有时曾去。无据，和梦也、有时不做。"（《燕山亭·北行见杏花》）

艺术是他灵魂的真爱，却没能赐给他智慧，未能使他早点禅位，专心艺术，却在临危之际禅位于太子，使被掠的耻辱多晕染一帝，宋钦宗竟被囚禁29年，定与帝号有关。

历史的遗憾不能由后世来矫正，任何评论都系空谈，只能一杯茶，笑谈过往。除了在穿越剧中穿越回宋朝随意更改、戏说之外，历史，永远板上钉钉，一个皇帝能够独创一段历史；一段历史也能成就一个伟大的帝王。哪怕中国再有上下五千年文明史，也永远不可能有完美的帝王，帝王能够顺应时代的潮流，完成他个人的使命，已是阿弥陀佛。比如汉武大帝，收复匈奴，凿空西域，开创丝绸之路；唐高宗李渊，结束了魏晋南北朝的纷乱及隋朝短暂而暴政的分裂与苦难历程；千古女帝武则天，完成了承上启下的历史重任，为开元盛世奠基。

历来都城的选择，主要根据军事、经济、地理位置三方面条件来考虑。军事上要求此地既能制内又利于御外，经济上要求都城附近地区经济发达，基本生活物资能自给自足；地理位置上，要求位于王朝管辖范围的中心地区，有通畅的水陆交通，通达四面八方。洛阳，有运河通渠，更有邙山、伏牛山等山脉天险；汴京虽居天下之要会，汴水连接江淮等地，经济富庶，却有个致命缺点——军事上无险可守，必须常驻数十万大军，代替山河之险，以御外敌。但是，在传世名画《清明上河图》中，却显示城墙四处塌陷，竟无兵把守。

出身洛阳、武定天下的赵匡胤预言过："若不定都洛阳，不出百年，天下民力殚矣。"靖康之变，不幸言中。

自然，历史有许多偶然，也有许多变量，开封是八朝古都，定都历史可追溯至春秋时期，郑庄公出于战略上的需要，在此建镇，取启拓封疆之意——"启封"；西汉景帝继位，因避讳其名刘启，改启为开，其义未变，"启"与"开"都有"拆"之意——拆开天地封印。战国时期七雄之一的魏国定都于此，时称大梁，为了营建大梁，魏王开凿人工运河鸿沟，巨量的人口与财富随之而来。孟子、苏秦、张仪、信陵君、孟尝君，都曾在此留下神奇的传说。

人类总是喜欢逐水而居，世界其他文明古国都在水边诞生：或江或河，或湖或海，然而，没有一条河像黄河一样如此暴虐无常，像一条喜怒无常的巨龙，翻滚奔腾，制造可怕的灾难。从公元前 23 世纪到公元 20 世纪初叶，四千余年间，有过1500 余次的小决口和七次大决口及八次大改道（包括一次人为改道）。黄河每一次改道，每一次泛滥，都是一场恐怖的屠杀：淹没一座城，吞噬无数人。

尼罗河泛滥后留下的是沃土，黄河决口后留下的却是一片黄沙。然而就在这种艰苦的环境中，却产生了灿烂的古中国文明，在拥有 700 公里黄河的河南，产生了华夏文明的源头：河洛文化。开封曾七次因黄河改道而遭灭顶之灾，龙亭下叠罗汉似地沉睡着六座古代城池，却依然对黄河不离不弃、始终如一。不久以后，在黄河更改的河道之上，又诞生了一座城，城里又生活着很多人。其中三座是国都，一座是当时世界上最大最繁华的都市——北宋东京。

历史上几个主要的王朝，都设有专门机构，负责堤防保护和修建工作，隋唐时期，中国第一条贯穿南北的人工运河——隋唐大运河——中的通济渠（汴河）接入黄河，分走黄河约三分之一的流量。汴州（开封）居于汴河要冲，直通长安与洛阳，控扼交通咽喉，升级为水陆大都会。凭借其枢纽地位，唐末五代时期的后梁、后晋、后汉、后周，均在此建都，时称东京。

东京闻名于世，自然是在北宋。

宋太祖赵匡胤营建东京城的思路简单粗暴，基本上复建唐都洛阳宫殿，一条中轴线——御街，最宽处约为二百步，比仅为一百步的唐都长安朱雀大街更为舒朗阔气。御街两旁则为城市空间实体，道路被划分为平民百姓通行的御廊，与御道以御沟为界，等级分明。宫殿中最为高大华丽者为大内正殿"大庆殿"，坐落在东京城的中轴线上。

东京成为经济核心，一跃成为比长安更繁华的商业城市，成为世界最壮丽、最富庶的世界级大都市，人口突破 150 万，而鼎盛时期的唐长安城不过 100 万人，明清时的北京城也才 120 万人。

东京是国家的贸易中心，西夏的宝剑、异域的舞姬、汝窑官窑等五大名窑中最精美的瓷器，装点着东京的繁华，京城往来的生意人中不乏以骆驼载物的境外客商。

东京是国家的技术中心，中国四大发明中的三大发明——指南针、火药、印刷术，诞生于北宋；浑天仪，观测天象，早欧洲一千年；地动仪，测量地震，领先西方八百年；医药农系、数学建筑等各个领域的成就，不仅超越前代，更引领着世界科技的进步。

东京是国家的宗教中心，京城规模最大、地位最高的佛寺便是大相国寺。

东京是国家的艺术中心，城内专门设置了翰林御书院和翰林图画院，网罗天下的书画人才——黄庭坚、米芾、蔡襄等书法名家长居京城，全国 200 多位顶级画家涌入东京，《千里江山图》也在此诞生。

东京又是国家的文教中心，中央最高学府太学，坐落在东京城中，天下英才齐聚东京；东京的开封府包公升堂断案，东京的重拱殿中司马光、王安石上朝奏事，欧阳修曾担任礼部贡院的主考官，录取了苏轼、苏辙、曾巩等人。落榜的柳永则是年少轻狂，"才子词人，自是白衣卿相"。

正所谓"宋有天下三百载，视汉唐疆域之广不及，而人才之盛过之"。（明代学者徐有贞）

因为影视剧《包青天》使开封府名扬天下。时至今日，额头上粘一个月牙、肤黑如墨的包老爷每天9点会隆重开启开封府城门，迎接天下来客。

东京是北宋的中心，天下的中心，是当时世界上规模最大、人口最多、经济最繁荣的大都市，到了赵佶的时代，东京已经跟数百年后的现代城市没什么两样，街道巷口，百姓畅行，不设栅栏，临街房子，去除围墙，变身商铺，敞开大门，迎天下客，广告牌琳琅满目，街边还有做各种生意的小摊贩，也有推车吆喝着卖货的人，留心，卖炊饼的武大郎来了。

城内的大酒楼不胜枚举，"正店七十二户，此外不能遍数"。这些酒楼的消费水平也很高，两人喝酒花费需要数百铜钱，一人独饮也必须用银质碗碟，可见市民生活的富庶，甚至奢靡。中有一家孙羊正店，不仅出现在《清明上河图》中，又出现在《东京梦华录》的"七十二户"中，此刻，出现在我眼中，走入其中，立即穿越回宋朝，一切都是宋式风格，服务员穿着宋朝服饰，菜名特别有文化味道：金蝉过雪山、太极红薯泥、荷香火焰嫩羊肉……

我瞧着"师师鸭头"，淡然一笑，传说比正史更有力量，民间更爱野史，宋徽宗与李师师金风玉露一相逢，李师师深知以才侍君的真理，在吃她最爱的鸭头时，即兴出了一个上联："丫头啃鸭头，鸭头香丫头享"，宋徽宗在冥思苦想之际，看到侍女在画像，便对出下联："侍女画仕女，侍女俏仕女笑。"这倒让我想起《红楼梦》中宝玉过生日夜宴时，史湘云行酒令时，"忽见碗内有半个鸭头"道："这鸭头不是那丫头，头上哪讨桂花油。"

宋徽宗是否凿了地道来会李师师，不得而知，夹一个"师师鸭头"，先吃其脑，此菜用其名是确凿无疑的，菜价是极高的，无从验证味道是否当年。城中也有一些更亲民的饭店酒楼，菜蔬也精细，"当街水饭、熬肉、干脯，每个不过十五文。"这与当代城市完全相同，既能让快递小哥吃饱，也能让亿万富翁吃精，更能让中产阶级吃好。

夜晚，街道上灯火通明，人声鼎沸，瓦肆勾栏，酒楼茶坊，笙歌不停，沿街都是叫卖声，四处都有人在表演各种奇特的技艺。唐帝国时期的九小时宵禁政策，此时也松弛下来，甚至名存实亡。"夜市直至三更近，才五更又复开张，耍闹去处，通宵不绝。"夜市的喧闹和乐声能传到十里开外，孟元老一边在南宋缅怀北宋，在临安思念东京，一边追忆消逝的繁华，写就《东京梦华录》。

中国每座城市都有夜市，但走入鼓楼夜市，却感到明显不同，一种沉淀千年的味道扑面而来：起源于唐朝，兴盛于北宋。

东风夜放花千树，更吹落，星如雨。
宝马雕车香满路，凤箫声动，玉壶光转，一夜鱼龙舞。

怪道连爱国大将辛弃疾都能写出这般妩媚柔情的诗词，当年的开封不是元夕胜似元夕，日日都是好日子。冬夜尚能如此，何况其他时节？

北宋东京城比之大唐的长安与洛阳更加革旧图新，其开放程度，甚至可能超越了日后的元大都和明清北京城，在中国历代古都中即使不是空前绝后，也是独具一格。北宋时代，城市的概念发生了根本的变化，中国的市民首次登场，这些都被孟元老写在《东京梦华录》中："八荒争凑，万国咸通，集四海之珍奇。"

文明形成的关键在于人类在城市中聚居，且大部分或绝大多数人都不再从事农业生产。公民生活就是具有复杂制度的城市生活。

迅猛发展的帝国经济，促使人类历史上最早的纸币交子诞生。东京城内更涌现出极为开放的商业形式——"临街开店"。饭庄、酒楼店铺等商业空间涌入城中，突破了市墙与坊墙的空间限制，首都的街道成为百姓购物的天堂。潘楼街成为当时的金融中心。大相国寺则成为全国最大的交易市场，可以容纳万人。

李清照在《〈金石录〉后序》中写道，她时常与夫君赵明诚到大相国寺去淘宝，有了动心的古玩，爱不释手，必买了回家，哪怕是当了衣物，除非买不起。

这就是北宋东京城的魅力，令无数人仰望向往，这种存在本身就是一种巅峰，存在于汴河逝水与华胥一梦中，"前不见古人，后不见来者"。

封建王朝的辉煌及文化在徽宗时登峰造极，而这一切却又因为他湮没。可谓成也徽宗，败也徽宗。

如此繁华的大宋都城开封，被二十朝洪水掩埋在地下，如今只能见到两处遗迹。我使劲跺了跺龙庭公园的御道，地下古城遗址晃否？我不是孙悟空，无心大闹龙宫，只有空自慈悲历史，怜恤古人。如今，我们只能到传世名画《清明上河图》里寻觅这座城市的繁华旧影。

看完龙庭公园，往西边走到了清明上河园。

一朝步入画卷，一日梦回千年。这是名副其实的画在景中游，人在画中行。

走进清明上河园，就像穿越回了宋朝一样，经过《清明上河图》的上善门就进入往昔东京城的市中心，即当下的 CBD，真是眼花缭乱，目不暇接，除了楼宇的样貌和清明的服装不同之外，繁华不亚于今日。真是吃不够，看不够，买不够，玩不够。

一阵锣鼓齐鸣，王员外家又在抛绣球招亲。"如果女人接到绣球怎么办？"问完自己笑倒在地，古代招亲现场是不可能有女人的，只有女扮男装的假男人，拿了绣球，上演一出豫剧版的《女驸马》。

吃饱喝足后，竟然发现一片市民健身中心，木质的设施，有秋千、有爬楼，有许多叫不上名字的物件。玩着玩着，突然听到一阵刀枪剑戟火拼的声音，怎么了？有人喊道："梁山好汉劫法场！"我从麻绳做的蹦蹦床上一跃而起，只见一群大汉，彼此火拼好不热闹，直到把一个木笼囚车给劫走，才算作罢，里面还真站着"宋江"。看得我是直咧嘴，虽然是木头刀枪，打在身上也不轻，而这帮好汉，一天演两场，也有可能三场，相当投入。

快看，有一位宋朝的汉子，正在喷火，喷的是真火，众人齐声赞和。对于当代人来说，这都是在电视剧中看到的景象，没想到现实中，这些扮演者们竟然如此真实地表演，喷火还不算，旁边有吞剑的，有人尖叫着，有女孩头埋在父亲怀中，不敢看。有个善良的女孩叫着："别吞了……""好，演得好！"那位好汉还是将剑吞下去了，与大汉上身齐长的剑只留鞘在嘴边，突地，大汉又把剑拔了出来，掌声雷动，声震云天。我感到喉咙处有些异样，摸摸，好好的。宋朝人的生活丰富多彩，超乎我们的想象。

千年以前的某天某时某刻，伟大的艺术家张择端正是由我脚下的御道，将一幅五米长卷敬献皇帝，宋徽宗看到图中盛景，大喜题字。

清明上河图里有一处，有人拉了一车东西，车上盖着毡布。毡布里边大概是一堆纸，非常有可能是当时书写的主人出事，推测为旧党的字画，表明北宋的新旧党争非常严重。李清照的父亲就是被打压的旧党，公公却是新党，斗争时，她亲自给公公写了一封信，如今只能看到"炙手可热，心可寒"一句。这封信最终并没有拯救父亲。亲情永远不敌政治，朝廷里人人自危。一出事，众人唯恐躲之不及，可见新旧两党水火不容。

宋徽宗登基就是新旧两党利益斡旋的结果，他的哥哥宋哲宗，才24岁，意外驾崩，未留下子嗣，若不能父死子继，便只能兄终弟及。这个正在踢球的端王竟然被宣布即将登基，成为下一任的皇帝。他停住脚，怀抱蹴鞠，一脸迷茫。连他自己都未能预料，自己竟然可以做皇帝。不然，这个端王可以一生舒适安康地端坐在王府，一心绘画书法，也不用被掠夺到寒冷的黑龙江承受身心疾苦。

宋徽宗一心沉浸于文学艺术及收藏，上有所好，下必甚焉，宋朝的文学艺术空前绝后地繁荣。苏轼、米芾都是收藏大家，老百姓也是爱古成风，博古成气，长篇巨著在此时悄悄诞生。民风十分文艺，百姓文化修养很高。

宋徽宗成立了宣和画院，并亲自编写教学大纲，亲自制定薪资标准，亲自当监考官出题目，从皇帝变身为院长，一个十八岁的绘画天才出现于翰林书画院，众人皆不以为然，宋徽宗却慧眼识珠，悉心调教，《千里江山图》横空出世。气势磅礴，色彩丹青，影响了后世的山水画的格局。

《千里江山图》成为2008年北京奥运会开幕式文艺会演的第一幅画卷，且系文化节目《国家宝藏》第一季第一集故宫博物院向十三亿国人展示的第一件国宝，可见其艺术水准之高、文物地位之优。且这个传奇的王希孟在完成《千里江山图》之后，神秘地消失在历史长河之中，就像大智老子、大才司马迁一样，成为千古之谜。有说是英年早逝，有说被赐死，才不过二十岁，与三国时的王弼一样，完成了自己的使命就回归来处。

有一种最浪漫主义的说法，王希孟因恃才傲物而得罪皇帝，被赐死，他冷静地说："请让我单独与《千里江山图》待一会儿。"人进去却许久不见出来，官兵闯入后却空无一人。传说王希孟进入了《千里江山图》……

王希孟的消失方式和当代戏剧《如梦之梦》中的庄如梦有异曲同工之妙，王希孟进入了画中，如梦却永远留在了梦中。非画如画，画中有画，非梦如梦，如梦之梦，《千里江山图》又称《千年江山图》，因其色彩千年不褪。

宋徽宗花鸟画等艺术造诣极高，其独创的瘦金体也是前无古人，后无来者，华夏民族的秉性历来是内敛藏锋，反映在文学艺术上亦是如此，宋徽宗的书法却锋芒毕露，笔笔皆锋，遗憾的是宋徽宗未将这种锋芒反映在政治上。退一万步讲，如果宋徽宗能够重用贤臣或派武将镇守边关，他可以一心玩他的书画艺术、收藏鉴赏，宋朝若能长治久安，更不得了。

《清明上河图》中，其实有好几处都是暗藏玄机，显示着大宋王朝危机四伏，因而，宋徽宗看完后，在艺术上非常欣赏，在政治上对这些隐喻感到颇为不快，才把它收入御府中，并未昭示天下。虹桥之上，文官和武将在路上互不相让，起了争执。

很明显，宋朝重文抑武，在繁华盛世之下，有各种各样的矛盾。

张择端在《清明上河图》的结尾设了三个局：三问——问路、问病、问卦，大宋路在何方，该往何处去？用人的失败，军事的失误，导致东京这个乌托邦转瞬即逝。

我走在清明上河园中，仿佛走在皇城汴京中。徒发感慨：宋徽宗是一个伟大的艺术家，却是一个悲催的皇帝。一切如梦幻泡影，如露亦如风。

与长安相比，开封缺少一些汉唐气势；与洛阳相比，开封缺少一些魏晋风度。但开封是市井民生，是《东京梦华录》，是《清明上河图》。北宋的文学艺术绽放世界，有了活字印刷和指南针的发明，有了火药在军事上的应用，有了文人诗画的繁荣，有了千古才女李清照，有了传奇之作《千里江山图》，改变了欧洲历史。

然而，重文人轻武将，且北方西夏、金的崛起，大宋的繁华如烟花一般，中原古都，繁华各不相同，结局何其相似。

公元 1126 年，在宋徽宗禅位于儿子几个月后，金朝大军南下渡过黄河，直逼开封。经过将近一年的艰难守卫，在冬天来临的时候金军攻击开封城，可怜可叹如此繁华富庶的大都市，竟让他们在城中劫掠了整整三个月。公元 1127 年，金人押运了 1050 辆车的财宝和书籍，及一干人等，穿着普通百姓衣服的徽、钦二帝也在其中，一路向北，走走停停。

　　赵佶也很委屈：我本来可以做一个古今中外真正自在、天下第一富贵闲人端王，偏偏被命运捉弄，竟要我当皇帝。谁能告诉我皇帝该怎么当？我只想顺应本性，做一个全才的艺术家，画几幅画，写几笔瘦金体，建一个心仪的园子艮岳。

　　如果把每个朝代，比喻成一个人，那么秦朝是一个胸怀大志、为使命而生的人，它最终完成了它的使命——大一统；汉朝则是一个具有开创精神、坚忍不拔的人。宋朝人的命最苦，好不容易隐忍着、苦挨着，咬牙切齿地等到金国的灭亡，更凶猛的元又崛起了。灭亡是它唯一的命运，就看早灭晚灭，灭得是否高贵，死得是否重于泰山。北宋之亡，亡得实在恐怖；南宋之亡，亡得更加惨烈，崖山海战，漂满了尸体……

　　"永怀河洛间，煌煌祖宗业。"陆游只能在诗中感念千年沧桑。

　　"把酒祝东风，且共从容。垂杨紫陌洛城东。总是当时携手处，游遍芳丛。聚散苦匆匆，此恨无穷。今年花胜去年红。可惜明年花更好，知与谁同？"（宋欧阳修《浪淘沙》）

西安碑林博物馆一角

长安回望

乾陵

中国唯一二王合葬之陵

西安有两座陵墓非看不可——秦始皇陵兵马俑与乾陵，且是已发现帝王陵墓中唯一没有被盗的两座，其神奇可见一斑。

关中渭河河谷如同金字塔区一样集中着众多帝王墓葬：六座秦王陵、十一座汉帝陵、十八座唐代皇陵等七十九座帝王陵，民间有"七十二陵"之说，已经考察确定身份的有三十九座。其中，唐昭陵是世界上最大的帝王陵墓，陵区范围广达 200 平方公里，180 余座陪葬墓，被誉为"天下名陵"。

"惜秦皇汉武，略输文采；唐宗宋祖，稍逊风骚，一代天骄，成吉思汗，只识弯弓射大雕。"这五位开创华夏千年历史，叱咤万古风云的著名帝王，有三位长眠于此，堪称东方帝王谷。

乾陵之特别在于：一个陵墓，合葬两位皇帝，这是世界上独一无二的。一走进乾陵，便被其雄伟气势、无极风水所折服，乾陵依山而建，龙蟠凤翥，从乾陵南向北望去，骤然发现梁山就像一位沉睡在天地之间的女神：北方似头，五官齐正，南方两处均衡的山峰似胸膛。乾为天为阳，坤为地为阴，阴阳二仪、天地配合，乃生万物。

沿着宽阔笔直的司马神道一路向上，两旁庄严肃穆的翁仲翼马栩栩如生，恭敬朝拜的六十一蕃臣像，无声地彰显着大唐那曾经万邦来朝的盛世辉煌。他们身着圆领、衣襟向左，与中原汉族衣襟向右、衣袖宽大不同，不知何故，没了头颅，已确定身份的 36 个石俑有波斯王子、西突厥首领、回纥首领、于阗王、龟兹王、吐火罗王等西域贵族。安史之乱时，西域各国长驱直入，拯救收复长安。尤其回纥，唐肃宗评价："万里绝域，一德同心。求之古今，所未闻也。"断头的原因有很多说法，然而，也只是说法。这些无言的雕像无言地失去了脑袋无言地肃立在此，更无言的是武则天墓前的无字碑，端详了十几分钟，感受着千古一帝的气魄与智慧。

对面沉睡的是她的灵魂伴侣李治，墓前是她亲撰的《述圣记》，5600 个字的碑文历经一千多年岁月的侵蚀，能够依稀辨认的只有 1600 多个字。在唐高宗之前，帝王是不竖碑碣的，许是无人敢写，许是无法写，许是千秋功过留待后人评说，许是帝王自然而终的少，来不及写……然而，武则天不仅敢为天下先，且亲自撰写，洋洋洒洒五千雄文，光芒四射，华彩照人，可见她对丈夫的感恩与敬重。

轻轻地抚摸着石碑，武则天终究还是幸运的，因美貌被皇帝李世民招入宫中却并不欣赏且冷落她十四年，上天却让未来的皇帝李治拜倒在她的石榴裙下。二人志同道合、性情相投，首先表现在李治登基、她被迫为尼之后，一首诗就可以把皇帝召唤到寺庙，可见，李治对武则天爱之真、之切。

唐高宗绝不是影视剧中丑化的那般懦弱无能，而是一个有为君主。他在位三十四年，社会稳定，经济繁荣，百姓生活水平不断得到改善；在外交上，先后灭西突厥、百济与高句丽，使得唐朝版图最大：东起朝鲜半岛、西扩咸海、北到贝加尔湖、南至越南中部，且维持了三十二年。

要知道，李唐王朝的母族是鲜卑人，比如唐高祖李渊的母亲独孤皇后是鲜卑人，李治的母亲长孙皇后也是鲜卑后裔。鲜卑人是北方广袤草原马背上的民族，草原文化对女性的束缚要小得多，女子可骑马射箭、可上战场，比如打败了宋神宗的西夏梁太后；可轻松主持朝政：比如大辽萧太后。北方草原游牧民族的婚姻制度向来迥异于中原农耕民族，"父死妻其后母"，比如远嫁匈奴的解忧公主就嫁了祖孙三代。加上古代后宫选美制度及爷爷娶孙女的可怕传统，武则天这位"庶母"仅比李治大四岁，二人是琴瑟和合。

天赋使命之人，武则天是天选之人。她入宫时，母亲啼哭，"侍奉圣明天子，岂知非福？为何还要哭哭啼啼、作儿女之态呢？"十四岁的她却觉得这是向上攀登的大好时机。嫁给帝王是武则天实现帝王使命的开始，但她刚烈坚毅的性情却不得王心，这在心理学上叫投射。

李世民应该是情深义重之人，连陪伴他征战的昭陵六骏，他都请大画家阎立本绘制，然后雕塑、陪葬，弑兄杀弟他是痛的，心是悔的。他深思熟虑后说："泰立，承乾、晋王皆不存；晋王立，泰共承乾可无恙也。"（《旧唐书·李泰列传》）后，立性情温和、心怀仁善的晋王李治为储君。

这是武则天能够称帝的第三个条件：真爱称帝。第四个条件：唐高宗李治身体孱弱，经常头晕目眩，影响处理政事，于是选择让果断坚毅、政见相投、才智双全的武则天处理政事。第五个条件：因唐初一直是太子谋反，包括英明的父亲都是以太子位谋反登基，因而，唐高宗决不能让太子监国理事。做太上皇的滋味不好受，爷爷李渊就是例子，所以，他宁可二圣临朝。至少天后可以保证他的皇位，等他康复后再度临朝。更何况并非没有先例，前朝独孤皇后"雅好读书、识达今古"，与隋文帝杨坚并称"二圣"，共建"开皇盛世"。

最后，"废王立武"，李治即位初期，面临的朝堂形势错综复杂，托孤大臣长孙无忌代表的关陇贵族集团独揽大权，且其反对废除王皇后，改立武则天，李治恰借此事重振皇权，将其与褚遂良等先臣罢黜。

　　武则天是中国历史上登基年龄最大的皇帝，在位也仅有十五年而已。李治叫武则天帮助处理政务，全系本人意愿，决非武则天胁迫。二人政见一致，武则天只是他的贤内助，"处事皆趁旨"，武后知高宗推崇节俭，就从自身做起，把脂粉钱捐资龙门石窟修建了卢舍那大佛；知高宗最讨厌外戚做官，武后亲撰《外戚诫》，且无一亲人在朝为官……

　　我用手拍着地板、石块，看乾陵到底有多坚固，汉武帝的茂陵被搬空了，唐太宗的昭陵被扫荡了，康熙大帝的景陵被盗两次，尸骨都被拖出棺椁，浸在污水中……乾陵却可独善其身，屹立千年不倒。它也曾被冷兵器时代的刀剑劈过，被热兵器时代的机枪大炮轰炸过，有名有姓来盗乾陵的人就有十七位之多，其中规模最大的当属黄巢，一次性就出动40多万人，找了一个多月，几乎搬走了半个梁山，却连地宫的入口都没找到！

　　究竟是这整块的花岗岩厉害，还是风水保佑呢？高宗病逝之后，武则天找来作有《推背图》的大术士：袁天罡和李淳风，为皇上选一处风水宝地做陵墓。两个人各自走遍黄河两岸、渭水平原、关中腹地之后，回皇宫复命。袁天罡说："皇上，我在梁山之上埋下了一枚铜钱。"李淳风则说："皇上，我在梁山的山顶之上插了一支玉簪。"

　　女皇派使臣巡察，使臣惊奇地发现：李淳风的玉簪刚好就插在了袁天罡所埋铜钱的方孔之中。

　　以盗墓闻名的大军阀温韬，在成功盗窃了十七座唐代皇陵之后，信心满怀地来盗乾陵，结果，一动手就立马瓢泼大雨、电闪雷鸣，一下山，天气立刻转晴，便怀着恭敬之心，放弃了乾陵。

武则天的智慧从《华严经》四句开经偈里可管中窥豹："无上甚深微妙法，百千万劫难遭遇；我今见闻得受持，愿解如来真实义。"

这首偈语充分表达了轮回迷途的众生有幸见闻佛法时的欢喜，数百年来，许多高僧大德曾试图修改，却发觉一字不可改，可见此偈之精妙。千百年来，系众多修行人诵经之前不可或缺的发愿文，天下佛教寺院每天诵经前的"开经偈"。没有多年才华的累积，智慧的开启，心门的敞开，佛性的外化，写不出如此智慧偈。

离开乾陵之前，我久久地伫立在则天大帝的无字碑前，她不在乎他人与后世的评判，普天之下，智于她者，有谁？她如何亲撰自己的碑文？政治家不比文学家，陶渊明可以写《自祭文》，帝王不可以自己写，难，难，难。后人可以推断历史的因果，却永远无法定论古人的想法。

空不异色，色不异空，双目紧闭，双手合十，盘地而坐，冒出四句，似在碑上：

千古女帝

空前绝后

乾坤倒置

悲欣交集

梦幻泡影

身后皆空

起身肃立，并不拍身上的尘土，这可是乾陵之尘，梁山之土，浸染着神奇的能量。

出了门，门边一位陕西老汉挑着担子在卖豆腐脑。

"来一碗。"

"要辣子不？"

"多放点。"

"好嘞。"

我左手捧着豆腐脑，右手用塑料小勺轻舀入口，如脂似玉，如乳似奶，鲜嫩爽滑，筋韧醇香。"哇！这是天下最好吃的豆腐脑！"

老汉嘿嘿一笑，得意扬扬地用陕西味的普通话说："这可是我们乾县四宝，唐朝时就是乾州名吃。另外三宝：锅盔、挂面、馇酥，都是修乾陵的官兵发明的。修了二十三年哟……"修到大炮炸不动的地步，真是无边神奇。一座帝王陵墓，能给所在地一个名字，三大名吃，也是神奇。其他帝王陵墓要么以帝号、谥号命名，要么以地名、山名为名，独独女皇与夫君合葬墓，以其名改县名，"乾"为天，"天"又是她的名字，"乾卦"为

《易经》首卦，同时，乾陵恰好位于唐朝长安城的西北方位，西北仍属乾卦，武则天之智慧横亘千古。

"再来一碗。"

陕西老汉开心地打开桶盖，香气四溢，铺满乾陵。

吃后又要了一碗，"三碗不过岗"。

"又不是武松打虎，三桶也使得。"

天下之大大到五大洲四大洋，世界之广广到南极与北极，等我从南极拥吻企鹅归来，没准儿可以乘宇宙飞船到太空旅行，猴年马月能再回乾陵，在乾陵门口再吃一碗乾县四宝豆腐脑？果不其然，自那以后，二十年游历世界诸国，未能再回，而乾陵门口的那碗豆腐脑却留在了已被抹掉的记忆残留的一点深处。

西安碑林

石头上的中国，墨香里的春秋

别人，在碑林中看到的是文化，是书法，是历史；我看到的是灵魂，是选择，是生命。我以为，书法的最高境界，是把书法家的灵魂写入字中，让字有灵魂、有血肉、有生命。就像现在的 AI 制作一样，毛笔点在纸上，一字成，一命生，它们立即跳跃起来，依据不同的书法家的灵魂唱不同的歌，跳不同的舞，吟不同的诗。书法家在书写的过程中就像文学家在创作的过程中一样，他们落在纸上的字的灵魂与神韵反过来滋养着他们自己，使他们要做好人、写好字、作好书，让作品于他人身心有益。

穿越西安城墙，走入葱茏碑林博物馆，西安碑林本来是孔庙，旁边是唐代的国子监，宋代时，北宋年间人们把《开成石经》《石台孝经》，以及颜真卿、褚遂良、欧阳询、柳公权等书法家们的碑刻迁到碑林保护起来，在之后的930年里，从未变动，孔庙、府学、碑林，三者合一使得此地变得文化深厚、意味悠长。

正中矗立一亭，上书"碑林"二字，但碑字无撇。民族英雄林则徐的字也是刚正不阿，雄浑有力，至于这飞走的一撇，有说是林则徐被贬新疆路过此处，题字时心情不好，故意用此表示他少了乌纱帽。但其后，林则徐在新疆的大力所为既表明了他的心态，又表明了他并不以此为耻，此说法不足为据。有说唐代以前，碑字皆无撇，宋代印刷术发明后，才加上。有说是为了书法之美，我是上看下看左看右看，未见其美，英雄题字不会写错字，更何况，"碑"字不是什么生僻字，怎会写错呢？我查了下从甲骨文到小篆，是无撇，应属第二个原因。

亭中供奉着《石台孝经》，坐落在碑林的中轴线上，是碑林中的"迎客第一碑"，仅仅这块石碑就可以写一本书了。三层石台寓意着大地；石碑上方的卷云华盖，代表着天空；中间刻《孝经》，是记录孔子及其弟子曾参关于孝悌的问答之辞，孝为明德之根本，孝道长存天地之间。另外在最顶端的九宫格上的东西南北方，各有一座高浮雕的山峰，代表五岳中的四岳，而中岳被中间的方形石台所取代，指大唐帝都长安。唐玄宗李隆基希望九州、三台、五岳笼罩之下的中原大地，以孝治天下，中国才能长治久安。

唐玄宗李隆基作序，注解并亲自书丹，唐肃宗李亨撰写了碑首的十六个字。孝敬不只是孝顺父母，也指效忠皇帝，《孝经》在唐代的地位非常高，是科举的重要教材之一。

第一展厅是另一个神奇的石经——《开成石经》：中国古代最伟大的教科书，刻于833—837年，内容包括儒家经典十三经：包括《周易》《诗经》《尚书》《周礼》《仪礼》《礼记》《春秋左传》《春秋公羊传》《春秋谷梁传》《论语》《孟子》《尔雅》及《孝经》，650252个字，114方碑，1100多年过去了，一碑不少都在碑林。这并不代表这一千年是和平的，侵略者是仁慈的，七年一刻，一经成馆。西安的碑林就像是汉字图书馆，神奇的汉字数据库，我们可以清晰地感受到汉字斩不断、理不乱的五千年绵延历程。

我走到《论语》碑刻前，读着碑上的文字，繁简结合，小篆之前的字体大都陌生，繁体字我是认得的："司马牛问君子，子曰：'君子不忧不惧。'"打开纸质书，对应着，一字不差。区别是刻在碑上，繁体字、无标点、无间隔。"君子"一词在《论语》中出现107次，成为历代华夏子孙的理想人格。

旁边有一位老先生绘声绘色地为众人讲解碑林的历史知识："请注意，西安碑林二十件国宝是：钟马孝开成、景多颜玄圣、皇楼曹老犀、四骏裹棺铭。

钟马孝开成——景云钟，大夏石马，石台孝经，开成石经；

景多颜玄圣——大秦景教流行中国碑，多宝塔感应碑，颜勤礼碑，颜氏家庙碑，玄秘塔碑，王羲之的《三藏圣教序》；

皇楼曹老犀——皇甫诞碑，回元观钟楼碑，曹全碑，老君像，李渊镇墓石犀牛；

四骏裹棺铭——昭陵六骏之四骏（二骏在宾夕法尼亚大学）。"

众人皆被震撼，掌声雷动。

他的激情感染了我，得富有激情地观瞻这看似静止实则有无限生命力的碑刻。哇！这块有一个虫形裂纹的石碑竟然是峄山刻石，"皇帝立国，维初在昔，嗣世称王……"这就是大名鼎鼎的"始皇诏"，由秦相李斯书写的小篆书法：《峄山碑》。除歌功颂德外，秦小篆成为中国初始的大一统帝国唯一的文字，为文字传承奠定了坚实的基础。统一的伟大力量使得汉字永远与华夏子孙相伴，要不了几年，也会成为世界通用文字。

神奇的、美妙的、形神兼备、音义相形的汉字，又形成了世界上独一无二的书法艺术，用那能创造神奇形象、苍劲笔力的毛笔饱蘸浸润时光魔法、生命精力的墨汁，在宣纸上横平竖直、大鹏展翅的方块字，不同的运笔，不同的写法，不同的灵魂，能将同一个字写成亿万字形，将同一首诗写出世间百味，这种关于书写的创造无极无限，奇哉妙哉！它已经把汉字写进所有华夏人的基因里，代代传承。

走遍全馆，其他石碑都是，乌龟座的上面放一块石板，只有《石台孝经》是三层石台等等，我仔细看着这头奇异的龟，不同寻常。侧耳倾听，原来这是龙之六子赑屃，喜欢举重，能举起一座山，便用来做碑座，俗称"神龟驼碑"，外形似龟，善驮重物，多用以驮负碑础。古人为给死后的帝王圣贤树碑立传，歌功颂德，常用巨大的石碑立于赑屃背上，意在依靠他的神力，可以经久不衰，千秋永存。一个人的永恒永远只能靠自己，不靠外物，别说龙六子驮，就是龙亲自驮，也没用。

西安碑林适合热爱生命、热爱书法、热爱历史、热爱文学的炎黄子孙来参观。这是全世界唯一一个地方，能把中国几千年来诞生的几乎所有不同时代的书法家的作品汇聚一处。

兵马俑

泥塑的军团，仍在等待皇帝的号令

一

不到长城非好汉，不见秦陵不知何为震撼。当二十几岁的我站在二千多岁的秦始皇陵兵马俑面前，我瞬间消失，渺小到不存在，我连一个秦俑的高度都不够，却有幸站在他们面前，瞻仰着他们。

要知道，他们深埋地下二千年了，只有1979 年国庆节之后的华夏子孙才能观瞻到，二千年来，无论多么智慧的古人、多么伟大的史学家，都不知道它们的存在，都没有记述过它们，这是多么让当代中国人热血沸腾的事情，同时，又是多么遗憾啊，否则，二司马的史书、大小李杜的名诗、词皇二李的好词、圣人王阳明的心学、民国文哲大家们皆用各自的天赋去记述它们、吟诵它们、剖析它们。

真的无法描述我二十年前初见秦始皇陵兵马俑的感受，但是，我可以用各国元首们初见秦始皇陵兵马俑的感受与表现，那有着确凿的影视资料。

1976 年，兵马俑刚出土时，博物馆正在建设中，设施没有完善，当时造访中国的新加坡总理李光耀执意要去看看，无论我国管理人员如何劝说。他成为目睹秦兵马俑奇迹的第一位外国政府首脑，而他所见证的一切是我们这些年轻人也未能领略到的。

新加坡总理李光耀十分喜爱中国文化，他曾在 39 年里 33 次来到中国，不仅是中国文化的狂热爱好者，而且，他在探讨一种更好地发展与富足新加坡的模式，教育新加坡子民的方式。之前，他推广西方教育，将英语列为母语，很快，发现年轻人没有梦想，没有文化，开始醉生梦死。智慧的李光耀立即意识到，新加坡的文化根基在中国，华人的血脉之始在中国。说好只看十五分钟，他却在一号坑前站了将近四十五分钟，像是要把兵马俑的样子牢牢刻在脑子里。李光耀无法阻挡兵马俑所带来的灵魂震撼，掷地有声地说："世界的奇迹，民族的骄傲。"这句中正的评价，俨然成为后世全世界人民对兵马俑的集体认同。李光耀深深地被中华文明折服："我也是炎黄后裔，也有我的一份。"同时理性预言："中国这一伟大的历史文物，昭示着中国伟大的未来。"

1978 年，法国总统希拉克参观兵马俑，他也是中国文化的爱好者，希拉克比李光耀幸运的一点是，希拉克参观时，兵马俑已经挖掘完毕，配套设施也已完善。希拉克眼中便是成百上千的兵马俑整整齐齐地排列着，这比尚未拼成的残俑更加震撼心灵。这位博学多识且对历史有着很深造诣的政治家，目睹了刚从黄土地中走出不久的兵马俑，掩饰不住激动的情绪，感慨地赞叹道："世界上有了七大奇迹，今天看了秦俑，我要说是第八大奇迹，秦俑应该名列前茅，不看金字塔，不算真正到埃及；不看秦兵马俑，不算真正到中国。"

美国前国务卿基辛格博士，于 1979 年至 1987 年期间先后三次参观秦始皇陵兵马俑博物馆，已经无法顾及美国主义的狂妄自大及必然反对，称"这是世界上独一无二的奇迹"，赞叹道，"能创造这个灿烂历史的民族，一定能创造出光辉的未来"。他的判断是理性的，预言是智慧的，其后中国用四十年时间走完了西方世界几百年走过的经济发展历程，成为世界第二大经济体。

美国前国会参议长杰克逊说："太好了！一周前我看了埃及金字塔，今天又看了中国的秦俑，两者都有悠久的历史。狮身人面像只有一件，而秦兵马俑则千姿百态，成千上万，威武壮观，耐人寻味。"

英国女王伊丽莎白二世在参观兵马俑时高兴得像个孩子，惊叹："铜车马比我们宫廷的马车还要好！"临别时，馆长送给了伊丽莎白女王合影以及兵马俑的纪念品，这些都被放在女王的画廊里，是女王极其重要的收藏品。

德国前总理科尔说："今天看到了中华民族古老文化和伟大的历史。"

约旦国王侯赛因赞扬道："这是劳动人民的智慧，这是人类的财富。古代制造它是伟大的劳动，今天修复它也同样是伟大的劳动。"美国总统克林顿感慨："真希望到这里来当馆长。"……

1987年，秦始皇陵及兵马俑坑被联合国教科文组织批准列入《世界遗产名录》，并被誉为"世界第八大奇迹"。

我站在这个世界奇迹面前，静默无言。我看到了来自宇宙的创造，中华民族的历史，古圣先贤的智慧，秦始皇的威武，"奋六世之余烈，振长策而御宇内，吞二周而亡诸侯，履至尊而制六合，执敲扑而鞭笞天下，威振四海。"（贾谊《过秦论》）

两千多年前，人们怎会拥有如此智慧与神力，创造了当今最发达的科技也制造不出甚至不能完全保护的神迹，而兵马俑阵，只是秦始皇陵的一个陪葬坑而已，面积仅一万四千平方米，对于总面积达到56.25平方公里的秦始皇陵来说，仅仅是冰山一角。这就已经称雄世界，震撼世界各国见多识广的首脑，被誉为世界上最大的地下军事博物馆。未来某日，整个秦始皇陵重现天日之际，会称雄宇宙，震撼外星人，他们会用外星语言感慨："我们有如此科技与神力，竟不能创造这样的奇迹，三千年前，那些原始的中国人是怎样做到的？"

二

　　秦始皇陵始建于公元前 247 年，至公元前 208 年才彻底修筑完成，总共耗时 38 年，其耗时之长在其后历代帝王陵墓中名列前茅。秦始皇陵坐落于风景秀丽的骊山北麓，骊山是秦岭的一个支脉，海拔 1200 多米，相传因周代时山下有骊戎人居住而得名。郦道元在《水经注》中记载骊山："一名蓝田，其阴多金，其阳多美玉。"

　　即骊山能够汇聚"仙气"，秦始皇陵南侧、北门刚好与骊山最高点连成一条直线，这很难说是一种巧合；骊山周边的山峰簇拥着其中的始皇陵，使得这座陵墓恰如落在花瓣中心，犹如龙爪的掌心，周围有着五根锋利的爪，因此也有人将这里称为"五爪金龙"。

　　骊山为秦岭支脉，东西绵亘 25 公里，南北宽约 13.7 公里，海拔 1302 米，亘古以来即为享誉遐迩的游览胜地。因是西周时骊戎国居地，称骊山；唐时临潼名昭应、会昌，骊山又名昭应山、会昌山。骊山又名蓝田山：其阳多玉——玉之次者曰蓝。骊山妩媚多姿，似锦若绣，又名绣岭。

　　唐代诗人杜牧曾写下"长安回望绣成堆，山顶千门次第开"的佳句，赞誉骊山之秀美及名胜之繁华。骊山因位于京城长安之东，唐人又习称东山，杜甫亦有句曰"东山气鸿蒙，宫殿居上头"。

　　骊山的美丽景色早已名扬四海。春观花，夏看云，秋望果，冬赏雪成为骊山的"四时佳景"，令人流连忘返，"骊山晚照"亦成为关中八景之一。除了自然景色，这里有着丰富的文物、多姿多彩的名胜古迹，为关中平原增加了几分秀丽。尤其是经历了数千年世事沧桑的骊山温泉，蕴含着诸多脍炙人口的历史故事，使这个风光秀美的风水宝地平添了许多怡情荡怀的人文意蕴。

　　相传，天地混沌初开之时，火神祝融与水神共工起了纷争，大打出手，撞倒了撑天的不周山，顿时天崩地陷，洪水肆虐，山林起火，龙蛇猛兽出没人间，人类面临大灾难。女娲心痛不已，她采来了东海之水，捡来了五色石子，熔化成浆来补天，首先补好了天，接着又用同样的方法，在正月二十这天补好了地，此后，每当农历正月二十都要吃烙馍，过"补天，补地"节，这个风俗流传至今。

　　女娲补好天地后又斩擒龙蛇，堵住洪水，终于使天地恢复了往日的生机，但炼石的火堆却无法熄灭，女娲用了很多办法却失败了，后来女娲的坐骑，青马纵身一跳，扑在火堆上，神火即灭，而青马幻化成为一座山，古汉语称青色马为"骊"，故此山称为骊山。

　　其实，女娲补天在骊山留下了一块石头，人们为了纪念女娲补天救人的恩情，特意在骊山山顶修建了女娲庙宇，尊她为骊山老母，此庙也称为老母殿、娘娘庙。多少年来，娘娘庙的香火一直很灵，吸引着远远近近的信徒来这里拜佛烧香。而这块石头在《红楼梦》中就成了衔在贾宝玉口中的通灵宝玉。

传说秦始皇统一中国以后，有一天来到秦岭脚下的骊山游玩，听说娘娘庙的香火很旺，就过去朝拜。秦始皇看女娲娘娘的神像塑得很美，心想自己如能找到一个像女娲娘娘这样美的姑娘做妃子就好啦，想着想着，不觉向前走了几步，离神像越来越近。只听"呸"的一声，女娲娘娘吐了秦始皇一脸唾沫，秦始皇摸着自己的脸，吓了一大跳。

说也奇怪，秦始皇回去以后，被唾的地方竟然生起疮来。痛痒无比，越挠烂得越厉害。就连太医也没办法医治他脸上的烂疮，正在秦始皇百感交集之时，那天陪他去娘娘庙的大臣出主意让秦始皇去娘娘庙焚香。一连七七四十九天，女娲娘娘终于被感动了。

这一天，秦始皇刚刚拜完，桌上签筒里就跳出一支竹签，秦始皇接过一看，上面写着"汤泉洗痂"四个字。正在思索，一卫士进来禀报说，骊山下出现了许多热气腾腾的汤泉。

原来，女娲娘娘恼怒秦始皇轻薄无礼，所以用生疮惩罚了他。但见秦始皇能改正错误，于是就显神通帮他治疗。女娲娘娘从怀里取出一个瓶子，用树枝蘸了些瓶里的水向骊山洒去，骊山下便出现了热气腾腾的温泉。秦始皇用温泉冲洗疮痂，不久，脸便慢慢好了。这个传说被明代大作家许仲琳（有争议）用在了《封神榜》中。

骊山华清池，是西安著名的风景区。多少年来，许多帝王都在这里修筑汤池，唐代著名的华清宫就修建于此，李世民还写有《温泉铭》碑。白居易的《长恨歌》中有"春寒赐浴华清池，温泉水滑洗凝脂"。

三

西安，无论未来还有多少个名字，有两个名字永远刻在它的基因深处，并为历代炎黄子孙所熟悉——咸阳与长安。而这两个名字，总与秦汉唐这三个创造与改变了中华文明及历史的朝代缠绕在一起，时间是永远。

西安这座帝王之都，诞生过许多皇帝，包括两位被历史误读、后人误解的伟大皇帝：秦始皇与武则天。二人称帝时间都不长，但都对历史影响深远。

中华文明之所以是世界上唯一延续至今的文明，秦始皇首创大一统国家制度功不可没。欧洲学者不无感慨地说："我们欧洲就缺少一个秦始皇。"

完成统一大业之后，始皇帝对权力的追求到达一个新的阶段，制定开疆拓土的宏大战略，秦帝国全线出击：南征南岳，北击匈奴，持续开拓边远地区，奠定了中央集权主导下的中国疆域的基本格局。与戎马争战并肩而行的是帝国一系列浩大工程；不满足于咸阳宫的现有规模，始皇帝开始在渭水之南开辟土地，修建他心中的天下第一宫——阿房宫。

与此同时，公元前 246 年就开始修建的骊山陵墓工程正在接近尾声。为解决军队后勤供给问题，始皇帝在今天的广西兴安县境内开凿沟通长江和珠江水系的灵渠；痛击匈奴的同时，始皇帝又命修建万里长城；为保证后方粮草的供应，秦始皇又修建了世界上第一条"高速公路"——秦直道。秦帝国北方边境都是高寒荒漠之地，施工条件极其恶劣。尽管如此，由各地征召来的 40 余万人马不停蹄，所有的这一切已经远远超出国力能够承受的极限。

然而，秦始皇陵的一个陪葬坑就震撼世界，既让人遥想整个陵寝的豪奢，又让人惊奇，两千多年前，肩挑手扛能创造这样的奇迹，不可言说。

四

这浩瀚有序、威风凛凛的兵马俑阵，让我想起《诗经》里那首《无衣》：

> 岂曰无衣？与子同袍。王于兴师，修我戈矛。与子同仇！

岂曰无衣？与子同泽。王于兴师，修我矛戟。与子偕作！

岂曰无衣？与子同裳。王于兴师，修我甲兵。与子偕行！

（《诗经·秦风·无衣》）

班固在《汉书·赵充国辛庆忌传赞》中说秦地"民俗修习战备，高上勇力，鞍马骑射。故秦诗曰：'王于兴师，修我甲兵，与子偕行。'其风声气俗自古而然，今之歌谣慷慨风流犹存焉"。

这首诗意气风发，豪情满怀，确实反映了秦地人民的尚武精神，在大敌当前、兵临城下之际，他们以大局为重，与周王室保持一致，一听"王于兴师"，他们就一呼百诺，紧跟出发，团结友爱，协同作战，表现出崇高无私的品质和英雄气概。

由于此诗旨在歌颂，以"美"为主，所以对秦军来说有巨大的鼓舞力量。据《左传》记载，鲁定公四年（前506年），吴国军队攻陷楚国的首府郢都，楚臣申包胥到秦国求援，"立依于庭墙而哭，日夜不绝声，勺饮不入口，七日，秦哀公为之赋《无衣》，九顿首而坐，秦师乃出"。于是一举击退了吴兵。可以想象，在秦王誓师的时候，此诗犹如一首誓词；对士兵们来说，则又似一首动员令。

如前所述，秦人尚武好勇，反映在这首诗中则以气概胜。

诵读此诗，不禁为诗中火一般燃烧的激情所感染，那种慷慨激昂的英雄主义气概令人心驰神往。之所以造成这样的艺术效果，第一是每章开头都采用了问答式的句法。一句"岂曰无衣"，似自责，似反问，洋溢着不可遏止的愤怒与愤慨，仿佛在人们复仇的心灵上点上一把火，于是无数战士同声响应："与子同袍！""与子同泽！""与子同裳！"第二是语言富有强烈的动作性："修我戈矛！""修我矛戟！""修我甲兵！"使人想象战士们在磨刀擦枪、舞戈挥戟的热烈场面。这样的诗句，可以歌，可以舞，堪称激动人心的话剧。

没有人知道他们的名字，也不会知道他们祖籍哪里，故乡何处，他们的存在只是为了成就秦始皇的英名。为了完成秦国自商鞅变法以来，一个世纪的伟大梦想——统一天下。

秦军数量有一百万，在同一时期的欧洲，亚历山大的军队只有五万人，最为强盛时期的罗马军团，也不过几十万人，为一百万的军队提供兵器、钱粮、铠甲都是巨大的工程。

"长言之不足，故嗟叹之。嗟叹之不足，故不知手之舞之足之蹈之也。"（《礼记·乐记》）

五

二千年来，秦始皇陵不可能是安静的，所有该有想法的人都有想法，有能力动手的都动了手。从项羽开始，公元前 206 年，项羽攻入关中后就对秦始皇陵进行了大肆破坏，不但地面建筑毁于一旦，甚至还进行了一定程度的挖掘。

《汉书》中记载有牧羊人在秦始皇陵附近牧羊，一只羊掉入地洞中，小孩打着火把去寻找，结果烧掉了始皇的棺椁。《水经注》中也记载了此次意外，并补充说火烧了整整 90 天。

王莽篡汉时期，赤眉军也曾盗掘始皇陵，将发掘出的器具熔化以取铜；魏晋后期，后赵统治者也曾盗掘秦陵以获取军费；唐朝末年黄巢攻入关中后，秦始皇陵又经过了一次大型破坏；五代时也有军阀大规模盗掘始皇陵；清光绪年间，也曾有传言称始皇陵被盗墓贼盗掘；在民国初年军阀混战之时，陕西军阀再一次挖掘了秦始皇陵。多年以来，始皇陵也称得上饱经洗礼了。

所以，秦始皇陵兵马俑出土时几乎是呈碎片状态的，考古人员就像医生一样，通过每一件俑的碎片拼接而成。

六

关于秦始皇陵有许多离奇的传说，地宫飞雁就尤为迷人：

《三辅故事》记载，西楚霸王项羽入关后，曾以三十万人盗掘秦陵。在他们挖掘过程中，突然一只金雁从墓中飞出，这只神奇的飞雁一直朝南飞去。斗转星移，过了几百年，到三国时期，（宝鼎元年）一位在日南做太守的官吏名曰张善，一天，有人给他送来一只金雁，他立即从金雁上的文字判断此物乃出自始皇陵也。这个神奇的传说有没有历史依据？

近年来有的学者著文指出："这虽然是个传说故事，但说明秦陵内的文物曾经流失于外，并且远达云南以南。至于说金雁制作精巧，不但好看，而且还能飞，这也是有可能的。因为在春秋时期，著名工匠鲁班已经能制造出木雁，在天空中飞翔，直飞到宋国的城上。几百年后，秦国的工匠能制造出会飞的金雁，这是可信的。"（武伯纶、张文立：《秦始皇帝陵》，上海人民出版社 1990 年版）那么，这个传说故事究竟可信不可信？

始皇陵中机关密布的消息是已经被证实的，据《史记》记载，秦始皇陵中有大量的防止盗墓的设施，包括但不限于连弩、水银蒸气等。在考古探测中，借助红外手段，也发现秦始皇陵中至今仍旧有热反应，证明其中的部分机关仍在工作。

1962 年，我国考古人员对秦始皇陵进行了第一次全面探测，绘制出了陵园第一张平面布局图，秦始皇陵占地面积之广、布局之复杂引起了世界轰动。1974 年，秦始皇陵兵马俑被发现，1980 年发现并出土的两乘大型彩绘铜车马，是目前世界上结构最复杂、形体最大的古代青铜器。1996 至 1997 年，人们发现了一座面积达到 1.3 万平方米的陪葬坑，1998 年 7 月又出土了大量青铜铠甲。

"古墓成苍岭，幽宫象紫台。星辰七曜隔，河汉九泉开。"

这首诗是大诗人王维《过始皇墓》的感慨。

当代的传说则属"灵异事件"，其中最为人津津乐道的，便是 1997 年的兵马俑"复活"，还打死了前来盗墓的盗墓贼。1989 年香港电影《古今大战秦俑情》，更令人大开脑洞：秦俑竟是真人泥封。这肯定是虚构，就那么点人，要建那么多世界工程，打那么多仗，运送那么多粮食，还得生产，实在腾不出真人糊成兵俑——国家严重缺少壮年劳动力。

无论如何，秦始皇陵都留给世界无限遐想及憧憬，都想在有生之年见证这个才活了 49 年的中华第一个皇帝创造的无数奇迹中的一个！始皇帝，真英雄。

稷下学宫

齐鲁灵韵

稷下学宫

诸子百家智慧生，中国文脉由此开

　　我独自来到临淄区外一片绿油油的麦田，为了一块石碑。为了石碑上的那个神奇的地方，那曾是齐国宫城稷门，虽然它们已经消失了三千多年，也许更久，我仍想在这块神奇的土地上寻找当年可能散落在土壤和空气中的智慧因子。我站在石碑前久久地凝望，我看着那几个简单的汉字："稷下学宫遗址。"遥看公元前374年的春光明媚的一天，这里开始破土动工一个官办高等学府，齐桓公并不知道这是世界之首创，也是中国最早的社会科学院、政府智库。

　　据考古学家勘探，齐都临淄分为大小二城：大城为姜齐时期所建，田氏代齐后为新建完工，在大城西南角另筑小城，稷门即在附近。《齐记》云：齐城有十三门。见于史书记载的有雍门、申门、扬门、稷门、鹿门、章华门、东闾门、广门等，未记确切方位，后人说法不一，已探明 11 座城门遗址，其中小城 5 座，大城 6 座，门道宽度都在 8.2 米以上，最宽者达 20.5 米。城西系水沿河北流，系水河畔便是稷下学宫的所在。

稷，本义是一种粮食作物，后引申为五谷之神，再后来国家被称为"社稷"。中国以农立国，农业至关重要。可巧，学宫建于稷门外，生命，除了身体需要粮食外，思想，更需要精神食粮。

稷下学宫不仅孕育了中国学术思想史上空前绝后、蔚为壮观的"百家争鸣"，且凭此，与希腊文明、印度吠陀文明一起，同时点燃人类伟大的精神觉醒，开启人类文明史上思想超越的黄金年代，历史学家称之为轴心时代。在其兴盛时期，曾容纳了当时"诸子百家"中的几乎各个学派，其中主要的如道、儒、法、名、兵、农、阴阳、轻重诸家。汇集了天下贤士多达千人左右，如孟子、荀子、申子、邹子、慎子……荀子曾经三次担任过学宫的"祭酒"（学宫之长），培养了影响中国历史的学生韩非子、李斯等。

齐桓公豪迈地诏告天下："兹于稷下，辟为学宫，招天下贤人，凡游稷下者，皆赐列第，封大夫之号。"人类在其婴儿时期，竟然可以创造这样自由、开放的学术氛围：凡到稷下学宫的文人学者，无论其学术派别、思想观点、政治倾向，以及国别、年龄、资历等如何，言论不受限制，人身来去自由，可自由招收门徒，学生也可以自由选择老师。游学稷下者称为学士，前辈称为先生，尤为尊贵者则推为老师。稷下先生禄养丰厚，往往享受士大夫待遇和不治而论的特权。

《史记·孟子荀卿列传》记载：稷下先生们"开第康庄之衢，高门大屋，尊崇之。"

因此，生于上蔡的小吏李斯才能有资格与口吃的韩国贵族韩非同堂学习，共拜一师；受过髡刑、其貌不扬的齐国赘婿淳于髡才能被拜为稷下先生，布衣出身的邹忌会荣升国相，且遭到稷下先生的辩论质难。《史记·田敬仲完世家》记载，邹忌拜相后，淳于髡决定考察一下这位新任国相，便带领七十多位稷下先生来到邹忌面前，两人一问一答，共进行了五个回合，每次淳于髡刚刚开口，邹忌便心领神会，破解了淳于髡。要知道，淳于髡是历史上第一位有明确记载的稷下先生，以博学多才、滑稽善辩、善用隐语著称，被称为"稷下之冠"。稷下先生质难当朝国相的举动更一时传为佳话，同时，他考察亚圣孟子的言行被记录于《孟子·离娄上》。

孟子也像孔子一样，周游列国宣传仁政主张，但总不被重用，他也曾来到齐国，却黯然离开，辞去齐王送的黄金。得知齐宣王奋力扶持稷下学宫，孟子再次带着希望来到齐国。据《孟子》记载：车数十乘，从者数百人。这样盛大的排场，在当时的学者中并不多见，相比于第一次入齐时的形单影只，此时的孟子已经是拥有数百门生的大家。

淳于髡恭候宫门外，入座后请教："男女授受不亲，嫂溺，救不救？今天下溺，怎么救？""天下溺，援之以道；嫂溺，援之以手。你想用手来救助天下吗？"

孟子所说的道，不是老子所言宇宙大道，而是儒家所推崇的仁政，他把孔子时期的三德扩充到四德。几个回合后，淳于髡就直戳古典儒学的困境，孔孟自比圣人，圣人的作用是教化，而不是凡事都亲自去做。淳于髡随即否定了孟子自己标榜贤者的话："有本事的人必然展现出来，做事情不见功效的人，我还没看到过呢。"面对复杂纷乱的天下，坚守原则还是行权通便，纸上谈兵还是知行合一，仁德如何顺乎天道，修身如何修心，是儒者们亟待解决的思想课题。

临淄至今流传着这样的民谣："孟子遇见淳于髡，吓不死也发昏。"

我走在流淌千年的系水河畔，构想着稷下学宫的模样，它可能像孔府、像太学、像明堂，不用那般巍峨壮阔，却有它的高不可攀，同时，又非常亲切温和，因为自由。明堂建成后，武则天第一次向百姓开放，而稷下学宫也是向天下敞开的自由学术宫殿。

在 21 世纪的临淄城外，回首两千多年前，遥想一座雄伟壮阔的学宫巍然屹立，讲诵不息，城内士农工商分业聚居，过着最热闹缤纷的世俗生活，共同创造出一幅大国都会的景象。精神与物质并存，天道与地德同在，自由与开放人生，真幸福。

走进齐国故城，能够创造世界首个高等学府的王国一定不同凡响，公元前 341 年，魏王派太子申和庞涓举倾国之兵攻打韩国，韩国急忙向齐国求助。齐威王令田忌为主将，孙膑为军师，出兵救韩。孙膑利用马陵的险要地势，重创魏军，同时报了膑膝大仇。人性之恶恶到何种地步，看庞涓害孙膑、李斯杀韩非就知道了。

田忌和孙膑设下埋伏，在树上写下几个大字：庞涓死于此树下。并号令士兵当看到有火光时，乱箭齐发，当庞涓打着火把看字时被乱箭射死。马陵之战后，齐、魏两国的实力从此逆转，几十年来稷下学宫的人才与智慧，源源不断地回馈着这个国家，并终于将齐国推向辉煌。公元前 334 年，齐、魏、韩和其他一些小国在徐州举行会盟。会上齐威王、魏惠王互相承认为王，史称徐州相王，齐国正式代替了魏国的地位称雄关东。

孟子提出的"民为贵、君为轻"的思想实在是太超前了，无法为当时的君王接纳，孟子相齐十年，只能选择离开。他离开时，迎接他的老朋友又在恭送他了。两位暮年的老人已失去了辩论的激情，皆知命运非辩论所能左右。

淳于髡只是发出疑问："夫子在三卿之中，上不能辅君王，下不能救百姓，仁者何'仁'？"

孟子说："君子但行仁即可，何必事事皆同。"

"贤者于国何用？"

"国君不会用。不用贤者亡国，不善用贤者亦亡。"

孟子的到来彰显着稷下学宫的辉煌，离去并没有埋没其学说的光芒。孟子相齐十年，身居卿位，由他带来的邹鲁之风在齐地迅速传播并与百家争鸣的稷下气象，一起培育出影响后世千年的齐鲁文化。

在稷下学宫的所有先生中，孟子无疑是声望最高的。之外，还有儒家的异类——荀子。

荀子初到稷下学宫的年纪是有争议的，一说十五，一说五十；十五时来求学，五十时来教学。

荀子十五岁时，正是稷下学宫群星闪耀的兴盛时期，学者风起云涌，智者云集争辩，学生摩肩接踵。若他此时来，必是求学；荀子五十岁时，却是稷下学宫逐渐走向衰落时。可以确定的是荀子曾三次担任稷下学宫之长——祭酒，人至暮年时，离开稷下学宫，受楚国春申君委任为兰陵县令。一边广交好友，一边收授门徒，一边著书立说，就是传世的《荀子》。荀子将一生最重要的时光留给了稷下和兰陵。荀子之后，稷下学宫再也没有出现过闻名天下的大家。

虽然离开稷下，任职县令，但荀子仍未放弃授徒讲学著书立说，通过教育，他又将齐鲁之地先进的文化传播到华夏各地，深刻影响了先秦两汉时期的学术传承。

荀子的一生都在为儒学的现实化而努力。作为教育家，一生传道授业，成功的标准不应是他本人的智慧与修为，而是培养了多少有成就的弟子，为社会与后世创造了多少思想与财富。荀子的学生中有许多大名鼎鼎的人物：毛亨整理的《诗经》是最好的版本；浮丘伯精于诗，是儒家经典传承谱系中的关键人物；西汉才子陆贾著有《新语》；汉初丞相张苍，精通律法计算，整理了《九章算术》，一百多岁高龄，培养了汉赋大家贾谊……而荀子最为天下熟知的弟子，则莫过于影响秦国历史、进而影响中国二千多年历史的法家代表人物李斯与韩非子。

一个有使命的人需要某种契机和方式点燃其梦想，而改变李斯一生的却是丑陋的老鼠，他看到厕所里的老鼠吃的是秋泄，全身污秽，又为人厌恶与驱赶；而粮仓里的老鼠吃的是粮食，全身清净，是谓硕鼠，人也不厌，丰年才有余粮给鼠吃。这个默默无闻的郡县小吏感慨人生如鼠，是否有成就与受人尊重，全看选择与位置，于是他便周游天下、拜师求学，他选择了荀子，习得荀子儒家智慧，还有机会与韩国贵族韩非同窗，拥有非凡的法家思想。老师荀子在考察天下各国后，理性判断："秦民风淳朴，官吏忠于职守，士大夫效忠公室，朝廷办事效率高。故四世（自秦孝公起的四位国君）有胜，非幸也，数也。"（《荀子·强国》）秦国强盛是必然。于是，学成之后，李斯决定抓住上天赐予的机会，西行至秦，建功立业，实现自己青出于蓝而胜于蓝的野心。

临别之际，留下一封信辞别恩师，这是他人生中最后的真挚独白："斯闻得时无怠，今万乘方争时，游者主事。今秦王欲吞天下，称帝而治，此布衣驰骛之时而游说者之秋也。除卑贱之位而计不为者，此禽鹿视肉、人面而能强行者耳。故诟莫大于卑贱，而悲莫甚于穷困。久处卑贱之位，困苦之地，非世而恶利，自托于无为，此非士之情也。故斯将西说秦王矣。"

同修韩非子既是幸运的，又是不幸的。他出身贵族，不必像李斯一样与老鼠为伍，但不得韩王重用；在百家争鸣的战国时代，想要立足于世，往往需要雄辩的口才，曾经的孟子、淳于髡、邹衍等，皆因此显赫一时。不幸的是，韩非却是口吃，其痛苦可想而知；幸运的是，他有一支尖锐的笔，是他表达思想语言、与世界和他人沟通的特别方式。

法家源于现实的政治实践，战国时期达到兴盛，形成三派：商鞅为法，申不害言术，慎到重势。韩非认为三者不可偏废，并将法术势的主体给予君主一人。他承袭了荀子的政治构建，又以法术势统一的形式加以强化，韩非完成了属于他自身的政治构想，他为天下的君主们提供了一套切实可行的统治之术。至此，战国的思想终于演变成一股现实有效的力量，即将推动历史走向巨变。他将当时最现实的治国思想变成文章：《孤愤》《五蠹》《说难》等，依然没有打动韩王，却打动了一位即将创造历史的君王："嗟乎，寡人得见此人，与之游，死不恨矣。"秦王嬴政放下竹简，下意识地说。李斯忙讨好君王："这是臣下的同修韩非所著。"

为一个人发动一场战争，是空前绝后的。秦国攻打韩国，指名要韩非相秦。韩非终于在离开国家之前，引起了国王的重视：韩王请求他伺机存韩。韩非绝不会想到，他的思想受到赏识之日，却成了他人生悲剧的开始。

当秦王攻打韩国时他进言攻打他国，被下狱，他想不到，如此赏识他的秦王会如此轻易鄙弃他，他更想不到，真正要他命的人是他的同修李斯，因为人性之恶——嫉妒，李斯担心秦王反悔，更担心韩非太智慧，会凌驾于他之上，于是，提前派人送毒酒给他："秦国法律严苛，我愿保全你贵族的体面，留个全尸。"史载秦王很快后悔，韩国贵族保韩，人之常情，其才智可用，且他殿下的臣子们多是各国人才，何以容纳不下这个不可多得的人才，可他没料到辅佐他大业的人却在夺了韩非的命后，用他的思想继续治理国家，助他一统天下。

不久之后，这座"春秋五霸之首、战国七雄之一"，居民七万户的海岱大都会成为秦国的齐郡，《战国策·齐策》记载："临淄之途，车毂击，人肩摩，连衽成帷，举袂成幕，挥汗成雨，家殷人足，志高而扬。"辉煌了八百余年，繁华戛然而止。

我走在历史寂静的黄昏中，斜看夕阳西下，遥视持续了几个世纪的较量争斗暂时落下，曾经喧哗的稷下学宫，馆舍高堂仍在，只是那些纵横争辩的人们四散漂流、生死各异。

　　放眼整个世界，稷下学宫足以与同时出现的雅典学院相提并论。在雅典学院曾活跃着最负盛名的希腊先哲柏拉图、亚里士多德，而稷下学宫则是中国百家争鸣的中心，出现众多名家智者。稷下学宫与雅典学院是世界上最古老的集教育与学术为一体的文化机构，共同启迪了人类早期文明的智慧之光，而我只能漫步这片千年前的遗址之上，在冥想中沐浴智慧之余光，渴盼祖先的基因中能有先人的智慧因子，让我不那么愚蠢无明、庸碌无为。

沂源人

六十万年前火光照亮的齐鲁智人面孔

远古时期，山东用大海终结了内陆的边界，山海相依，九曲百转的黄河在这里东流入海，传递着来自黄土高原和中州大地的基因。浩瀚大海深沉的蔚蓝和黄土高原厚重的金黄，把这山海交融的土地共同染成了一片葱郁的青绿。

那么，最早的山东人在哪里？

是举世闻名的原始社会末期的大汶口文化、龙山文化吗？

1981 年 9 月 18 日，在淄博市沂源县南鲁山镇，一个村民推车去骑子鞍山东侧崖下挖土垫猪圈，却挖出了一个类似于头盖骨的物件。他年轻时曾听说县里发现千人洞旧石器时代的遗址，没准儿这有什么名堂。他上交到县里，却震惊了中国，这就是"沂源人"。

四十万年前，不知海边何人初见月，海日何年初照人时，最早的山东人在沂源县骑子鞍山中的一个山洞点燃了文明的星星之火，自此，照亮了神州大地。从那时起，山东的远古人类把自己的印痕刻满着山海之间的每一寸土地，无论是旧石器时代还是新石器时代，山东都有大量的历史遗存，用丰富而精美的地下出土，向后人证明着自己漫长而艰辛的崛起。成为中华民族古老文明发祥地之一。

自夏朝开始，山东进入奴隶制社会；商朝建立以前，山东是商族活动的中心，商前期的五次迁都，有三次在山东境内，商朝建立后，山东仍是其统治的中心地区。西周实行"封邦建国"之策，封姜尚于齐，封周公于鲁，另外尚有曹、滕、卫诸国。齐国"通商工之业，便鱼盐之利，而人民多归"；鲁国融合周文化与东方文化，为"礼仪之邦"。齐、鲁作为周王朝的两大支柱，经济、文化取得更快发展，对以后山东地方历史的发展有着重大影响。

"沂源猿人"可以把山东的历史上推到四五十万年以前。当时，在辽阔的中国国土上，所发现的有价值的旧石器人类遗址，仍属凤毛麟角。在北京猿人和南京猿人之间的广阔地区，旧石器人类遗址几乎是一个空白，沂源猿人显然是填补了中部缺环的这个空白。

当时，国际古人类学界关于亚洲现代人是 20 万年前从非洲或 5 万年前从欧洲迁移而来的观点仍处于强势，而中国部分人类学家持反对意见，他们仍然坚守中国人种本土演化的观点，中国的古人类应该是始终在这片土地上按照自己的方式生存着。比如山顶洞人的石器技术与北京猿人之间就没有太大的差别，他们有可能是一直延续下来的。"沂源猿人"证明了中方观点！

专家认为中国最早的是元谋人，其次是蓝田人，第三位是郧县人，其后是北京人，然后就是沂源人。

截止到黄崖洞遗址被发现，沂源县已形成了以沂源猿人为代表的，以千人洞、上崖洞、黄崖洞、扁扁洞等众多的旧石器晚期和新石器早中晚期人类遗存多处分布的史前人类集聚区。一个县内拥有如此众多如此完备的古人类遗存体系，在山东省乃至全国也实属罕见。

且日本群岛和朝鲜半岛的人种可能来自中国，而且最有可能就来自山东，这惊世骇俗的推论无疑是对传统观念和国际通说的挑战和颠覆。专家认为山东半岛与朝鲜半岛和日本群岛隔海相望，相距较近，它很可能是我们中国远古人类向朝鲜半岛向日本群岛进行迁徙的一个通道。

"沂源猿人"是最早的山东人，也是黄河中下游地区最早的古人类，"沂源猿人"的发现填补了中国猿人地理分布的一个空白，为确定地域间古猿人的活动提供了珍贵的实物资料。沂源猿人遗址现已成为研究人类学起源的重要科学基地。

　　山东，最初作为一个地理概念，主要指崤山、华山或太行山以东的黄河流域广大地区，至金代设置山东东、西二路，"山东"开始作为政区名称。清初设置山东省，"山东"才成为本省的专名。

　　或许因为"沂源人"，山东土著居民最早被称为东沂，后变为"东夷"，在悠远漫长的时间里，这个族群留给人们的是一个模糊的背影。与西戎、北狄、南蛮并列，被认为是落后野蛮的边缘文明，就连产生于东夷之地的儒家学派，也在自己的典籍《礼记》中这样记载："东方曰夷，被发文身，有不火食者矣。"

　　然而，近一个世纪的考古发现，东夷文明作为华夏文明的一个有机组成部分，有人认为，东夷文化，从距今8300年前的山东淄博后李文化起，历经距今约7300元的山东济宁北辛文化，距今约6500年的山东泰安大汶口文化、距今约5000年的山东胶州三里河文化，距今约4500年的山东章丘龙山文化、距今约3900年的山东平度岳石文化，都是东夷人所创造出来的不同阶段的文化，同西方戎羌系文明、南方苗蛮系文明一同构成了整个华夏文明初始的系统体系，是黄河文明乃至整个华夏文明的主体和渊源之一。

　　东夷文化的传说，从宇宙之初开始，天地初辟，无序无形，无穷无尽。与此同时，盘古之神孕育其中，一日，盘古苏醒，毅然起身，天地从此分离，历经亿万年，盘古之神化为日月星辰，山川湖海，鸟兽鱼虫，从此，宇宙万物悄然而生。女娲造人，人类改变了世界，繁衍群居，创造文明。东海之滨，仙境崂山，崛起了一个强大的部落，即东夷部落。首领少昊，据传降生之时，空中盘旋着五色的凤凰，而他继位之时，凤凰再次飞来。因此，东夷部落立凤鸟为族神，将其视为图腾。这便是中华凤文化的起源。

《山海经》记录了栖息着十个太阳的扶桑神树，神树高耸入云，是三界互通的天梯，而其所在的汤谷就是东夷部落之地。古人眼中的凤凰、金乌、凤鸟图腾都与太阳有密切的联系。少昊帝宽厚仁慈，以鸟为官，因此部落兴盛繁荣，人神共存，生灵互通，天地和美。

时光转瞬，东夷部落与黄帝联盟，杀蚩尤，战炎帝，中华文化得以开天辟地，龙凤图腾从此结合，传承千年。

部落没落时，巫祀混乱，民神杂糅，不可方物。少昊的侄子颛顼施行了"绝地通天"的政策，命令孙子重和离将通天神树斩断，天地分开，人神互通从此斩断。与此同时，天界与人间秩序被规范。神树被斩，可断裂处仍有强大力量，只是它隐藏于凡人的视线之外，只有天神才能够由此下凡。相传，每逢初一和十五的夜晚，天庭神仙由此天眼降临人间，巡善恶、记功过，并予以惩恶扬善，增福增寿。因而，民间有每逢初一和十五便吃素、敬神、拜佛、烧香等多种习俗，以迎接天神下凡。东夷文化的渊源，据现在所知的考古资料，已可上推到大约与北京猿人同时的沂源猿人。考古发掘越来越证实，东夷文化的主要发源地在鲁中泰沂山区，迄今所见沂源猿人化石及其后继者的旧石器遗址，大部分都集中在泰沂山脉中段。

东夷文化从鸟图腾的崇拜，到各种手工艺、建筑工艺的发展，再到礼制的出现、聚落和城市的分化乃至早期国家的形成，伴随部族迁徙而将海岱文化传播到中华大地各个角落，一起创造了光辉灿烂的中华传统文化。

距今 50 万年前的旧石器早期，原始东夷人栖息在沂源县鲁山脚下的溶洞中，以采集和渔猎为生，过着群居生活。

距今 10 万年前的旧石器晚期，随着族群的扩大，东夷人为了寻找更好的越冬场所和生活环境，沿沂河沭河而下，追逐太阳而居，历尽千辛万苦，来到临沂地区的沂沭河大平原上，用波澜壮阔的氏族大迁徙，谱写了神话中"夸父追日"的历史壮举。

夷的名称约产生于夏代，与华、夏并称，夷字在商代甲骨文中经常出现。这个时期"夷"是代表部族的名称，意为"东方之人"。"夷"字为一"人"负"弓"合成，表示东夷人是善于射箭的部族。到了周代，以中原为中心，"夷"开始泛指居住在统治中心以外周边的部族，这时才有了"东夷"的称谓。考古学家把东夷文化区分为广义和狭义：广义是以长城来划分，长城以南；以这个太湖为中心；一个在南方，一个在西南，还有一个中原文化区。狭义的就是以山东为中心形成的山东文化区。东夷地区实际上地缘非常广大，北边是从辽河的下游，向南到今天的山东，也就是黄河的下游，再向南到长江中下游地区一直延伸到四川地区，呈新月形地带。

泰山就是夏朝以前的古人确定的东夷文化的地中，之后的地中才是河南嵩山。泰山最初就叫大山，后来变成太山，泰山就是阴阳交泰的意思。泰山还有一个名字叫"天齐"。古书上写与天中央齐，泰山是地的中央，而天的中央是上帝。因而，泰山具有政治和宗教的象征意义，帝王们会来此祭祀，形成封禅文化，也就是后来中国封禅文化为什么只选泰山来祭祀的一个非常重要的因素。因为它象征着上古时期的那个地中。

《史记·管子》中写道，在管子所见到的封禅礼仪之前，已经有70多位君王在泰山封禅。

据《竹书纪年》和《后汉书·东夷传》记载，夷有九种。在古代，九不是实指，而是"数量很多"的意思。东夷是部落的总称，由大大小小很多个部落组成的庞大部族和部落联盟。它有许多支族，如莱夷、嵎夷、鸟夷、淮夷、徐夷等。其中，最主要的部落有风姓部落、姜姓部落、嬴姓部落、姚姓部落等。东夷各部落主要以龙、蛇、凤、鸟、太阳为图腾，以鸟类图腾居多。

在东夷姜姓族的历史上，最为著名的部落首领有太昊伏羲式、蚩尤、少昊、大舜等，由此看出，东夷人生活的年代，是相当久远的。

生于山东诸城的古代帝王虞舜就有"陶河滨"的传说："舜

生于诸冯，迁于负夏，卒于鸣条，东夷之人也。"（《孟子·离娄篇》）也就是说，虞舜生活在古代东夷之地。

有四只眼睛的造字神人仓颉，也是东夷人。学者们通过考古研究发现，在安阳发现的甲骨文之前是山东昌乐、寿光、桓台、章丘、邹平、淄博、青州和诸城等地发现的骨刻文，在骨刻文之前是山东莒县等多处发现的陶刻文。岩石画也是古人最容易接触到的天然载体，可以抽象表达一个完整意思，且能长期保存。

山东是东夷的活动中心，可以说遍地皆有骨刻、陶刻和岩石画。专家学者们认定：陶刻文是距今 4600—3300 年前的早期文字，这应当是龙山文化时期产生和流行的文字，而其晚期与甲骨文形成的早期是交叉使用的。因此，定名为"骨刻文"，比安阳甲骨文早了一千多年。山东的远古居民——东夷人是中国大地上最早发明并运用文字的人群之一。

东夷文化使得有文字记载的夏商周以前的中国立体于世，东夷人创造的东夷文明是中华文明的曙光，表现在文字、制陶业、农具、兵器、艺术、渔业、盐业、纺织业、酿酒业等很多方面。

东夷地区成就了中国乃至世界制陶史上的巅峰之作——龙山文化高柄杯蛋壳陶，享有"黑如漆、薄如纸、明如镜、声如磬"的美誉。东夷地区出现了最早的酿酒技术。东夷人还发明了缫丝技术，《尚书·禹贡》记载："莱夷作牧，厥篚檿丝。"山东潍坊，有一家传统的缫丝厂，用的仍然是东夷人发明的设备。

东夷人还制造出了精美的石器、骨器、玉器等生产工具和生活用品，早在龙山文化时期，东夷人就已经进入经济社会并出现了国家，标志着文明社会的态势，那么东夷文化和古图像文字的发现有什么意义呢？这都说明东夷人在公元前 5000 年左右就进入了文明社会，把中华五千年历史又上推 1500 多年。

华夏天眼

天地交错之处，天眼仰望天眼

　　多年以后，我才明白，为什么我周游世界，住遍大江南北，会在青岛定居的真正原因，并非地理而是历史，不只文化且是文明，是陆地大国罕见的大海所带来的神秘的一切，而所有的神秘都诞生在海上仙山——崂山。崂山主峰巨峰，不过海拔 1100 多米。然而，崂山之神，不在高度；崂山之秘，不在传说；崂山之美，不在大海；崂山之名，不在道士；而是全部，所有的所有，在中国，几乎找不到一座山，集传说与史实、宗教与文化、文学与武术、儒家与道家、地质与地理、真实与魔幻和谐相融之地。更神奇的是，这是"华夏天眼"所在。

　　上文有述，东夷部落首领少昊的侄子颛顼斩断天地互通的天梯后，时空穿越，似水流年，唐朝初年，唐太宗为稳固江山，命方士李淳风、袁天罡寻找太平天下皇、儒、佛、道四大擎天柱。二人在华夏大地寻遍，将皇柱和儒柱设在皇家内宫之内，将佛柱设在五台山，将道柱设在崂山。行至崂山之地，二人被天地元气所吸引，李淳风说："此处乃错否岭，按《易经·否卦》《彖传》《象传》，此地正是天地不相交错开的地方。"袁天罡掐指一算，说："那正是《国语·楚语》载：'天地在此交合，人神由此得以交通'之地，也就是'天眼'。"天眼成为天地分开后人与神唯一通道。

李世民听闻大喜，下令择吉日在此建庙，并御赐名为"皇德庵"，我走向观音寺的大雄宝殿，看着台阶旁刻着"天眼"的巨石及"天眼"与它的前世今生，粲然一笑：这不是一般的寺庙，这是天地交汇，人神互通，天神初一、十五下凡之处。这是"华夏天眼"所在，东夷文明的图腾是凤凰，且与太阳密不可分。

崂山道韵

这天早上，日出时刻，我特意来到崂山脚下的太清宫，参观僧众拜祭祖师，咏诵早课。这美妙的道家音乐飘荡在太清宫已历千年，每日此时此刻，太清宫都有早课。这唱诵的节奏都是千百年来口口相传，先前诵经是清口直诵，而后加入法器。

形成了独特的道教音乐，其鼎盛时期是唐宋。因崂山道场历史悠久，东海仙山的美名吸引着全国各地慕名而来的修道之人，他们也带来了不同地域的曲调和旋律。所以崂山道乐里既有西北的秦腔，也有江南的昆曲，更有本地的山东小调。其中一首《文辞》与《茉莉花》很类似。

1644 年，明朝最后一个皇帝崇祯，在景山公园万岁山东麓一株老槐树上缢死，完成了"天子守国门，君王死社稷"的最后使命后，他的两个皇妃来此避祸出家，这种巨大的人生跌宕曲折与天地之差的生活情境使得她们创作了许多抒发情感的曲调，掺杂进了宫廷贵族的许多风格，产生了别具一格的韵律。

崂山道韵回荡在道场之中，山峦之巅，奏一曲千年回响，道一声九回肠断，宫商角徵羽中演绎着生生不息的山海传奇。一提起崂山，总会让人们联想到那些隐居在山中的道人，远离凡尘，修炼成仙的故事。神仙这个字眼，看来好像属于远古神话和魔幻地带，但崂山自古以来就被称为神仙之宅，灵异之父。

此称从何而来的？

传说中的崂山道士又是如何修炼成仙的？

时空倒转回几千年前，那时，佛陀尚未降临，耶稣也未诞生，上古时期的华夏先祖对大自然与万物心怀敬畏，也充满好奇——

遂古之初，谁传道之？上下未形，何由考之？冥昭菁暗，谁能极之？

冯翼惟像，何以识之？明明暗暗，惟时何为？阴阳三合，何本何化？

圜则九重，孰营度之？惟兹何功，孰初作之？斡维焉系，天极焉加？

八柱何当，东南何亏？九天之际，安放安属？隅限多有，谁知其数……

（屈原《天问》）

智慧的中国先人带着这些困惑，上下求索，逐渐形成了自己的理论体系，认识到所有事物都存在着相互融合而又对立的阴阳关系，并认为宇宙万物由金木水火土五种元素组成。他们发现世界万物都有自己的规律，而这个规律被称为"道"，"道"奠定了中国人的思维方式和文化根基：人应该怎样生活在天地之间？四个字可以囊括一切：道法自然。

这些探索着诸多未知领域的古人，当时被称作方士或方仙道。崂山位于中国版图的东方，且屹立于黄海之上，山海之间不仅创造了东夷文化，点将封神的姜子牙，也创立了齐国八百年基业。

方仙道们感觉高山能够屹立不倒，大树能够存活千年，其中一定蕴含着特殊的元素，如果人体能够获得这些能量，肯定可以延年益寿，甚至长生不老。历代方士坚持不懈地精心探索、日积月累地勇敢尝试，为后世留下了丰厚的文化与精神遗产，有人成了化学和物理学的先驱：冶炼、火药、琉璃，乃至豆腐，这些成果都出自方仙道之手。

传说，在茫茫大海中，有方丈、瀛洲、蓬莱三座仙山，居住着永生的神仙，找到仙山就能得到长生不老的仙药，《山海经》记载："蓬莱山在海中，上有仙人，宫室皆以金玉为之，鸟兽尽白，望之如云，在渤海中也。"

当时人们对此深信不疑，就连统一天下的秦始皇也抱着同样的信念。一位赫赫有名的方士在崂山脚下寻找了十几年，找到了秦始皇，他就是徐福。

我站在崂山上的一块巨石前，上面刻印着"徐福东渡启航处"，司马迁在《史记》中继续记载，且把传说发展为故事："……若派五百名童男童女，可得长生不老药。"世人皆认为，秦始皇就是要求长生不老药。遥望大海，我相信他是想寻求大海之外的人类生存的方式与环境，借此探求世界，开疆扩土，他确信"凡我秦朝之人可涉足之地，皆为皇帝之土"。

公元前 210 年，徐福又一次出海，秦始皇亲自为他送行，这在当时是一件举国关注的大事，茫茫天际，海天一色，浩渺世界，崂山是探索之路的起点，独特的地理位置和文化点燃了求索的梦想。海，充满着未知与艰险，没有强大的信念及牺牲自我的冒险精神，又如何能够成为海上丝绸之路的先行者。迄今为止，徐福是我们所知道的中国最早的探险家和航海家，比哥伦布早了1700多年。

崂山之名的由来有很多说法，古代天象学认为这座山与天牢星对应，所以曾用"牢山"命名。又觉这山与海相连，酷似大鳌，是为"鳌山"。历史上，崂山曾有劳山、劳盛山、牢山、崂山、辅唐山、牢盛山、鳌山等名称。

追根溯源，崂山的名字是从"劳山"而来。这名字有两说，一说该山雄险陡峭，上下行走，非常辛劳，故称"劳山"。二说明末清初著名学者顾炎武考证，秦始皇到崂山时，劳民伤财，因此称为"劳山"。从南朝的《后汉书》到清朝的《一统志》，都沿用"劳山"的称呼。

无论崂山之名何来，其与神仙的渊源一直都被人们口口相传，所以在很早以前，人们都直称它为东海仙山。也正是如此，无论路途多么遥远，山势多么险峻，也丝毫阻挡不住仰慕者到此的决心。传说汉武帝多次驾临山东半岛，登上突入渤海的丹崖山，寻求长生不老药。

那是一个非常久远的日子，一个风尘仆仆的道士来到崂山脚下。这个仰慕崂山，从江西不远千里寻访的人正是张廉夫。一代才子，弃官入道，云游至此，东海仙山，震撼心灵。他情不自禁地张开双臂，想去拥抱这碧海蓝天。登顶观沧海，不禁让人心旌摇曳，仿佛可以聆听仙人私语。这山海的能量，正是他梦寐以求的修行之地。

那么，这么大的崂山，选择哪里作为自己新的修行场所呢？他仰观天象，俯察地理，选择了崂山东南老君峰下，面对大海的一片缓坡，结庐而居、建设道场，三面环山，一面向海，有九座山头环绕着。这个选择奠定了崂山道教历史的起点，崂山道教文化就此落地生根，绵延千秋。崂山就是曾经寻找神仙的圣地，中国最古老的道家修仙之所，以其独特而神秘的魅力吸引着探索者。众多王侯将相、文人墨客、大德高僧，在这里留下了无数的传奇故事，在山海之间形成了独特的崂山文化：涉及文学、哲学、宗教、医学、武术、音乐、教育等诸多方面。崂山以宁静的姿态及从容的气度影响中国历史的发展进程，成为传播和弘扬中国文化的一座高峰。

崂山文化的迷人之处是传说与史实，风景与宗教，虚实结合，古今相融。

中国人喜欢用山海形容事物的高度和广度，比喻所要追求的精神境界。崂山，为世人所熟知，却不仅仅意味着山海的盛景，而是文化。

文山墨海

"我昔东海上，劳山餐紫霞。……愿随夫子天坛上，闲与仙人扫落花。"传为李白所作，虽有争议，但这唱响崂山的惊鸿之笔却铭刻在崂山之巅的巨石上。

东方云海空复空，群仙出没空明中。

荡摇浮世生万象，岂有贝阙藏珠宫。

苏轼寥寥几笔，写就了海上仙山的魅力。拾阶而上，躬身登临巨峰，凭空远眺，海天一色，浑然一体，一半山色，一半海景，互相依偎，万种风情。

元代的一天，大书画家赵孟頫，也许是最早登临巨峰并为之题诗的古代文人，他对巨峰的描写也如笔下的丹青一样意境深远：

山海相依水连天，万里银波云如烟。

挥毫绘成天然画，笔到穷处难寻源。

中国的读书人，对山水寄予独特的情感，在千变万化的大自然中，山是稳定而可信的，水是自由灵动、富于变化的，且老子称：上善若水。孔子说：仁者乐山，智者乐水。偏居一隅的崂山并没有影响文人墨客追寻的脚步，那些数不胜数的摩崖石刻、碑文、题诗足以证明，崂山对人们心灵的吸引力。

被读书人尊称为孔孟之后第一大儒的郑玄，在东汉末黄巾军起义之时来到崂山隐居，对经、史、子、集进行了系统整理及注解，得到了古文经学和今文经学两大派的认可。追随他的学生也都纷纷来到这里，多时达上万人。为了不受战乱的打扰，郑玄就创办了中国第一所教育机构——康城书院。由此，郑玄开启了培养才俊、传承文化的书院教育先河。

山间的寻常青草，叶长而坚韧，在教学期间，郑玄就用它捆绑书简，久而久之，百姓戏称其为书带草。苏轼就曾经赋诗："庭下已生书带草，使君疑是郑康成。"这平凡的小草也沾染了崂山文化的风雅。

作为书院历史的发端之地，崂山的松涛海浪中也成为历代文人贤士辈出之地。中国本土的陆地文化与海洋文化完美地交融，崂山西南的书院村承袭其名。这个有着悠久历史的村落，散发着神奇的文化气息，还有一个特别的现象，全村 200 多户人家，却是名副其实的教师之乡。崂山区中小学 40 所，书院村有 4 位校长，47 名教师。没有人能够解释这个特殊的现象，书院村一直承继着郑玄康城书院的千古遗风，天性喜欢文雅气韵。

崂山的宫观、峰谷、岩石有着丰盛的文化遗迹，凝刻着历代文人墨客观瞻崂山的感悟。清朝康熙年间，一位读书人，到崂山汲取灵感创作了许多关于崂山的故事，在此后的四百年间，几乎家喻户晓。

他，就是蒲松龄。徐徐海风吹起缭绕不散的云雾，袅袅仙气间，我低头看着《聊斋志异》，微笑着感叹它的神奇。每一个致力于写作的作家都会为自己定位一个主题，一种创作模式，持续深研，不停创作，才有可能取得像蒲松龄这样的成果。

被称作东海仙山的崂山，不仅有着神仙道士的奇闻轶事，还有众多流传在山野之间的鬼狐精怪的故事，这些故事大多都在民间传颂，蒲松龄正是怀着浓厚的好奇心来到崂山收集这些故事。1672 年的夏天，蒲松龄一到崂山，就目睹了海市蜃楼，他真是文曲星下凡，多少在海边住了一辈子的人都难以遇见一次，他提笔写下"飙然风动尘埃起，境界全空幻亦止。人生眼底尽空花"的长诗。这更让他觉得崂山是一个充满神秘和传奇的所在。

屡次科考未能金榜题名，蒲松龄逐渐心灰意冷，便转向自己内心的兴趣上：搜集民间奇闻异事，再编撰成充满奇幻色彩的短篇故事。

民间故事自然流传在乡野之间，蒲松龄便在崂山脚下摆了个茶摊，只要有香客路过，就请人喝茶，费用是：讲崂山神仙鬼怪的故事。而太清宫里的道士们也为他讲许多长生不老、修炼法术的故事，亦真亦幻，蒲松龄听得如痴如醉。

这一天，蒲松龄正在写故事，一位道人走过，身影掠过墙壁，一下子吸引了他的注意，顿时构思出崂山道士穿墙而过的情节。也正是《崂山道士》，让更多的人对崂山及道教文化产生了浓厚的兴趣。崂山的宗教文化也影响了蒲松龄，他并不是弄玄猎奇，而是用特殊的方式阐述哲理，《聊斋志异》有 491 个故事，每一个故事都惩恶扬善、叫人走正道。

蒲松龄初到崂山时，还没有确定要把自己收集的故事集结成书，仅仅是在积累与探索。崂山的一草一木，都充满灵气，春夏秋冬景色各异，蒲松龄最爱那株道教高人张三丰移植的

"耐冬"山茶。茶花，纯白与嫣红，娇嫩的花朵让他心生怜爱，白天的欣赏，晚上的神往。恍惚间，蒲松龄看到两个女子在天地之间翩翩起舞，一白一红，一洁一浓，一静一动，于是他写下香玉和绛雪的爱情故事……太清宫里的山茶树也由此被命名为绛雪，至今已有340多岁高龄。

这座被人们称为"神仙窟宅，灵异之府"的道教仙山——崂山，因"僻于海曲，举世鲜闻"，并未被纳入道教正规的洞天福地谱系中去，却因《聊斋志异》中《崂山道士》《香玉》《成仙》等名篇的广泛流传，使崂山逐渐成为享誉天下、众所公认的道教圣地。

崂山民间故事因为蒲松龄，第一次以文字的方式被大众所熟知。《聊斋志异》里只有两篇关于崂山的故事，但在崂山民间，流传的各类故事不可胜数。崂山的民间故事种类繁多，包括仙道神话、历史人物传说、宗教人物传说、鬼狐精怪、地方民俗等，有人专门搜集整理，大概有1200万字。还有学者统计了从古至今有五六百个文化名人来过崂山，留下文墨。

我望着崂山上石刻的一幅长诗，把崂山描写成碧玉，字体别具一格，落款是国学大师康有为。前两日刚刚参观过他的海边寓所，1917年，他初见青岛时，就想定居在此，他租下德国总督的别墅，后又买下来，取名"天游园"，就在青岛现在闻名遐迩的第一海水浴场旁，文化名人故居一条街里。每每从汇泉广场地铁站出来，我总要先到天游园里游一圈，再去海边漫步。

康有为是 20 世纪初中国最博学多才、见多识广且知行合一的文化学者之一，他在国外生活了 16 年之久，曾经四渡太平洋、九渡大西洋，经印度洋游历过 42 个国家和地区，一个足迹遍布全球的人来到青岛，却如此高评："青山绿树，碧海蓝天，中国第一。"信步走至梁实秋先生故居，他在《忆青岛》里更是直抒胸臆："我虽然足迹不广，但北自辽东，南至两粤，也走过了十几省，窃以为真正令人留恋不忍离去的地方应推青岛。"

六十五岁的康有为倍感自己一生奔波操劳，虽未能完成建立理想之国的愿望，但依然可以选择理想之城颐养天年，选择理想墓地容纳离开灵魂的肉体。在崂山脚下康有为的墓地前，敬一杯酒，放一束野花，作一个揖，行一个汉礼，他的墓碑文字出自著名画家刘海粟先生之手，丰盛、圆满的一生。

在杭州生活时，每年中秋月明之夜，都会泛舟湖上，领略"烟笼寒水月笼纱"的诗意境界。皓月中天之时，月光、灯光、湖光交相辉映，月影、塔影、云影融成"一湖金水欲溶秋"的奇妙景象。我却不知崂山的"太清水月"也是中国十大赏月胜地之一。我能够想象得到"海上生明月，天涯共此时"的胜景，崂山天上月、海边魂飞时的心灵震撼。

成佛之地

人们多以为，崂山只是道教名山，却不知其深厚的佛缘。

1600多年前，一艘从斯里兰卡出发的商船本来要抵达广州，却在暴风骤雨中随波逐流了一百多天，奇迹般地在崂山靠岸。船上走下来的不只是商人，竟还有一位僧人，而且是一位耄耋老者，只见他用灵魂辨认着这山这海、这树这草，抚摸着岩石与土地，直到两位猎户聊着天走过来，他才肯定这就是自己日夜思念的故土。

14年！九死一生！在这艘船上，他差点儿被奸商和无明的愚人扔入大海。

而他65岁时从长安出发，徒步西域到天竺取经求法，80岁，他竟然在中土大地山东半岛回归祖国，上天赐予了他崂山这座神奇的道场。

传说，1590年前的一个深秋，崂山所有的莲花一夜之间全部绽放，一时间，莲香满山，飘溢万里。深秋，本不是莲花盛开的时节，何以莲花如此绚丽？莲花盛开，必有大德高僧光临崂山，太守大惊，赶到海边。

果然，五彩霞光中乘风破浪驶来一船，一位身披袈裟、手持禅杖，足踏芒鞋的大师立在船头，崂山，宛若一朵山海造化的莲花，绵绵山峰化作重重花瓣，一层一层，一叠一叠，拥抱着天涯归客，西行求法"第一人"——法显大师在莲花丛中笑……

　　法显终于不辱使命，把 40 卷佛家戒律和众多经书带回中土。他在崂山多次召开法会，传承西行见闻及取得真经的意义。法显到崂山是命运中一次极其偶然的巧合。法显的到来，为崂山的佛教发展带来了空前高涨的提升。一切皆是偶然，一切偶然，也意味着必然。

　　我仰望潮海院，下意识合十作揖，这正是法显登陆崂山后的安身之所。法显在这里潜心翻译印度佛经。这些戒律、经卷对当时的僧众无疑是"久旱逢甘雨"，对于中国小乘佛教向大乘佛教的过渡以及顿悟学说的开启，都起到了潜移默化的促进作用。

　　法显是徒步抵达印度的第一人，他远行的距离甚至超越了出使西域的张骞，他开创了取经求法的先河，若无他，也许就没有两个多世纪后的玄奘西行，中国文化史和宗教史上就少了一位伟大的人。我轻抚潮海院中这两株古老的银杏树，传说是法显大师亲手所种。虽未被史料证实，但这里历朝历代都没有改变格局，一直作为纪念法显的重要场所，我紧闭双眼，深呼吸三次，我能感受到银杏树中非凡的能量与强悍的生命力，而这，正是生命在人世间修行的最重要的因素。

　　我瞻仰着法显大量的塑像，高高的底座上刻着"法显崂山登陆纪念"，瞬间连接他无穷的内在力量，潸然泪下，叩首膜拜。我祈祷着："佛祖菩萨，伏羲皇帝，智者仙人，我只是红尘一束薄光，一粒微尘，我的使命是能够写出震撼人心、净化灵魂的作品，自渡渡人，请赐予我力量……"当我祈祷完之后，突然感受到周身充满无穷的力量，合十的双手像磁铁一样紧紧相吸。法显取经的路线罕有地经历了陆路及海上丝绸之路，意外成为"一带一路"上中国文化面向世界的传播者。他用四年时间撰写了13000多字的《佛国记》，回溯了自己所经中亚、印度、南洋约三十国的见闻，这是中国第一部完整的旅行游记。这本书在中国和南亚地理学史和航海史上都占有重要地位。《佛国记》里还特别阐述了关于"缘"的定义，法显认为"缘"是一种人世间千丝万缕、聚散离合、复杂微妙的关系。

崂山的佛缘还不止如此，从华严寺沿着石阶走到山顶，有一个巨大的天然洞窟，空间宽敞、四壁光滑，据说，这个洞原来没有孔，那罗延佛在成佛前带着徒弟在此洞修炼，当他修炼成佛后，凭着巨大的法力将洞顶冲开一个圆孔升天而去，才留下这个通天的圆洞。

在梵语中，"那罗延"是"金刚坚牢"的意思。此窟由花岗岩构成，与梵文的那罗延名实相符，僧侣们称此窟为"世界第二大窟"。

中国有四座佛教名山，分别是观音、文殊、普贤、地藏四位菩萨的道场，而菩萨修行的目的也是成佛，如果崂山真的是成佛之地，这种等级和规格在佛教界极其殊胜与荣光。

连修行的僧人都以为那罗延佛只是夸张的民间传说，追根溯源，却发现大乘佛教古老的佛学经典《华严经》中竟有此记载。佛经中提到那罗延窟，四大佛教名山都是四大菩萨化现的地方，而崂山是成佛的地方！崂山更不简单！

《华严经》里这样描绘"那罗延窟"："东海有处，名那罗延窟，是菩萨聚居处。"那罗延窟，似一朵开在九天云外的莲花。离别华严寺，一路都有莲花相送。莲花，很美，"一花一世界"，开在心里，香在人间。

400 多年前有一位僧人也是受到佛经记载的指引，不远千里来崂山寻访那罗延窟，他就是明代高僧憨山，《憨山大师年谱疏》记载，在那罗延窟坐禅修行两年余，原来想在窟旁建寺，后因地域限制，不宜扩展，更觉得建筑材料运输、施工等多方面都有困难，才易地太清宫处建海印寺，引起一场长达 16 年的僧道之争官司。因为此窟的结构独特，并载入宗教典籍，所以被誉为"崂山著名十二景"之一——"那罗延窟"。

"滚滚红尘世路长，不知何事走他乡。""百年世事空华里，一片身心水月间。独许万山深密处，昼长趺坐掩松关。""青山莫道闲无主，自是闲人不肯归。"憨山大师在那罗延窟经历着崂山的四季，也经历着内心的沉淀，坐观沧海，空观人间，万事皆非。憨山大师在崂山修行，参悟着世间凡尘的玄机。

崂山这荣光的成佛之地，贯穿古今的东海仙山，之所以能够引发人们丰富的联想，很重要的原因是因为奇峰林立、万石嶙峋，给人一种迷幻缥缈的神秘感，不同的人眼中有不同的崂山，一千个人有一千种寻觅，这些姿态各异的山石在地质学家眼里，可能隐藏着 1 亿万年的玄机。他们勘测出崂山可能形成于亿万年前的白垩纪，在崂山上很多地方都能发现一些孔洞，有大、有小、或圆滑、或怪异，这在冰川遗迹上，被称为"冰臼"。冰臼是冰川融化时滴水、流水形成，崂顶有一千多个冰臼。崂山独特的地质地貌造就了人间仙境的美景，一切都是大自然的鬼斧神工，在地质方面，崂山的神奇之处数不胜数。

崂山的山石结构硕大而坚硬，比较完整，没有裂隙，其花岗岩石材在整个中国也是数一数二。天安门广场的人民英雄纪念碑高达 37.94 米，修建时需要一块约 300 吨的碑心石，才能达到纪念碑的设计要求。中国的名山大石头无数，专家经过反复分析对比实验，最终选择了崂山的花岗岩。半个多世纪过去了，以崂山石为核心的英雄纪念碑，一直在世界的瞩目中巍峨耸立。

为了解冰川，我特意来到八大关的地质之光展览馆，一进大门，一块刻着"地质之光"的巨石横亘眼前。这是为了纪念中国地质科学奠基人、对中国的核事业做出巨大贡献、在此居住写下《地质力学概论》、"100 位新中国成立以来感动中国人物"李四光先生。

望着墙上崂山第四纪冰川遗迹的图片，下面靠墙处展览着许多来自亘古源头的五颜六色的石头：烟火色的烟晶、半是蓝色半是晶莹的托帕石、黑白相间的黑电气石、叶钠长石、紫黄相间的冰柱形的锂电气石、晶莹剔透的粉晶、石榴色的锰铝榴石，这块体积最大的溶石海蓝宝石，像一尊完美的雕塑，多一片则多少一片则少。他们带着地球的味道、远古的气质，从第四纪冰川活化至今，恍惚中，我觉得他们才有资格竞争成为女娲补天，遗落的那一颗石头。

我在寻找"无材补天，幻形入世，蒙茫茫大士、渺渺真人携入红尘，历尽离合悲欢炎凉世态的一段故事"。还有那首偈："无材可去补苍天，枉入红尘若许年。此系生前身后事，倩谁记去作奇传？"

许是为避杀身之祸，曹雪芹智慧谎称《红楼梦》的故事来源于一块石头。这块石头比第四纪冰川更久远，那是地球意识，人类诞生前。因而《红楼梦》原名《石头记》，最好看的版本是《脂砚斋重评石头记》。我徜徉在第四纪冰川的石头阵中，用手机记述着《石头记》，细观这些几亿年的石头，看石头中的故事。

我不只想看别人的故事。我也正在书写我的故事。我的故事不想人看。这是我的人生。我用我的人生写别人爱看的故事。石头的故事，女娲的故事，历史的故事，文化的故事，人生的故事。似乎有人说过我不会讲故事，只会讲心。

我瞻仰着李四光先生曾用过的小提琴，旁边是《行路难》的乐谱，因为行路难，路难行，"世上原本没有路，走的人多了便成了路。"没有路的地方走出一条路，便是自己的人生之路。我在这里，我正在这里。极目远眺大荒山、无稽崖、青埂峰，天地间翻开一本《石头记》。

　　崂山不是一座平凡的山脉，所以青岛备受荫蔽。从气候上说，冬无严寒，夏无酷暑。山东本是一个高温的省份，尤其是火炉济南，每到盛夏，当最高温度达到 40 摄氏度的时候，青岛却只有 28 摄氏度，最高也不过三十一二摄氏度。热两天，入夜就凉爽了。

　　崂山脚下的人，祖祖辈辈都流传着"千难万难，不离崂山"。人皆道"福无双至，祸不单行"。而靠山吃山、靠水吃水的崂山脚下的渔民，则拥有双份福报，既能吃山上的野味、粮食、喝山上产的茶，又能够下海捕捞海中鱼虾，生活富足安稳，因着崂山护佑，黄海也显得尤其温和乖巧，只为人间提供爱，从不伤害。

　　崂山属暖温带大陆性季风气候，因受海洋的影响，湿度大，无霜期长，冬暖夏凉，风调雨顺。崂山的茶园是中国北方纬度最高的茶叶产区，原先，崂山茶都是野生，现在的茶树都是南方的品种。20 世纪中叶南茶北引，成就了崂山茶独特的味道。

　　崂山卧虎藏龙，许多道教高人皆来此修道，金元时期，全真道创立之后，以"全真七子"中"长春真人"丘处机为代表的一批高道大德纷纷来到崂山"讲道传玄，宏闻教义"。自此后，崂山各道观很快接受了全真道派"内炼真功，外践真行"、"不娶妻室，不食腥荤，注重清修"的教义，全部皈依了全真派，从而使崂山逐渐成为道教全真派的"天下第二丛林"。世间所传"九宫、八观、七十二庵"之美誉更是道出了崂山全真道备极一时之盛。所谓"积水成潭，蛟龙生焉"，浓厚的道教文化氛围必然孕育出超凡脱俗的道教大师。

元明时期，崂山道教中孕育了几位大成就的高道，其中首推在中国道教史和武学史上开宗立派、名垂千古的一代侠道张三丰。

张三丰是中国历史上非常著名的道教高人，他不仅创始了世界闻名的太极拳，还对道家内家功法进行了系统总结，让人们通过聚气凝神、内外兼修来增强体质，延年去病。这位道家先祖先后三次来到崂山，作为一位神龙见首不见尾的道教"隐仙"，一代宗师张三丰留给世间太多的"谜"。他的生卒年月、他的名号、他那高深莫测的丹法武功以及词玄意奥的道学著作，都使我们后人在了解认识这位千古奇道时如入云雾之中。但有一点是为世人所公认的：张三丰之所以成为谜一般的人物，很大程度上与他终生浪迹天涯，遍游天下名山大川而行踪无定有关。可以说，张三丰能够取得震古烁今的道学成就，一个极重要的原因就是他能四处参访道山，不懈地学道修炼。而据历史文献和方志记载，张三丰身为全真龙门派的道士，曾多次来崂山修炼、传道，与崂山道教结下了不解之缘。张三丰被《太清宫志》称为崂山道教祖师之一。他修身养性的理论和实践对崂山全真派道教有很大影响。

1277 年，张三丰第一次来到崂山。他在明霞洞后山的洞中修行了十多年，之后便开始西行和南游继续寻师。

已经成为一代宗师的张三丰于 1334 年第二次来到崂山，他先后在太清宫前的驱虎庵、玄武峰下的明霞洞等处修行多年。

1404 年（永乐二年），张三丰第三次回到崂山。初时住在山民家中，后入深山埋名隐居。这一时期张三丰通过移栽花木对崂山道教宫观的园林建筑作出了巨大贡献，发展了"道在养生""仙道贵生"的深刻思想。并移植了云南的山茶树，此山茶怒放之时，似落一层厚厚红雪，给清代大文学家蒲松龄巨大的灵感，写下《聊斋志异》中的名篇《香玉》。

崂山的卧虎藏龙不只在古代，也在当代，千万不要小瞧生活在崂山的任何人，哪怕他只是一位风景管理区的普通职工。他有可能是崂山道家武学玄真一派的掌门人。崂山玄真内家拳，作为道教独创的武学，深谙道家的哲理和功法。从崂山的道家修炼再到张三丰的内家拳法经历了千百年的薪火相传，很大程度上得益于崂山修行者这个特殊群体。他所教授的不仅仅是简单的拳法，而是那份修行者的精神追求。

直面大海的崂山，因为远离凡尘闹市才多了一份低调和内敛，不仅赋予了修行者行走江湖的侠肝义胆，也激发了洞悉天地自然的灵感和创造力。一位叫王朗的武术大师居住于华严寺期间，这一天，他和平时一样看书练武，在树上有只蝉在不停地鸣叫，他正准备把蝉轰走，却发现蝉已经成了一只螳螂捕猎的目标。中国武术曾经也出现过模仿动物动作的拳法，而揣摩螳螂的动作是他独创。他把螳螂特有的动作姿态转换成为武术的身形和步伐，不断地练习。由此，王朗创造了螳螂拳，也成了这一门派的祖师。现已成为中国国家级非物质文化遗产。

今天漫步在雄、秀、险、奇，风景如画的崂山，我们在许多地方都能够看到与张三丰有关的道教文化遗迹。

当你找不到真实的自己时，或被红尘世俗缠绕无法呼吸时，不妨到崂山这怡人心性的洞天胜地，来寻觅一下真正的自我，倾听一下古老而又恒新的道学智慧。记着，用心，没准会听到一位逍遥洒脱的"邋遢神仙""空空道人"滥唱：

快，快，快，红尘外；
闲，闲，闲，山海间；
妙，妙，妙，那罗一声啸；
来，来，来，蓬岛心花开。

千户苗寨

黔贵秘境

我背包独行天下的第一站是贵州。

中国之大，世界之广，能够在第一轮全部游完可能要花上几年、十几年甚至一生的时间，能够挤出时间重游故地实属不易，只有西藏与贵州我去了三次，一次背包，一次自驾，一次红色旅行。

原因很简单，仅仅是它毗邻真正的目标——神秘、神奇、神幻的云南，蜻蜓点水的路过却给了我无法想象的震撼及超出期待的收获。

8月，一列旧式特快列车把我从火热的江南载入陌生的贵阳，一下车，倒吸一口凉气："凉爽！"

身后的下铺阿姨愣了一下："梁爽在哪儿？"

我也愣了，阿姨说那恰好是她女儿的名字。

来到贵阳才知"上有天堂，下有苏杭"，还有下一句："气候宜人属贵阳。"凡是不耐似高压锅闷煮的江南酷暑的北方人，在盛夏来到贵州，顿觉这里才是天堂。当晚，破天荒地点了一瓶泰山啤酒，享受人在深山的清凉，未来一月，却发现一个神奇的风景天堂。

贵州是天赐之地：有天眼，天坑，天桥，就是没有平原。因而"黔中之阴雨，以地在万山之中，山川出云，故晴霁时少"。明代朱国桢在《涌幢小品》语云："天无三日晴，地无三里平。"

当沧海桑田遇见地壳运动，再经过时间的打磨，会发生什么？要么凹陷出天坑、峡谷，要么隆起高山、石林，梵净山就是地壳运动之后大自然鬼斧神工的成果，装修时间是：十四亿年。

上山的路，除却人力，要么观光车，要么缆车，要么人力滑竿，但都越不过最后的 90 度垂直、只能没过半只脚的台阶，这段通往红云金顶的地狱之路，黄山一线天、华山之险也比不上了，需要手抓铁链、脚蹬石缝、连拉带爬。站在天空之城的天桥上俯视远方群山连绵、身在云海之间，望苍茫大地，似乎我主沉浮时，刚才的凶险与付出是值得的，千万别想着下去，先享受当下片刻的神仙感。这样的天梯，怎么下，都是恐惧的，但必须亲自下，折腾几个小时，总能挨过去，倒吸无数口凉气。

我向来喜欢观古镇、住新居，在古镇去体验"古"、寻找

"老"：老字号、老店铺、老房子、老家具……老壶装新酒，古装罩新人，写老故事、新文章。当我误入青岩古镇，在那里逍遥游了一整日，不过是吃喝玩乐罢了，六年后再从重庆驾车来贵州时，仍又老镇重游，却有新的易变。

因一张古老的床走进一个古老的屋子，遇见一个老人，他是退休归隐的县长，我们就文化习俗、人情世故聊了个底朝天，夕阳西下，当灯光照亮整个古镇时，才发现天色已晚。旅行最有味道的感受是不期而遇、乐在当下、随心所欲，生活中难以享受的，若在旅行中不得片刻自由，是令人遗憾的。

我的旅行，从头到尾，从国内到国外，从外界到内在，都是自在的。所以，才想自在地把这些自在的游法、乃至自在的活法自在地传达给想要活得自在的有缘人。这使得我更加自在，分享智慧得智慧，分享自在得自在。

贵阳是贵州的中心，向北是红色之旅，去到遵义会议纪念馆，亲历红军长征与四渡赤水的地方，爱酒的，可顺道到茅台镇亲自品尝原浆原酿，或留下几坛子酒，儿女长大婚配后开封，意义非凡，或带几箱正宗茅台回去；向西方，春天可毕节赏万亩樱花、杜鹃花，向西南则接受亚洲最大的黄果树瀑布的震撼，同时可体验布依族与苗族的民族风情，乘坐热气球观赏兴义万峰林，到马岭河大峡谷玩人类飞行的游戏；至于黔东南苗族侗族自治州中世界上最大的千户苗寨，更令人心驰神往。

黄果树

银河喷薄，流水中悄然涌动的神话

平和温柔的溪流要想实现飞翔的梦想，玩一场蹦极的游戏，就必须遭遇凶险的大峡谷，马岭河大峡谷的上百条溪流每天便玩着高空坠落的游戏。人类欣赏到的便是飞流直下三千尺的平行瀑布群，峡谷的高度与宽度便决定了瀑布的形态。溪水流经高 78 米、宽 101 米的断崖，直泻而下坠入犀牛潭便成为我们叹为观止的黄果树瀑布。

我背包冲进去，欣赏国内罕见的山、水、林、洞为一体的天然大盆景，却"遥闻水声轰轰"，一转弯，我惊颤不已，失声尖叫，"但见其上横白阔数丈，翻空涌雪，而不见其下截"；"复闻声如雷"，至悬坠处侧身下瞰，则"捣珠崩玉，飞沫反涌，如烟雾腾空，势甚雄厉"；而后绕到对崖望水亭，"正面揖飞流，奔腾喷薄之状，令人可望不可即也"。大旅行家徐霞客所言非虚，且自他到后，白水河瀑布便从历史上消失了，取而代之的是黄果树瀑布。

明末"天下才子"谢三秀诗云："素影空中飘匹练，寒声天上落银河"；清代诗人郑子尹用"九龙浴佛""五剑挂壁""美人乳花""神女佩带"来描述黄果树瀑布："白水瀑布信奇绝，占断黔中山水窟。"

我只觉"银瓶乍破水浆迸，铁骑突出刀枪鸣"，白居易在水上听琵琶女的琵琶声的感觉，并未让我在《琵琶语》中欣赏到，却在黄果树瀑布感受到了。这却是一万把琵琶一齐演奏："大弦嘈嘈如急雨，小弦切切如私语。嘈嘈切切错杂弹，大珠小珠落玉盘"，拨若风雨，刮若海啸，水声如雷，白流滔天，激流呼啸，可谓惊天地、泣鬼神、震寰宇、撼银河，身心内外皆为之沉醉。

我尖叫着奔向瀑布，来不及穿雨衣，就像孙大圣一样冲进水帘洞，耳边响起《西游记》的片头曲："漱漱咚咚"，仿佛一根金箍棒划开瀑布，点了一个美丽的洞穴，惊现一个桃花源，洞中水滴潺潺，溶岩湿润。

国际洞穴协会第一副主席 D.C. 福特教授说："水帘洞是世界最美的，还没有看到过如此好的洞穴。"对于中国的孩子来说，水帘洞再美，如果没有齐天大圣也缺少太多神奇，更神奇的是看了《西游记》二十年后，我竟然像孙大圣一样轻松钻入花果山水帘洞，这并非书中的水帘洞，却是电视剧拍摄时的取景地。

黄果树瀑布是世界上唯一一个 360 度前后左右上下里外皆可见的瀑布，全赖瀑布背后的这条小路及这个玄妙的洞穴。

周游中国之后，反观梦想之路，能够让我连续三天进入景区反复观摩、玩味的，除了敦煌莫高窟，就是黄果树瀑布。旅行中，我之所爱，唯文化与自然尔，前者洗礼灵魂，后者疗愈身心。带着文化在自然中行走，才觉旅行之真义，自由之珍贵。

记得要欣赏不期而遇的彩虹桥，有时可能在空中悬浮着三座，五颜六色、色彩斑斓，直想让人走上去，直达仙界，到王母娘娘的蟠桃盛宴上饕餮一番。最平凡的河流也能激起最雄壮的水花，就像星星之火可以燎原。瀑布中水流经过剧烈冲击，会有大量小水滴产生，所以很容易形成彩虹。

留意，这中国第一、世界第三的黄果树瀑布是一个瀑布群，周边有很多各具特色的瀑布：陡坡塘、七星桥……

我去时还没有夜晚的奇幻的灯光音效及自动扶梯，中国这些年发展迅猛得不可思议，一转身，一座城市拔地而起，一座大厦高耸入云，一座天桥横亘山间；一抬头，许多叫不上名的高科技产品诞生，人们的生活方式都变了，再也没有乡间小路，茶余饭后无空闲谈，个个低头玩手机，里面有小我想要的一切：人脉、公事、投资、理财、游戏、短视频、网络小说……只要不放下手机，小我无法回归至本我。至于红尘，于他们来说，还有十万八千里。即使是孙大圣，也无法一个跟头翻越红尘，需要一步一步行出来，一脚一脚走出去，高科技不是让人超越自我的，而是沉溺红尘的，想要灵魂觉醒更难了。

万峰林的存在则是大自然鬼斧神工的结果，二万多座锥形山峰矗立在这片大地之上，"天下山峰何其多，唯有此处峰成林"。徐霞客走遍天下后赞叹道。高山流水一相遇，并非只是知音，流水沿着山岩缝隙慢慢雕刻，使可溶性岩石持续改造，使峰林壮如千军万马，奇如海洋波涛，美如水墨画卷。

万峰林天然的明河暗流、湖泊溶洞、林木花草、飞禽走兽，交相辉映、相得益彰，峰、龙、坑、缝、林、湖、泉、洞和合相处、其乐融融。

到万峰林不可不看天坑，天坑就像外星人驾驶着大飞碟航游地球时却没了油，高空坠落，砸出了若干个不同深浅的坑。万峰林中到底有多少天坑，只有上帝知道，而上帝并不知道东方这片更神秘的土地与存在。

深藏山中的猴耳天坑成了热门的网红打卡地，四周超过200米的桥臂，100多米高的吊索桥，只是两根绳粘连着"之"字形的木板，每一次前行都步步惊心，吊索桥之上，再悬挂两根绳，上面的桥更经济省料，只两块单薄的木板，与其说板，不如说片。这桥不是用来走的，而是用来历险的，得吊着保险带过桥，更大的历险来自天坑里蹦极和荡秋千，在天坑蹦极，是双重挑战，除了自身重力之外，还有浩荡而高耸的空间：人在山谷里摇荡，魂儿在山尖上游走。捂着耳朵都捂不住那刺耳的尖叫，人类面对极致的恐惧时的恐惧尖叫最令人恐惧。俯瞰天坑会明白地球的神奇；行进在天桥上，感受高科技的神奇，不必任何付出，便能享受高空行走的快感。

黄果树瀑布几公里之外有一座古老的布依族石头寨，依山而建、临水而居，石屋石墙、石砖石门，一层高出地面一两米，拴养牲口、放柴草，二层是居室。寨子中有古老的军事堡垒，还有许多蜡染店，我买了一块蜡染，其后在中国搬了六座城市之后，仍然盖着我写作的电脑。

导游是一个布依族小姑娘，穿着布依族传统的蓝色蜡染衣服，个子不高，很瘦弱，皮肤很黑，是那种常年接受强烈的紫外线暴晒的黝黑。她话不太多，声音很柔弱，只是在适当的时候才会为我讲解这里的民风民俗，偶尔会为我拍张照片。

寨子很小，不多一会儿就参观完毕，路过一个小店，她问我吃不吃水萝卜，是当地的特产，我自然要吃。她挑选了几个，我要付款时，她坚决不让，说请我吃。寨子门口临着一条河，水很清，她走到河边把水萝卜洗了几下，递给我。这个水萝卜外形像洋葱，呈椭圆状，颜色像白萝卜，吃起来像小时候家里种的细长皮红的水萝卜。

孤独的布依族小姑娘看着孤独的我："你们汉族女孩儿可以独行？"我一边吃一边点头。"我就住在对面山上的小村子，我想上学，想走出去，看看外面的世界。"我俯身温柔地凝视着她："这和我小时候的想法是一样的，我的故乡比石头寨大不了多少。我可以从东北走到西南，你也可以。只是，走出去，不容易。考大学。"

她才十八岁，若非那不沾尘埃的笑容，她的肤色看上去会更成熟些，她有个汉族名字：罗丽。

六年后，我从重庆开车到贵州避暑，特意重回石头寨，找不到罗丽了，只在她为我洗萝卜的小河里吃了一顿史无前例的水上烧烤，坐在水上，双脚伸入水中，桌子插在水中，布依女子蹚水把烧烤端到水桌上，不吃已经醉了。

夕阳西斜，光耀河岸，我才坐进驾驶室，却觉双腿、双臂火辣辣地疼，才看到被晒出一条条紫红色的晒痕，忙涂上芦荟，自嘲着："究竟是高原的太阳，如生命般热辣火爆。"

看樱花不必一定去日本，许是日本只有樱花，所以必须大张旗鼓地宣扬其美，而大中国百花齐放，牡丹、梅花各领风骚，便顾不得花期短暂的樱花了，但贵安 12000 多亩樱花园里 70 多万株樱花在 3 月初一定会让人灵魂震撼。可巧，园内的红枫湖倒映着樱花，媚人的娇羞，其中必有像那耳喀索斯一样的自恋花，天天照着湖静，感叹着："啊，真美呀，好美呀！我是世界上最美的花！"这个时代，那耳喀索斯遍地都是，几乎人人自拍、录短视频，竟有人在洗手间前也要自拍，连大妈都自拍了，那耳喀索斯都自惭形秽。在毕节，有 50 多万亩的杜鹃，一到春天，姹紫嫣红，铺天盖地，花的海洋。这世界上最大的天然花园生长着 50 多个品种的杜鹃，没准儿，徜徉杜鹃花海中，仍诧异那五颜六色的，是否杜鹃。125.8 平方公里的杜鹃花海，让人惊诧于春花之美丽，却仅有两个多月的开放期，又让人遗憾青春之短暂。伟大的词人、悲催的皇帝李煜感慨着："春花秋月何时了，往事知多少？"春花转瞬即逝，一年的寂寞无主，两月的绽放鲜妍，若是林妹妹看到，又是一阵梨花泪："天尽头，何处有香丘，未若锦囊收艳骨，一抔净土掩风流。"人生的春天也未必常有，有花堪赏直须赏，莫待无花空赏枝。

龙场悟道

觉悟的圣人在此

诗人只能把逆境变成直入心灵的诗词，圣人却能在逆境中依然求道，最终悟道。

到修文县不为看风景，只为阳明洞，这里没有风景，不过是一个山洞，风景在心中，何必外求？但这不是一个普通的山洞，不只生活过猿人，还悟道过圣人王阳明，软禁过爱国将军张学良。

"何陋轩"是真的简陋，使其"何陋之有"的不是一般的君子，而是君子的心灵，丰盛、愉悦、自在、大愿，使其"陋"也不"陋"。

山洞上面雕刻的"知行合一"，说易行难、知易行难，理论易说不易做，只有王阳明真正做到了，不仅学而优则仕、为官亲民，修身开心学、"致良知"新言论，而且平天下：平宁王之乱，身为一个文官，立下赫赫武功，他是开天辟地独一人。当真三不朽：立功、立言、立德。

我挑灯夜读王阳明传记及《传习录》至凌晨，王阳明智才兼备、知行合一、苦修成圣、使命一生深深地震撼了我的灵魂。

王阳明的人生及言论神奇地将儒释道合一，很难说他更儒、更佛还是更道，在龙场艰苦生活中，他的心境是佛家；出仕、立功则是儒家；他自小习文不为功名，而自立大愿成圣贤，是道家，顺应本心，道法自然。

走在这个阴凉的山洞，只有一颗伟大的心灵、智慧的头脑、释家的修行才能悟道。虽然佛祖早就告诉世人：人人皆具如来智慧德相，佛在心中，"知行合一"的可贵之处是只有自己的心真正悟出来，才会觉得这是道，这是真相，仅仅告诉他理论，世人大半嗤之以鼻。少数认为只是你一家之言。"破山中贼易，破心中贼难。"看着这座不起眼的简陋小山，王阳明很智慧地将一直向外的儒家哲学延伸为向内："人人皆可成为圣人。"儒家向来崇尚古圣先贤，一如太阳，他们只需沐浴圣人的光芒，自己要成为圣人简直狂妄至极。王阳明的父亲初听十几岁的儿子的志向不是中进士当大官，竟然妄想做圣贤时，给了他一记耳光。

凡人不能成圣的原因，与不能成佛的原因相同：妄想、执着、欲望、自私、短视。第一，不敢要；第二，无力行；第三，不能始终如一、持之以恒，做不到倒背如流的"富贵不能淫，贫贱不能移，威武不能屈"；悟不到"故天将降大任于斯人也，必先苦其心志，劳其筋骨，饿其体肤，空伐其身，行拂乱其所为，所以动心忍性，曾益其所不能"的真理，太多人经历了这个过程，却未能"曾益其所不能"，助其完成"天降大任"。王阳明的大任是成为圣贤；苦其心志是直谏反对太监干政，被当众庭杖四十；劳其筋骨，饿其体肤是发配龙场驿丞，居此山洞，不仅缺吃少喝，且"万山丛棘中，蛇虺魍魉，蛊毒瘴疠"。(《阳明先生年谱》) 莫说悟道成圣，就是活着成仁都难。只有心灵的力量才可以在苦难中炼心后完成自己的大任：成为圣贤。

几千年来，我们都相信老子，相信道，只是何为道，道在何方，如何得道，实在困惑。坐在"阳明先生遗爱处"下面的小石凳上，一语道破梦中人：

"圣人之道，吾性自足，不假外求。""心即理"，心即道，道如风，心外无法，心即宇宙。

千年修行不过修心耳，世间一切皆可修，唯心最难。整本《楞严经》都在讲何谓"心"，那是佛家修行了二千年的课题，《金刚经》仍在讲如何"云何降伏其心"；别以为《心经》讲清楚了心，只有 260 字，让人更迷惑，如何做到"远离颠倒梦想，究竟涅槃"？

王阳明的"心外无事"比佛家的"心外无法"更容易让世人接受些，后者似乎只属于出家人与修行者，前者属于所有人，俗人的俗事纷繁复杂、至死方休，若向内观心，可保无事，太多人愿或不愿地、糊里糊涂地在俗事中混沌一生。

王阳明先生埋葬了陌生人之后，还能悠哉地写篇《瘗旅文》："连峰际天兮，飞鸟不通。游子怀乡兮，莫知西东。莫知西东兮，维天则同。异域殊方兮，环海之中。达观随寓兮，奚必予宫。魂兮魂兮，无悲以恫。"

没有人千年不死，虽然在苗族传说中寿星"榜香尤"活了八万七千岁，还是要死。唯一不死的是"立言"的人：老庄、孔孟、大小李杜、王阳明、李清照、曹雪芹……马可奥勒留、苏格拉底、柏拉图、但丁、鲁米、托尔斯泰、叔本华……所有文学家、哲学家与释迦牟尼、耶稣……只要有人类在，他们就在。

这里竟好意思被称为"阳明小洞天"，大画家黄公望先生在 80 余岁时，画中自题记曰："此富春山之别径也，予向构一堂于其间，每当春秋时焚香煮茗，游焉息焉。当晨岚夕照，月户雨窗，或登眺，或凭栏，不知身世在尘寰矣。额曰'小洞天'。"住在这里，方知尘寰之艰、之鄙、之贫、之苦、之难，若想出离尘寰，唯靠心灵之力。这里只有洞，没有天，心即天，只有光明之心方可超越尘寰极苦。

仰视着"龙岗书院"的匾额，这就是阳明先生传授"知行合一"的心学之处，起初皆是"诸夷子弟"，后来闻名遐迩，贵阳名士前来倾听，多时达百余人。按照量子力学新理论，我摸着这仍留有阳明先生 DNA 信息的墙壁，恭敬地跪坐在他讲学之处，感受着英雄的气息，觉悟者的智慧，我将用一生成为同样的智者，只有觉悟后的大智慧才能解决人世间的一切挑战。

阳明先生是真三不朽，他像佛陀一样禅定七日觉悟后，并未出仕，而是以觉者的心境在红尘行菩萨道，凡他所知，凡他所在，即使不在他职责所内，他皆用觉悟后的心学智慧化解一切一触即发的战争及灾难，不求任何回报，仅为效忠皇帝、拯救黎民百姓而已。事实上他真正效忠的是"良知"，所行皆是"知行合一"。

能够把自己的觉悟变成学问像孔子一样宣讲出去，并著成书（在洞中，阳明先生著有几十万字作品，晚年时亲自烧毁，仅留残片），此谓立言；能够坚持按照自己的觉悟之学践行一生，此谓立德；且在家国大事、官场治民中以民为本、忠君爱国，平息战争、智止谋反，此谓立功。

立功需要天赋及使命，就像文名盖世的王弼以道解《易》，二十上下便能解注《老子》、略例《周易》，开一代"正始玄风"；霍去病十七岁一战成名封侯，十九岁开启英雄之路；王弼立言，去病立功，两位文武盖世奇才却在二十三岁遭疠疾亡。奢香夫人也在同样的年纪丧夫，在孤儿寡母的境遇中执掌贵州宣慰府，成为名耀西南的"摄政王"。要成就非凡的一生，上天会设置各种恐怖的磨难，挨住了，心仍光明，眼仍远见，身仍践行，才能伟大。

一个"风华绝代美彝娘"，被无故当众赤裸上身行可怕的杖刑，无论谁都承受不住。众族人要为她报仇，奢香夫人却隐忍这无端恶果，写血书，告御状，不为私仇，却为整个贵州地区的安定、彝人的富足。连戎马一生、逆袭改命的朱元璋都赞叹："奢香归附，胜得十万雄兵。"

奢香夫人励耕织、修九驿、纳汉儒、兴汉学，顾大局、建和谐、安边陲，并对彝族文字的使用与传播进行了有效的改革，仅凭一人之力改变了整个贵州乃至西南的命运走向，为贵州的先进文化、民族融合，乃至六年后的建省打下坚实的物质文化基础。

我在龙场遥思灵拜，若无奢香夫人修建龙场等驿站，一百多年后，王阳明就不会被贬至龙场任驿丞，那就没有龙场悟道，也许，王阳明会在别处悟道，也许无法得道，历史会改写。一个彝族巾帼英雄的政治举措悟道了一个汉族圣人的哲学思想，实在奇妙。

龙场，我喜欢这个名字：龙的场域，转了一圈又一圈，龙场不适合居住，适合悟道。虽花数万修饰，仍是如此，不如留得原貌，更让后人震撼。一个普通山洞，因圣人不凡。

在阳明洞爬上跳下，空气清新，景色宜人，绿草茵茵，这位彝族的奢香夫人功不可没，她的一生既是短暂而悲壮的，又是幸运而辉煌的。她的幸运是上至帝王下至平民，无一不称赞其智其才、其功其德："一乘间而远奔，一闻召而即至；先机之智，应变之勇，丈夫之所不能，而谓遐方女子能之乎？观其置驿通道，则又功过唐蒙矣。"（清代文学家、藏书家田雯）"依稀九驿认龙场，乌撒平开蜀道长。莫怪西溪水呜咽，至今妇女说

奢香。"（清代《怀清堂集》之《黔阳绝句》）

中国有很多地方都有竹海，却只有大同古镇有一种古老技艺——独竹漂。当然，也只有未来的圣人小守仁能七天七夜不吃饭：格竹子。人们把竹子扎成排，乘竹筏顺流而下，天然刺激，只有赤水人两根竹子飘天下：踩一根竹，手握一根竹，这便是武侠小说中的"水上漂"吧，漂不好，掉河里，抹把脸，再起来。这河水一定好喝，因为只有赤水河水，搭配本地产的红樱糯高粱，用当地传统技法进行加工，才能酿造出香飘世界、独一无二的茅台酒。

一个不会喝白酒的人，第三次来贵州竟为长征与美酒而来，跟随一群川藏高原退伍老兵，来到遵义仁怀，距离茅台镇还有十几公里，那浓郁的酱香酒味儿，就飘入紧闭的车窗："风味隔壁三家醉，雨后开瓶十里芳"——茅台酒果然名不虚传。

红樱糯高粱遇见赤水河水，不只能做成高粱饭，反复发酵八次，竟能华丽转身成为世界三大名酒之一。一个小镇，家家酒厂，户户酒商，创造着独树一帜的商业奇迹。

我参观着纳赤台的酒厂，那横亘几百米酒窖的酒坛子，让我瞬间想到电影《红高粱》的画面，许多酒坛封印上写着字：为儿子满月存的喜悦酒，为祝贺老人生日的长寿酒……新蒸茅台酒需要贮存三年以上，勾兑调配窖藏几十年的老酒，再贮存一年才能出厂。这比写百万字的长篇小说难，一人一生只有几部，一镇一厂茅台无数。

喝酒喝的是情怀，碰的是感情，说的是精神，讲的是义气。"啪嗒"一放，掷地有声，讲究的是大丈夫气概，顶天立地，如鲲鹏展翅，自由自在。

纳赤台酒业的年轻老总就是川藏线退伍军人，酒席间，他举杯豪迈地说，只要是青藏线老兵战友聚会，联系到他，纳赤台酒免费喝。我听后笑言："纳赤台酒喝的是军人情怀，碰的是老兵情感，说的是军人精神，讲的是老兵义气，'嘭'地一声，义薄云天。"

茅台酒与军人有解不开的前世因缘，在遵义会议会址纪念馆中了解到当年红军过赤水时，缺医少药，茅台酒既能在寒冷中为战士们提供温暖，还能为受伤的战士消毒，防止了病毒的入侵，减少了死亡率，对于军人来说，茅台酒意义非凡。

据说，美国总统尼克松访华时曾询问周恩来总理："听说红军经过茅台镇时用光了所有的茅台酒。"周总理回答："长征路上，茅台酒是红军包医百病的良药，洗伤、镇痛、解毒、治伤风感冒……"

1960 年，英国"二战"名将蒙哥马利到访中国，毛主席亲自接见了他，在会面的过程中，蒙哥马利盛赞毛主席说："由您指挥的解放战争与三大战役能与世界历史上任何一场伟大战役相媲美。"毛主席却说："四渡赤水才是我平生最得意之作。"美国作家哈里森在《长征——前所未闻的故事》中写道："长征是独一无二的，长征是无与伦比的。而四渡赤水又是'长征史上最光彩神奇的篇章'。"

只有我们亲自漫步在两岸陡峭、险滩急流的川黔滇三省交界处的赤水河畔,才能真正明白,3万人能够突破40万人的重围,是一个多么伟大的奇迹!除了毛主席伟大的军事天赋及指挥艺术,还有险峻、急流及特殊的地理位置,可谓是天时、地利、人和,而且,得道者多助,失道者寡助。红军给老百姓开仓放盐,老百姓卸门板给红军搭浮桥。当时当地流传着一句话:"红军到,干人(穷人)笑,白匪跳。"所以当红军离开时,老百姓就捧出美酒进献红军,"得人心者得天下",孟子所言不虚。

"雄关漫道真如铁,而今迈步从头越。从头越,苍山如海,残阳如血。"我感慨着无数专业诗人都写不出如此豪迈、雅致的古体诗,毛主席却能把四渡赤水这一人生"得意之笔",变成文学史上的得意之笔。

这群60年代曾在川藏线贡献过的老兵们,迈着军步爬上青杠坡战斗遗址,集体敬礼,为红军烈士纪念碑献上花圈。唯独我们三个年轻人却因炎热劳累,躲在树下肃穆地看直播。一边自嘲:在长征这个人类历史上的伟大奇迹中,共经过14个省,翻越18座大山,跨过24条大河,走过荒草地,翻过大雪山,行程约二万五千里,共击溃国民党军数百个团,红军牺牲了营级以上干部430余人,平均年龄不到30岁,谁喊过累?谁叫过屈?谁会在阴凉中避暑?

因中国工农红军四渡赤水的故事，盛产美酒的赤水既是"美酒河"又是"英雄河"，这些新中国成立之初在川藏线奉献过的当代英雄齐聚英雄河边，观长征历史，饮英雄河酒，畅谈英雄往事。

千户苗寨　吊脚楼上，月亮山的女儿在歌唱

　　无论我去过多少地方，吃过多少美食，都不能抹杀停车投宿沐浴后，在旅馆阳台上，吃着酸汤鱼，看着西江千户苗寨的璀璨灯光，古朴洋溢的苗族歌舞，那种自在，那种享受，那种美感，心神出窍，人间天上，身心合一。

　　旅行的最大魅力与读书异曲同工，同样一个地方，同样一本书，不同的年纪，不同的季节，不同的方式，与不同的人，会读出不一样的味道。之于读书的方式，只有这个时代才有：看书、看电子书、听书、看视频讲书、看短剧演书，比如三国、红楼，给人的感觉完全不同；旅行更是如此，火车、轮船、飞机、自驾，不同的方式到同一个地方，仿佛这个地方不同了，实际是感受的不同而已。旅行，说到底，就是追求心灵的感受，所以，我永远力挺心灵至上的自由独行方式，除却蜜月旅行，其他任何时候，多一个人，都会多了心灵的负担，干扰心灵的自由。而这唯一滋养心灵的双人旅行方式，我已经旅行二十年，上百个国家及城市，还没有品尝过，不敢轻评，只是理性判断，若是小夫妻在蜜月旅行期间竟然三观不合、言行不一，此婚姻定不长久，因为，其后的生活远远比蜜月旅行枯燥重复、琐碎不断、麻烦一堆、关系一团，必然不和。

我第一次背包独自进入苗寨，醉心于建筑与风景，一进门却酒醉了。苗族经典盛行"歌有十二路，酒有十二道，日有十二个，月有十二个，天有十二层"等说法，因而，竟设十二道拦路酒，震撼所有不会喝酒的人。十二道酒，十二种寓意，应是世界上所有民族都追求的生命境界——

第一道，恭喜酒。苗语叫"久刚西"，寓意祝福与欢乐。苗族热情好客，崇尚情谊。谚语：见到客人心欢喜，迈步走来迎客人。

第二道，善良酒。苗语叫"久拉秀"，寓意人要善良。苗族崇尚与人为善，与人为伴的美德。谚语：花好树才好，心好人才好。

第三道，勤劳酒。苗语叫"久刚安"。寓意本分勤劳。苗族崇尚勤劳。谚语：母亲手巧三箱衣，父亲勤劳三仓粮。

第四道，勇敢酒。苗语叫"久固督"。寓意不畏艰险、有胆量。苗族崇尚勇敢。谚语：敢才算英雄汉，勤劳方成富贵人。

第五道，聪明酒。苗语叫"久略雅"。寓意聪明智慧。苗族认为，人类始祖姜央最聪明。谚语：姜央算是最聪明，无人聪明赛过他。（苗族远古神话，姜央造人，雷公放洪水毁灭人类，姜央坐在葫芦里躲过灾难，降伏雷公，重造人类）

第六道，美丽酒。苗语叫"久桑汪"。寓意人俊貌美。"仰阿莎"是苗族神话中的美神。谚语：最美要数仰阿莎，貌美赛过众人家。

第七道，明理酒。苗语叫"久布理"。寓意通晓道理。苗族崇尚明理知耻。苗族口传经典《贾理》说：弹墨线才造成屋，懂道理才做成人。

第八道，诚实酒。苗语叫"久达兑"。寓意为人诚实。苗族崇尚诚实。苗谚：诚实有善报，哄骗终害己。

第九道，宽宏酒。苗语叫"久放西"。寓意宽宏大量。苗族讲求做人宽宏大量。苗谚：宽宏方交友，狭隘成寡人。

第十道，长寿酒。苗语叫"久达囊"。寓意健康长寿。"榜香尤"是苗族传说中的寿星，传说他活了八万七千岁。苗谚：最长寿是榜香尤，他比别人都长寿。

第十一道，富裕酒。苗语叫"久讲腊"。寓意生活富足，苗族讲求家庭富足和人丁兴旺。苗谚：最富有是运金运银，最繁盛是蝴蝶妈妈。

第十二道，美满酒。苗语叫"久良西"。寓意美满幸福。苗族讲求美满，认为歌有十二首，酒有十二道，喝完十二道，才心满意足。苗语有：喝完十二道，美满人更好。

　　不知怎么翻译的，汉字完全不搭嘎，而苗语却都是"久"字辈的，汉族喜欢长长久久。就冲这十二道美酒的精彩寓意，不会喝也要喝，自酿的健康米酒，遇到单身女孩，这些穿着隆重苗族服装、戴着银饰头盔的苗女们会手下留情，只倒一口，尽管如此，也有十二口，我便飘过人群，到最后一道美满酒，直接倒在苗女怀中。队伍中不只有苗族少女，还有个别老年苗女，一样载歌载舞，为来客斟酒，这种平等心很佛境。

　　游遍全中国，只有来到这世界上最大的苗寨，不像是旅行，像回家——久未谋面的家，回家先要喝十二杯"久"酒。苗族家人用智慧、美食、歌舞不仅热情生活着，还将热情传递给随缘而来的所有人。

　　米酒并不烈，但风一吹，才知与绍兴黄酒一样，后劲儿极足，飘遍了整个苗寨，里倒歪斜地倒在一个竹凳上就睡，不知怎地，被风吹醒，飘着下山，飘着出寨，飘着回城，身心满足。

　　六年后，盛夏从重庆自驾来到苗寨，入住上古建筑的活化石——西江吊脚楼。休息沐浴，夕阳时分，二楼阳台，凉爽至极，"美人靠"上，遥看苗寨千家万户星光璀璨，恍惚仙子下凡。"独自要凭栏，绝美江山，别时容易见时难"，为一处风景，总要踏遍万水千山；"把天下看了，栏杆拍遍，哪理会，人无意"。酸汤鱼火锅已经沸腾得不耐烦，夹几片新鲜的鱼片，在番茄色汤中涮两下，来口米酒，年轻就要从心所欲不逾矩、道法自然随心行。天色越来越暗，千户苗寨变成灯的海洋，呈现牛头的形状。自家阳台，酒醉无妨，喝至兴足，倒头便睡，甚是自在。

翌日清晨，酒酣足睡，睡眼迷离地望向窗外，薄薄的云雾笼罩着整个山寨，一座座吊脚楼上徐徐升起袅袅的炊烟，像是天神在燃香祈福。披衣上楼，"美人靠"上，远观千户苗寨就像是《山海经》《西游记》中的奇幻世界，千座吊脚楼在连绵青山间鳞次栉比地安然存在，占满整个山头，也占据了贵州许多色彩。这个上古时期就存在的干栏式建筑，居住着蚩尤的直系后裔，多么神奇，几千年前，无论是《山海经》中，还是《史记·五帝本纪》中，蚩尤都是魔的存在、恶的化身，被黄帝斩杀，然而他的后裔们几千年后却带给黄帝的子孙们神的享受，时间是美妙的，轮回是奇幻的。

早饭后，在寨子中散步，不期而遇一场歌舞表演，华丽的服饰、欢快的歌舞和美丽的爱情故事，无数银饰碰撞出清脆的福声，一舞倾人醉，千人心神飞。寨中老人演唱着史诗般宏大的古歌，忙向身边的苗妹请教，她说这古歌她天天听，却也不会唱，唱的是万物起源、天地洪荒及苗族的辛酸迁徙史。古歌后，跳起了中国最古老的舞种之一——铜鼓舞，方祥的高排芦笙、反排的木鼓舞一齐上阵，看样子，今天是个特别的日子，许是我来了。

　　第三次与一个特别的活力长者团体再临苗寨，进门时只有三道酒，中午在吃长桌宴时，却领教了更特别的高山流水酒。几个长桌接起来，客人依次坐在两旁的小凳上，没有长幼主次之分，每桌上的菜都是相同的。

　　酒过三巡，菜过五味后，突然间芦笙响起，三个美丽的苗族姑娘盛装来到我身边，每人手拿一个酒海，从高往低依次排开，又有一个姑娘拿起我的酒杯，酒自上而下流入我口中，形成高山流水似的酒瀑。其他人已经火爆起来，我却不明所以，姑娘温柔地说："喝一口，少喝一点。"我立即张口，同样的米酒，高山流水的唱法，竟变成了琼浆玉液，这个姑娘又拿起我的筷子为我夹了一口菜，喂到口中。

　　旁边的男人们已经跃跃欲试，但轮到他们，这流水酒瀑更长更久，最多的竟有九个酒海叠加，直到男人告饶，三个姑娘还用臀部撞了男人几下后背，心仪的一定不是姑娘。"哇噢！"所有人兴奋起来，轮到下一个，男人一边喝酒一边被撞，无可奈何。我饶有兴味地看着苗族姑娘们的创意与智慧，头一次看到被传统和教育宠了两千年的男人，也有对少女无计可施、举手投降的表现，实在难得。轮到团队中不能喝酒的长者，便用水代替；轮到尊者，领头者使个眼色，便被多流些酒瀑，多撞几下后背，夹菜时，当他要吃到时，故意将筷子缩回，着实让男人体验了一把汉族新娘在闹洞房时被"折腾"的感受。我则甚觉快慰，忙叫着："多喂他几口，多撞几下。"两个美丽的姑娘便左右夹击，直撞到男子双手作揖求饶，笑容却始终挂在脸上，尚没倒出嘴巴笑出声来。

中国所有的所谓酒桌文化中，我独爱此种，有创意、有惊喜、有高度、有讲究、有品头、有味道、有趣儿。苗族高山流水式饮酒法，让人心动。

我以为中国最好的茶多半在福建武夷山或云南普洱。令我意外的是，中国最大的连片茶园在遵义市湄潭县的万亩茶海，它也是世界上面积最大的茶海，穿行其间，绿涛延绵、茶海扬波，无边无际，绿色无极；清风拂面、茶波荡漾，如浪中舟，上下沉浮；如风中苇，左右摇摆。坚如磐石者，唯我一人尔。

只是万亩茶海盛产的茶，无论是湄潭翠芽，还是兰馨雀舌，虽然名字活色生香，我们却不大见，也不常喝，但这里的茶叶制作的抹茶却风靡全世界。

说到高科技，作为中国唯一没有平原的省份，贵州的天桥与天眼令人叹为观止。世界高桥前一百名中，贵州占了近一半，几乎包揽当今世界的全部桥型。

人类可以在空中行进吗？行驶在世界第一高桥北盘江特大桥上，距离水面565米，四面空旷，似空中飞翔。"盘江沸然，自北南注。其峡不阔而甚深，其流浑浊如黄河而甚急。"徐霞客在《游盘江桥日记》中这样描写，安静的贵州的江河都是不安静的，比大海还波涛汹涌。飞行在空山旷野中，遥思：霞客行过的老桥今安在？

人类可以观望宇宙吗？可以，用 500 米口径球面射电望远镜，别名天眼。有车上山，我选择攀登，不过几百级台阶而已，转几道弯便站在了神奇的天眼顶端，俯瞰着它的神奇：与其说天眼是望远镜，不如说像是一个巨大的锅灶，许是天庭蟠桃盛会时为天上众神炒菜的天锅，表面仅由厚度一毫米的金属层覆盖，检修人员需借助一个直径 7.6 米的氦气球，将体重降到原来的 1/6，小心翼翼地贴在表面，犹如在月球上行走。

清风徐来，劲道十足，说不尽的神奇，道不尽的感慨，闭眼，深呼吸，清空身心，让生命这个能量体尽可能去感受天眼和宇宙的能量，说不好这是外星人传来的某种信号，或者是宇宙的声音。这个当今世界最大口径、最灵敏的射电望远镜，就是为了接收宇宙中更微弱的信号，探测更遥远的天体，探知宇宙的奥秘。人类从猿猴学习直立行走至今能创造出天眼，真是伟大而神奇，不知宇宙中是否有更伟大的存在，他们会以何种方式神奇地存在？这就是 500 米口径球面射电望远镜的重大使命。

我的使命则是用文字以各种方式记录下我在路上——无论是旅行还是人生甚至心灵之路——亲历的各种奥秘与奇迹，去体验与剖析究竟是宇宙更远，还是人性更深……

没有酒的夜宴不成席，没有灵魂的作品不配读，没有记载的生活索然无味。我只想一生自在如风，用心灵写心灵之声，符不符合别人的口味，随他去。

"来，给我倒一杯纳赤台，为了军人，我愿意破例品饮白酒，一小杯足矣。"我以我身活我心，我以我心写我历，我以我文写我思，让红尘如风而逝，让思悟以书成史。一饮而尽，活的就是——灵魂的大自在。

"痛快！干！"

在中国，真的是三千年蛮荒，三千年天堂，这样一个风景绝美之地，很难想象，古时竟是流放所谓犯人的绝佳之地。因流放而闻名的古国大概只有夜郎国，因名诗遥祝流放君而名扬后世的流放地首属夜郎国，那是因为千古诗仙李太白先生神奇的缘分，他因安史之乱后错误地加入永王幕府，永王却被当作反王杀掉而获刑，经郭子仪等众人求情由死刑改为流放夜郎，多数说法是李白行至三峡遇天下大赦，因那首几百年来，凡是中国人都会背的诗："朝辞白帝彩云间，千里江陵一日还。两岸猿声啼不住，轻舟已过万重山。"说此诗抒写了当时喜悦畅快的心情。

说实话，此诗念过千千万万遍，我是没看出喜悦的心情来，但是却看出三峡的绝美来，不知多少主推引言论的学者亲自乘船三天两夜游整个长江三峡，当今，三峡工程之后的三峡，已经下降几百米，仍是这种效果，何况古时。不管此诗是否作于被流放期间，又有许多学者考证古夜郎今之所在——桐梓县境内，横跨松坎河有太白桥，位于石板溪古桥不远处有太白泉，新站镇及附近更有太白听莺处、太白故宅、太白望月台、太白寺等众多与李白有关的名胜古迹。若李白未曾到过夜郎，历代官员和文人墨客，概不会做如此无聊之举。

又有学者考证碑文、诗句、史料，证明李白到达夜郎后两三年遇天下大赦，最有力的证明是被贬云南三十年、写下著名的《三国演义》开篇词："滚滚长江东逝水，浪花淘尽英雄"的明代著名学者杨慎，曾去夜郎坝凭吊李白。在他的著作《丹铅录》中记载："夜郎在桐梓驿西二十里，有夜郎城碑尚在。"并作诗描述夜郎风情："夜郎城桐梓，原来堞垒平。村民如野鹿，犹说翰林名。"（《夜郎曲其一》）李白被唐玄宗召为翰林学士。今人惯于做假，但古诗假不得。

不管李白是否真到过夜郎，他《闻王昌龄左迁龙标遥有此寄》写道："杨花落尽子规啼，闻道龙标过五溪。我寄愁心与明月，随君直到夜郎西。"后一句人尽皆知，便也知夜郎了。还有"夜郎自大"这个著名的成语，让夜郎委屈了一千年。古夜郎国最早出现在司马迁的《史记·西南夷列传》中："西南夷君长以什数，夜郎最大……元狩元年，博望侯张骞使大夏来，言居大夏时，见蜀布、邛竹杖，使问所从来？曰：从东南身毒国（今印度），可数千里，得蜀贾人市。""大夏"即古代的波斯帝国，这四川的商品是通过夜郎国转口印度，再由海上商船运抵西亚波斯等。

两千年前，生意都做到波斯帝国了，"夜郎国"是名副其实的外贸大国。就是因为古夜郎国无论地域还是经济，都是西南地区最大，所以敢问使者："汉孰与我大？"事实上，先问的是云南古滇国国王，但这个妄自尊大的成语却安在夜郎身上，夜郎国就永垂不朽了。

然而，在此之后，再无古籍记载，像西夏王国、西域三十六国一样，古夜郎国神秘消失，在中原史籍记载中留下了一团迷雾，飘散千年。

《史记》载，西南诸国中，唯独夜郎和滇国被汉朝授以了王印。夜郎尚在滇之前被汉朝封王，如今滇王之印已在云南被找到，但夜郎王印至今仍下落不明。对于人性而言，越是得不到的越神秘；对于考古而言，越是发现不了的越奇特。至于李白是否到过夜郎，谈不上神秘，但他被判流放夜郎及此诗是确凿无疑的。历史就是如此让人痴迷，有时，它错综复杂；有时，它凌乱无序；有时，它人间蒸发；有时，偶然形成必然；有时，必然导致偶然；有时，令人捶胸顿足；有时，令人长吁短叹；有时，令人灵魂震颤；有时，令人骄傲非凡。

这些就是历史之神奇所在，让人欲罢不能、欲言又止，似道非道，"惟恍惟惚，惚兮恍兮，其中有象；恍兮惚兮，其中有物；窈兮冥兮，其中有精；其精甚真，其中有信。"

虎跳峡

彩云之南

抚仙湖

古滇国沉睡在水下的青铜时代

　　每一个湖都有属于自己独特的前世传说与今生故事，比如喀纳斯的湖怪，西湖的许仙与白娘子，而抚仙湖的传说丰盛到近似于灵异小说：尸库蛟窟、水下古滇国、湖底金字塔，还有竞技场，更诡异的传说是湖中有不明飞行物……天下湖泊千千万，唯独仙湖传说多。

　　古滇国是否存在，属于历史还是传说，悬疑了两千多年。在总共 1500 多字的《史记·西南夷列传》中，司马迁竟用 600 字来记录古滇国：

　　　　西南夷君长以什数，夜郎最大；其西靡莫之属以什数，滇最大……耕田有邑聚，肥饶数千里……滇王雕难西南夷，举国降，请置吏入朝。

于是以为益州郡，赐滇王王印，复长其民。西南夷君
长以百数，独夜郎、滇受王印。滇小邑，最宠焉。

然而，此后再无史书记载过古滇国和夜郎国，《汉书》和
《后汉书》都抄录于《史记》。古滇国为什么存在得如此悄无声
息，消失得如此无影无踪呢？

更焦点的是：古滇国究竟是否存在呢？它的横空出世与神
秘消失，只给历史留下二千年的黑洞及一个夜郎自大的成语，
"滇王与汉使者言曰：'汉孰与我大？' 及夜郎侯亦然。以道不
通故，各自以为一州主，不知汉广大。"（《史记》）滇王首先发
出蝼蚁嘲笑鲲鹏之问，为何变成夜郎自大，与古滇国的离奇存
失一样，不得而知。

"抚仙湖"这个名字特别魅惑，是抚摸还是抚慰，抚问还
是抚视，仙人需要如此吗？传说曾有两位天上的神仙，被这优
美的湖光山色所吸引，从此就留下来了，不愿意再回天上，此
湖就被称作仙湖。关于仙人总是下凡做凡人，我向来困惑，凡
人太烦人，一生无数烦事，烦人烦身烦心，我想升天做仙人而
不得，若成仙，永不思凡。

我仰躺在白色沙滩上，并不知对岸山上就是 20 世纪末发掘
的古滇国贵族墓地——李家山墓葬群，这里出土了许多青铜器、
金银玉器等，还有云南省博物馆的镇馆之宝——滇国牛虎铜案。
它与之前在石寨山古墓群中发掘的金质篆书的"滇王之印"，不

但确证了"古滇国"的存在，也印证了《史记》记载的西汉元封二年（前 109 年）武帝"赐滇王玉印"的史实。这轰动了国内外考古界，于 2021 年入选全国"百年百大考古发现"。一颗金印，既证明了云南古代历史，也证明了《史记》不容置疑的史学价值。

只是，没有文字，没有古籍，古滇王国何时建立？经历了怎样的历史细节，如何消亡，至今仍是未解之谜。唯一可确定的是，古滇王国曾是汉王朝的附属国，在这一时期创造出来的古滇文化，已被众多地方历史文献及出土文物证实。向来王者天下的中原文明在公元前 4 世纪时并不知在偏远的西南古滇王国，已有无数条穿越高山峡谷的马帮小道，抵达南亚、东南亚和印度，史称"南方古驿道"，比张骞开辟的西北丝绸之路，早了 200 多年。

时空流转，我躺在那个奇异的古滇王国的宫殿上，看着一个穿着奇装异服的滇王手捧"滇王之印"，露出王者的微笑，他并不知道，这颗金印在二千年之后证明了他及他的国家曾经的存在，也只是曾经而已。

在历史中旅行，就像在海底世界深潜，谁都不知道，不经意间，会出现什么，这个"什么"会让我们发现什么，而发现的那个什么，奇丽瑰宏，妙不可言，所有的遗憾都归结为"曾经"二字——

曾经史实难为书，除却虚空心亦哭。

木府风云

纳西土司的宫殿，茶马古道的起点

当别人在丽江酒吧狂饮、与摩梭女子共唱《泸沽湖情歌》时，我却坐在窗边写游记，就像徐霞客一样，我们随走随记，走是为了记，记让走更有意义。我们并不是以旅行为最终目的，他要寻找长江的源头，我要寻找生命的源头。

在四方街头，一个异域风情的酒吧里，一张厚厚的木桌上，一个长发女孩，拿着钢笔在笔记本上写着。当我被当成风景拍摄时，忙笑称不可，天南海北的游客问："你为什么不去喝酒？却在这里写字？竟然还用钢笔？"我笑而不答。徐霞客为什么不走仕途做官，却要徒步大半个中国？玄奘为什么不在长安享受盛名与尊崇，却只身历险、九死一生地去印度求法？张骞为什么不在家中封妻荫子、衣食无忧，却要慷慨赴险、出使西域，纵使两次被擒、为奴九年、不忘初心、不辱使命？

翌日清晨，当我行走在穷尽奢丽的木府中，隐隐地震惊，满满地意外，原以为云贵高原偏远落后、瘴气遍地，自古是流放犯人与贬谪官员的天然陋地，可这统治着云南七百多年的长官府邸却豪奢到"北有故宫，南有木府"的地步，身临其境，恍若皇宫，且因清代"滇西之乱"，焚毁了四分之三的建筑，仍然如此豪奢，难怪"非木公命，不得擅行"，以免走漏消息，被冠以谋反重罪。

连已经行走了大半个中国的徐霞客都感慨题字："宫室之丽拟于王者。"雕刻木府正门墙边，这个不合儒家主流思想的千古奇人只在丽江受到如此厚待，中原人却道他不务正业。

走至"万卷楼"，直感慨"一座土司府，半部纳西史"。土司制度是"一代天骄"成吉思汗的孙子元世祖忽必烈始定，丽江之名也系他钦赐。

七百多年前，忽必烈率领蒙古大军从吐蕃（今西藏）兵分三路，大举进攻大理国及以北的纳西地区。纳西族头人眼见抵抗无望，选择归顺元军，忽必烈大喜过望，即封纳西族头人为"茶罕章管民官"，即后来土司制度的雏形。公元1270年，元朝攻陷大理国后，在此设置丽江路军民总管府，"丽江"之名沿用至今。

走过木府门上高悬的"诚心报国""崇德"等匾额，看到

1382 年的那一天，朱元璋带军进入丽江，纳西族头人阿甲阿得也弄不清楚中原往事，才一个世纪，元朝就被明朝灭了，发生了什么？又是为什么？管它谁统治中原，只要我能统治丽江。汲取先祖的生存智慧，阿甲阿得立即归顺明王朝。明太祖自然高兴，兵不血刃、攻城为下，便将自己的姓氏去掉一撇一横，赐姓为木，从此丽江有了木姓，也有了木府，木府统治整个丽江，阿甲阿得变成了丽江第一代土司——木得。

历代木氏土司研习汉文化礼仪，素养极高，《明史·云南土司传》称："云南诸土官，知诗书，好礼守义，以丽江木氏为首。"前后十四代土司中有六位土司成就卓越，史称"木氏六公"：木泰、木公、木高、木青、木增、木靖。木公是木氏家族中集诗词大成者，一生作有诗词 1400 余首，且与明代文学家杨慎有密切交往，木增则与明代旅行家徐霞客有真挚情谊。

木府仿紫禁城的格局，但是没有城墙，一是向朝廷和百姓显示自己无私奉献，二是因为"木"加框是"困"字，可见木氏土司们汉学渊源。因木府过于奢华，为防止非议，木氏土司特意到京城，请明神宗赐了一块"忠义"匾额。真忠假义，徐霞客亲身验证。徐霞客本想从这里去西藏，顺着金沙江往上走，寻江溯源，却被木氏土司一再拦截，致使他一生致力于寻找的长江源头仅差七公里，未能亲自丈量。

丽江，并不是当今游人眼中活色生香的猎艳之地，而是古代云南极其重要的军事重镇。

土司木增用最高礼节迎接了徐霞客，大肴八十品的豪宴，让四个儿子拜他为师，还赠给他许多金银财物，却始终未能让徐霞客亲见长江第一弯。借口很多，又是天花又是战争，真正的原因不得而知，古人的思维我们不懂，木增是真心欣赏、敬重徐霞客，徐霞客游至丽江时已年过半百，且身染重病，他便派八名纳西壮士，把徐霞客送到湖北长江源头，坐船回了江阴老家。为什么不能抬着徐霞客去石鼓镇亲看长江源头，仍是一个谜，要知道，那是徐霞客毕生追求的使命。

在无锡江阴徐霞客故居中，一进门便是"木徐友谊"厅，墙上挂着一副纳西文字的对联：木徐情谊传千古。纳西文字是象形文字，说是字，却很像画，最有趣儿的是"情"——两个牵手的小人儿。

虽未亲历，徐霞客仍在《溯江纪源》中做出了正确的推测：长江之源，出自金沙江，而非岷山导江，黄河源与长江源同在青藏高原的昆仑山脉。这一论断彻底颠覆了《尚书·禹贡》对于长江发源于岷山的记载。

我站在长江第一弯，惊奇它的奇美雄壮的同时，感慨着：四百年前，用一生追逐梦想的徐霞客若梦想成真时，会灵魂动容、涕泗横流吗？会留下怎样直抵人心的文字？要知道，他最钟爱的是云南，仅《滇游日记》就有 25 万字，占《徐霞客游记》的 40%。

徐霞客靠一双脚从江苏走到云南，花了三十年的时间，然而最终未能亲见长江源头。面对长江，我跪地朝拜，代徐霞客捶胸顿足后，走进石鼓镇。

小镇依山而建，石阶蜿蜒而上，宽约数米，错落有致，纵贯小镇，店铺林立，古朴安逸，表面宁静祥和，古时却是兵家重地。诸葛亮在《出师表》中所说的"五月渡泸，深入不毛之地"就指石鼓镇，为了安定南方，挥师北上，采用"攻心为上，攻城为下，心战为上，兵战为下"的战略，七擒孟获南定之后，才能北图。然而攻心需要心术，诸葛亮并不在乎出师未捷身先死，而是念念不忘刘备三顾茅庐之恩、匡扶汉室大志，鞠躬尽瘁、神奇智慧都无法扶起的阿斗，踩着一块块斑驳的石板，仿佛踩着诸葛亮与徐霞客共同的遗憾。

发现一个五角亭，中有一块巨大的鼓状石碑，传说这是诸葛亮留下的，细观碑文《大功大胜克捷记》：

功不著不足以成名，德不显不足以立身；盖功忠于君也，德孝于亲也。惟忠可以懋功，惟孝可以懋德。贵而能忠，保其世爵；富而能孝，守其世官。四海中外，忠孝大节，卓为天下轨。由于是，福祚光辉，荣华绳继，世不歇矣！岂不创人之逸志乎？岂不感人之善心乎？

这应该是木氏土司为纪念吐蕃之战所立，碑文尾处是木高土司写的一首词《醉太平》：

> 品题大胜诗，欣作太平词。
> 三军频论得功时，甚奇甚美。
> 锦衣前后皆华丽，绣袍南北俱和气。
> 旌旗红映日初移，凯歌声百里。

　　云南先民认为鼓是通天神器，鼓声能感应上天，与上天之灵沟通，遇到外族入侵、灾难，鼓声能报警；栽种、丰收、婚丧嫁娶更少不了鼓。把得胜碑做成石鼓状，定是纳西族木氏所立，因此石鼓碑，镇得石鼓名。

　　这一幢幢老宅也承载着忽必烈南征大理时的渡江神奇，蒙古大军横扫世界，所向披靡，名噪一时，到头来，只落得滇池大观楼"古今天下第一联"四个字：元跨革囊。为了这一伟大行动，忽必烈费尽心机，要占领古滇国，需借道吐蕃。为此，公元 1253 年的夏天，他写信邀请西藏首任萨迦法王八思巴来蒙古商谈大业，在王妃的促成下，39 岁的忽必烈拜 19 岁的八思巴为上师，并舍弃原有的信仰——萨满教，改信藏传佛教，将其尊为国教。而这一切，让后人感慨："数千年往事，注到心头，把酒凌虚，叹滚滚，英雄谁在！"

　　虽如此，"江山如此多娇，引无数英雄竞折腰。惜秦皇汉武，略输文采；唐宗宋祖，稍逊风骚。一代天骄，成吉思汗，只识弯弓射大雕。俱往矣，数风流人物，还看今朝。"1936 年的人间四月天，"贺龙敲石鼓，红旗漫天舞，纳西人跟着革命走，要掌江山自做主"。长征中的红军在此巧渡金沙江。石鼓碑背后的高坡上，是红军渡江纪念馆与 8.1 米高的"红军长征渡口纪念碑"，气势雄伟，人间奇迹。

看似不起眼的小镇，除蕴含巨大的军事意义之外，还有奇妙的地理价值，长江到此 V 逆转，奔入中原育华夏，因名"长江第一弯"。我痴痴地看着天造地设的奇迹：四山并列，三江并流，彼此不缚，各安使命，自由存在。远古时期，伏羲做八卦，需仰观天象，俯瞰地理，这样奇特诡谲的地理一定为他提供了太多遐想——

怒江在碧罗雪山和高黎贡山的再度挤压之下，江面变得更加狭窄，乱石林立，水流湍急；海拔 5400 米的哈巴雪山与 5600 米的玉龙雪山之间的金沙江，犹如一条轻轻拂动的绸带，从青色的群山间飘然而下，两岸墨绿色的护堤林和碧绿的稻田为她镶上两条深淡相间的花边，别被她的温柔迷惑，流到窄处、巨石边，如洪水猛兽般喷涌，惊涛骇浪震耳欲聋；澜沧江，世界第六大河，从青藏高原源远流长，滋养着云南境内的生灵，又一路流出国门，变身东南亚六国母亲河。

山夹江，江隔山，江水不交汇，实在迷人得紧，便任性地篡改了大诗人李白的《望天门山》：长江大拐向南开，江水东流至此转。两岸四山争相出，江水三条天边来。觉得还不过瘾，又仿辛弃疾的《清平乐·题上卢桥》：三江并奔，不管四山碍。万里飞腾于滇藏，更着天道襟带。

一边看山，一边写字，长江源头，诗咏长江。正得意时，肩头被拍了一下，惊得我差点把英雄钢笔掉入天涧，猛地回头，一个男孩阳光般地笑着，连忙道歉："美丽的女孩儿，你好，对不起。"

"这样的天地，正在出神之中，哪里会想遇见人？"

"实在不好意思，吓到你了。旅途中，你竟然带着钢笔写字！太特立独行了，如此爱三江并流，想不想用一种更特立独行的方式亲近它？"

"什么？"

"徒步虎跳峡。"

"徒步？就是走路？"

男孩大笑："对。"

"大名鼎鼎的虎跳峡竟然在这里，竟然还可以徒步？"

"是的，这是一条罕见的高海拔徒步线路，在国外特别有名，似乎被评为全球十大徒步路线呢。去不去？"

"有女孩吗？"

"一个，她想找个伴。"

"去！"

平生第一次徒步就在一无所知的情况下开始了，我们驱车至桥头，开始徒步：行哈巴、看玉龙、赏金沙、伴雪山、穿绝壁、上天梯、下峡谷、临怒涛。全程都行走在山崖边的窄路上，脚下是几千米的悬崖，金沙江咆哮而过，涛浪声响彻峡谷，最窄处仅几十米，老虎确实可以跳过江，貌似我也能……沿途山乡客栈，是名副其实的世外桃源，黄昏时分，日照金山，美到失神，尖叫不已，几乎坠崖，被揪了一路。过了中虎跳，路途更难攀登，几近垂直的天梯，红军飞渡泸定桥般的铁索桥，若有一只红军巧渡金沙江时的小破船，我会选择跳进去，驶到对岸，否则，就要徒步 23 公里，狭路相逢勇者胜，实在是无知者无畏。

高山峡谷前，动辄就有上千米的落差，而垂直高差近 4000 米的峡谷，只给江水留下狭小的通道，最窄处才 20 米宽，大江被扼住喉咙，又遇巨石挡道，一下逼着怒江爆发野性。我们居高临下地欣赏着咆哮的狂躁，在平静的行走中挑战自我、发掘潜能，不是我走着，不知我竟然能够徒步；不是偶遇驴友，我也想不到徒步。流水无不露骨，山涧一杯风尘。

爬得有气无力，俩男孩问俩女孩："需要帮助吗？"

"不！"

爬过天梯，又问："还行吗？"

"行！"

我气喘吁吁地："我可是勇往直前，永不放弃的主！徒步难还是实现梦想难？"

"当然是梦想成真难。"

"那就是了，走！"

到了上虎跳真是累得无力支撑躯体，客栈上了一锅鸡汤，我喝了大半锅，用手一抹嘴，回房间，一头扎进床铺，就像孤独了千年的嫦娥见到了后羿，女娲娘娘看到补天的最后一块石头一样。仿佛一个世纪，我坐起来，找到阳台的门，便再也舍不得移步，瘫在藤椅里，对面是万丈绝壁，无言屹立，我紧盯着它，它突然开口："我是枕状玄武岩，数亿年前，海底火山的喷发创造了我。我以为我会一直安静地待在海底，直到时间的尽头。但是板块的碰撞与融合开始了，我被挤压和抬升，最终从暗黑的海底被推向天际。当一切平静时，大洋退去，却在此处留下了三条江流。我们岩石族群从此守望着这一片秘境之国，温差劈碎了身体，时间磨砺出棱角。你见过石头对折吗？"我用手电筒照着岩石，那层层曲线像是被揉捏的痕迹，那条条石块就是被折叠的证明，大陆碰撞产生的巨大力量，把岩石弯曲挤压升高到5000多米的天际。河流不断向下切割，劈出这条3000米深的悬崖。"在200万年前的第四纪冰期，当北半球的冰川从北向南蔓延而来，扫荡着地表生命之石，这三条南北走向的河流便和合共存，各自行游，你是你，我是我，我们自由地行走，怒江，你愤怒你的；金沙江，你咆哮你的；澜沧江，你漫长你的，彼此祝福。"

我微笑着："祝福你，请你也祝福我。虽然我很年轻，但我的先祖与尧舜同龄。"

世间最美的微笑是笑对自心，最真的对白是自言自语：自由旅行，妙不可言；彩云之南，美若天仙；感恩自己，首选云南。

每个去过丽江的人，喜欢它的地方或许都不一样：鼓楼与石板路，流水与四方街，纳西族与披星戴月，但有一种搭配是最多人喜欢的——那就是古城和玉龙雪山。丽江之美，得益于玉龙西来，白云飞雪。

征服虎跳峡后，我们就愉快地作别，各奔旅程。我则去欣赏玉龙雪山的神奇，明明是夏季，明明只有十几公里，人家终年积雪，这是我平生见到的第一座雪山。

上了缆车，下车后进入一个小厅，一个穿着奇特的纳西族老人坐在门边。开门出去，仿佛瞬间穿越到白垩纪，盛夏八月，竟无一点绿色，羊骨一样的山脊，冰雪覆盖的尖顶，近在咫尺，却遥不可及。突觉呼吸沉重，步履蹒跚，在不知有高原反应时，我已经高反了，瞧着一块"4680 米"的巨石，完全不知什么概念，我就稀里糊涂地上来了，胸口像放了块巨石，浑浑噩噩地转悠了一圈儿，冻得哆哆嗦嗦的，逃下了山。但雪山那圣洁的容颜、纯净的姿态、独特的色彩却给我留下了坚如磐石的印象，使得我十年后不假思索地攀登珠穆朗玛、转山冈仁波齐、徒步喜马拉雅。

丽江紧靠玉龙雪山，却气候温润，即使是冬天，没有暖气的屋子，白天炽烈的阳光射进来，也是暖的。走在丽江古镇，无论哪个角度，抬眼便能看到迷人的雪山，但它的冬天却不下雪，日日好日子，天天都晴天，实是一方宝地。因而，在大中国终于步入可以大众旅行的时代，云南最先成为国人的首选，丽江则是首选中的首选，不仅因其自身美到极致，还因其连着传奇的大理、传说的鸡足山、传言的泸沽湖；神妙的长江之源、神秘的香格里拉、神奇的三江并流。旅者必到之所，西藏自然更神秘，但太高远、太昂贵、太难抵达，丽江却是一个美貌又谦和、高雅又亲民、魅惑又淳朴的温柔富贵乡。来了，不想走；走了，还想来。

大观楼

天下第一长联，写尽滇池千年

天下有很多楼阁，能够为后人瞻仰千年，并非凭借自身的英姿雄伟，而是大才们咏楼名文，无论是滕王阁还是岳阳楼，无论是黄鹤楼还是鹳雀楼，皆以诗闻名，唯独大观楼凭借一副对联，跻身为中国四大名楼。登临大观楼，不为滇湖美景，却为180字的"古今第一长联"：

上联——

五百里滇池，奔来眼底，披襟岸帻，喜茫茫，空阔无边！

看东骧神骏，西翥灵仪，北走蜿蜒，南翔缟素，高人韵士，何妨选胜登临。

趁蟹屿螺洲，梳裹就风鬟雾鬓，

更苹天苇地，点缀些翠羽丹霞。

莫辜负，四围香稻，万顷晴沙，九夏芙蓉，三春杨柳。

落款：昆明孙髯翁先生旧句。

若无此联，世人不知孙髯翁。不知便罢，一解无极，孙髯自幼好学，乡试时，因防舞弊入场时要被门吏搜身，古往今来，无数名人雅士、状元名相，肯定都被搜过，只有这位先生道："以盗贼以待士也，吾不愿受辱。"说完愤然离去，终生不仕。大才子皆有傲骨，傲的方式却各不同。

孙髯爱梅花傲雪之骨气，自称"万树梅花一布衣"，虽有小特性，却也是一位忧国忧民、特立独行的布衣，居昆明时，目睹水灾给百姓带来的痛苦，于是亲自踏勘盘龙江源流，访问农民，查阅资料，写出《拟盘龙江水利图说》，提出治水方案。官未能如此，况一布衣？

我在大观楼里兴游，大观楼两侧开圆形洞窗，琉璃黄瓦、翘角飞檐，登临楼顶，凭栏远眺，远处的西山青影，与百里滇池融为一体，烟鹭沙鸥令人心旷神怡。大观楼与吴三桂还有着千丝万缕的联系，满族八旗子弟入关时，为征服全国，以汉制汉，扶植三藩：云南平西王吴三桂、广东平南王尚可喜、福建靖南王耿精忠。三十年弹指一挥间，康熙认为三藩权力过大，决定撤藩。谁承想，那个引清军入关的吴三桂又反叛了清朝。

为平定三藩之乱，波及十余省兵马数十万，历时八年，才平息。于是，康熙决定休养生息：重科举、免赋税、开盐矿。时任云南巡抚王继文巡察四境路过滇湖，为湖光山色打动，便在吴三桂曾经开凿运粮河的地方，命人相继修建催耕馆、观稼堂、牧梦亭、漏月亭、澄碧堂和大观楼，沿堤先后辟浴兰渚、唤渡矶、涤虑湾、问津港、送客岛、适意川、忆别溪、合舟亭、聚渔村等亭台楼阁，夹种桃柳，点缀湖山风景。楼阁建好后，他登楼远眺，碧波荡漾，渔帆点点，心旷神怡，大有观，取名大观楼。

我登临楼顶，极目远眺，心上浅思，天下有很多大观楼，《红楼梦》中元妃省亲时为家园赐名"大观园"，正楼亦为大观楼，一副对联却让滇池边的大观楼盛名于世。

我盯着那巨大的牌匾上苍劲有力的"大觀樓"之"觀"：形声字，声"蘿"形"見"，《说文解字》：谛视也。何谓"谛视"——仔细地看；我觉得《谷梁传》解得更好："常事曰视，非常曰观。凡以我谛视物曰观，使人得以谛视我亦曰观，犹之以我见人，使人见我皆曰视。"我观物、观人，人观我。

喃喃自语："观，大观，大观楼"，曾有名人学者说简化汉字简化掉了太多繁体字的文化、意味与象征。并不尽然，我认为"观"更好——又见，又见什么？又见天地，又见得失，又见古今，又见兴衰，又见自己……观天下皆为观自己，见世界皆为见众生，又见佛眼、法眼，才生慈悲心，回归自己内在的真佛，缔造出自己这个圣人。

昆明大观楼建成 24 年后，定是一个似今日般云淡风轻的早晨，一位年逾古稀的布衣隐士散步至此，只见滇池宽阔浩瀚，清波荡漾，杨柳堆烟，苹天苇地。他动情于天地之间，感怀于时空之外，临池飞扬的雅兴咏唱出一曲气吞山河的千古绝句：

下联——

数千年往事，注到心头，把酒凌虚，叹滚滚，英雄谁在！

想汉习楼船，唐标铁柱，宋挥玉斧，元跨革囊，伟烈丰功，费尽移山心力。

尽珠帘画栋，卷不及暮雨朝云，便断碣残碑，都付与苍烟落照。

只赢得，几杵疏钟，半江渔火，两行秋雁，一枕清霜。

这很有明代文学家杨慎"一壶浊酒喜相逢，古今多少事，都付笑谈中"的境界；苏轼"大江东去，浪淘尽，千古风流人物"的气魄；王勃"阁中帝子今何在？槛外长江空自流"的维度；张若虚"不知江月待何人，但见长江送流水"的感悟。

如果说蓬莱阁是在仙境中找寻海市蜃楼，滕王阁是在人杰地灵里探访渔舟唱晚，黄鹤楼是在斜阳里静候仙人，岳阳楼是在淫雨霏霏中忧国忧民，那么大观楼就是在滇池边千年一叹云南悠远往事：

汉习楼船：当年汉武帝刘彻打通从滇池通往印度的路径，且传说因他看到彩云之于南方，派人追之，遂赐名云南；

唐标铁柱：唐中宗为削弱吐蕃势力，切断内外交通，造铁柱立于苍山；

宋挥玉斧：宋初赵匡胤忧虑外患竟手挥玉斧，将西南画在界外；

元跨革囊：元世祖忽必烈率大军取道吐蕃，长驱直入，利用皮囊，巧渡过金沙江，统一云南，设立行省。

然而，这些丰功伟绩，到头来，是一场空，独留几声稀疏的钟声，半江暗淡的渔火，两行孤寂的秋雁，一枕清冷的寒霜。

一介布衣，大笔一挥，得后人称赞：清宋湘撰书"千秋怀抱三杯酒，万里云山一水楼"；咸丰皇帝题赠"拔浪千层"；毛主席评价"从古未有，别创一格……"然而，联主的命运却与这些殊荣完全相反，孙髯翁的日子穷困潦倒，晚年寄住在昆明圆通寺咒蚊台的石洞里，靠占卜卖药为生，却如长联般长寿，年近九十。

一边赏湖，一边再吟下联，又感既有辛弃疾"千古江山，英雄无觅孙仲谋处"的豪迈，又有苏子瞻"寄蜉蝣于天地，渺沧海之一粟。哀吾生之须臾，羡长江之无穷"的感悟，更有杨慎"滚滚长江东逝水，浪花淘尽英雄。是非成败转头空"的气度。

　　这也是一个同样半生谪居云南，且以生在"穷山绝域"而"绝世独立"、自放清香的老梅自喻的大才，我们可以不知道他的名字，但无人不知《三国演义》开篇词："青山依旧在，几度夕阳红。白发渔樵江渚上，惯看秋月春风。一壶浊酒喜相逢。古今多少事，都付笑谈中。"如果罗贯中能把"词曰"换成"杨慎曰"，则杨慎必像李白一样家喻户晓。也会像张若虚一样一词成名，光耀中国文学史。

　　此词不只赖长篇巨著，更因20世纪90年代的电视连续剧《三国演义》将其谱曲为主题歌，传遍神州，一到晚上8点，家家户户都在唱"滚滚长江东逝水"，无论村东村西，都是刘、关、张；无论山南水北，都是魏、蜀、吴。

　　夕阳渐下，日照西山，登临龙门，俯瞰滇池，摩崖石刻上刻着一尊握着无尖之笔的文曲星，因着这个被削断的笔尖，塑像者，那个落第的秀才，一跃而下跌入滇湖。

　　历史的遗憾非人力所能左右，人若能掌控自己，便能改变历史，凡是改变自己、又影响历史的凡人，都成了伟人，那需要高维的灵魂、智慧的抉择、恒久的坚忍、终生的求索。所以，文学是不如意、不清净的人生中一盏密法明灯，至少，在文学的世界中，人的灵魂是无极浩瀚的，心灵是无尽喜悦的，生命是无边自由的，生活是无比清净的，远胜山中寺庙修行百年。

　　杨慎因性格耿直，既失欢于皇帝，又结怨于权奸。杨慎因"大礼议"事件，触怒明世宗，被杖罚两次，几近死去，后谪戍云南永昌卫。

杨慎倒并未因环境恶劣而消极颓废，在滇南三十年，博览群书，寄情山水，悉心著述，修白族史，诗词曲各体皆备，自有一定风格。其诗沉酣六朝，揽采晚唐，创为渊博靡丽之词，造诣深厚，独立于风气之外。而乐府首倡《花间》，影响隆万风尚，同趋绮丽。著作达四百余种，涉及经史方志、天文地理、金石书画、音乐戏剧、宗教语言、民俗民族等，被后人辑为《升庵集》。

杨慎敢从学术、思想等诸多方面批评当时如日中天的朱熹，如在《陈同甫与朱子书》中讥笑朱熹自立门户，在《文公著书》中责朱熹"违公是远情"，在《俗儒泥世》里中斥朱熹"迂"，在《大招》《禹碑》《大颠书》中批评朱熹文学艺术上的失误，在《圣贤之君六七作》中指出朱熹史学上的纰漏，如此等等，难以详述。杨慎一针见血地揭示道：朱熹之学"失之专"，用自己的理学思想来诠释儒家经典，否定汉唐诸儒经说，以确立自己的思想权威，而后儒不察，只能仰朱熹之鼻息，这必然要导致"经学之拘晦"，造成明代中后叶知识界的空疏浅陋。在《云南乡试录序》中，杨慎更揭示王守仁集心学之大成，鼓倡"心即理""致良知""知行合一"。

杨慎在《升庵经说》中每每以朱子的经注、经解作对比，发宋学之短而举汉学之长，于宋学不无裨益，于后学不无启发。他指出治学的大方向："古之学者成于善疑，今之学者囿于不疑。"在翠湖边欣赏完海鸥的柔美风姿，蓦然回首，却是肃穆沉重的建筑，竟是民国初年与黄埔军校齐名的云南陆军讲武堂。1938年，北京大学、清华大学、南开大学，在昆明组建了国立西南联合大学。这段时期，中国的文化精英齐聚昆明，西南联大为苦难的中国培养、输送了大批文化艺术科技等方面的人才：两弹一星工程院院士中就有八位出自西南联大。可见，物质条件从来不是培养人才的必备因素。

云南山川地貌、风景习俗极适合壮游、隐居，"放浪形骸之外，俯仰宇宙之间。当其境与心融，时与意会，悠然而适，泰然而安。物我于是乎两忘，死生焉得而相干？亦一时之壮游也"。（明陈献章）

被贬谪云南的官员是有福的，"桃花流水，不出人间，云影苔痕，自成岁月"。(《徐霞客游记》)

在云南游走一个月之后，我感到一种不可言说的自由，这来自多姿多彩的意识形态。我见到了诸多少数民族的生存状态，如此自由宽泛，如此道法自然，如此天人合一，让人回归本性，随心而活。人道是，贬谪南夷是苦；此二才表法是福。我摸着这檐琉璃戗角木结构的建筑，无尽的美妙，吸引了建筑学家梁思成夫妇，于是，昆明的风吹在了林徽因的心尖儿，道一声：你是人间四月天，就此埋下了温柔美妙的种子。

大理三道茶

一苦二甜三回味，恰似人生苦尽甘来

　　黄昏时分，到达大理，把背包往客栈一扔，便欣欣然到古城里寻找段誉，疑心这里到处都是《天龙八部》的踪影，就像镇北堡影视城，竟把《大话西游》中紫霞仙子和至尊宝的雕像立在城门上。同时，代父母寻找五朵金花，一代人有一代人的审美品位与思维意识，听妈妈和村里人说了好些年《五朵金花》这部电影，可他们既不知苍山洱海，也不知大理白族，只知在遥远的西南有一个和我们不一样的村，也会悄悄评出俺村的五朵金花，但不会因为一部电影去寻找大理，我们却会。多少人因为《天龙八部》而来到大理，寻找六脉神剑和一阳指、王语嫣和段氏家族。天龙八部影视城我是不去的，即使建得再真，也是假的，红尘已经够假了，不想假中看假，无聊无味。

　　大理古城中完全没有《天龙八部》的影子，只有米线、扎染和玫瑰饼，大理是真实的古城，因历史闻名，巧拜金庸小说为大众熟知；大理的存在也不依赖小说影视，而依赖文化历史——真正的大理国的历史，白族的文化。

　　事实上，如果大理是一个热气球：上升、拉高、去俗、脱尘，它在中国历史空前绝后之处是——君王禅位为僧：22位君王中就有10位舍弃王位，剃度为僧，连公主都会出家为尼。中原王朝的帝王只有传说顺治出家，也只是传说。梁武帝屡次出家，后被大臣赎回，许是他视此为笃信佛教的表演，借此把国库的银子转移到寺庙中供养僧尼，只做表象，不修心佛。不然，当他初见从印度来中土传法的达摩祖师时，不是先请教佛学之智，而问他宣扬佛法、大修寺庙，是否有功德。"无功无德。"达摩祖师既不管政治哲学，也不懂儒家中庸，直言不讳，二人不欢而散的后果是梁武帝仍我执于佞佛无度，最终饿死、渴死宫中，他供养的几十万僧尼没有一个来给他烧水做饭的，达摩祖师则到少林寺面壁九年，等来了二祖禅师。大理皇帝们信仰佛教却是灵魂真信，皆随佛祖年轻时的抉择：放下红尘，禅让皇位，一心修佛。

　　大理古城并非大理所建，而是南诏所建，南诏与大理是完全不同的两个政权，先后统治着洱海边的这片丰美的地域。南诏旧都在大理古城五十公里之外的巍山，走入巍山古城立即走入公元7世纪的大理历史："诏"彝语意为"王"，此处曾经六诏，彼此征战不休，南诏经过六代经营与征伐，统一了六诏，并迁都至洱海边的大理。此时，中原正值盛唐时期，唐王给予南诏封赏，为了牵制吐蕃。南诏却沿用遥远的对角线之外、西北大漠深处楼兰古国的外交政策：像不倒翁一样两边倒。于它们而言，中原帝国虽可依赖，但鞭长莫及，身边的匈奴和吐蕃却近在咫尺，随时兵至，他们，也很为难。

虽如此，大唐王朝忍无可忍，公元前754年与公元前751年两次派军围剿南诏，却因山高路远、罕见大雪，兵败如山倒，只得改为安抚，册封南诏王为藩属国。大理帮助大唐报了仇，在南诏统治大理城两个半世纪后，灭亡南诏，大理王朝登场。

左手烤饵块，右手烤乳扇，我坐在古城边的木椅上，看小桥流水，观历史烟花：大理会上演怎样的闹剧呢？

大理比南诏活得更长久：三百多年，更辉煌；统治着囊括今天云南省全境和四川、贵州、广西的一部分土地，版图甚至延伸到了今天缅甸、老挝、越南和泰国北部的少部分地区。段氏家族穿上戏装，登上历史舞台，发展农耕，鼓励纺织，促进经贸交流。

在中国西北，只有丝绸之路通往中亚及西方，而大理却有三条商道：一条经红河通往东南亚和印度的南丝绸之路；二条经昆明、昭通通往中原的五尺道；三条经丽江、中甸通往西藏的茶马古道。剑川保存着许多古老的小镇和马帮驿站，沙溪古镇是一个仍能够听到马蹄声和铃铛声的悠游之处，数百年来，一直是大理通往丽江、西藏的重要马帮驿站，明清时期，商路繁忙、马帮众多，鼎盛时期，通宵灯火、人声鼎沸，如今一般。夕阳西下，华灯初上，大理迷魅，悠游其中，乐不思蜀。

极其罕见的是，茶马古道上还有女人，像男人一样牵马驮货售茶，一生来往于中外商人之间，这在西北那条张骞凿空的丝绸之路上是闻所未闻的，大理统治时期疆域之辽阔、经贸之交流、商业之完整可见一斑，然而，终究还是昙花一现，大理国王不爱江山爱出家，大理国不堪一击，公元 1253 年，忽必烈从吐蕃奔袭云南，元革渡江，不仅灭了大理，且将行政中心迁往昆明，从政治舞台上谢幕。从此，大理就剩下风花雪月、富甲一方、品味生活，农闲之余，男人们喜欢瓷器木雕、建筑园林；女人们则喜欢织布扎染、裁剪织衣。

只留给历史一片白……

白是空，白是无，白是灵，白是道，无色无边，滋生各种颜色，白族给人一种纯洁、清净的感觉，走进白族小楼，瞬间放下一切，心生欢喜，已有金花奉上第一道茶。她穿着白族特色服饰：白色裤子、粉红上衣，红色绣花腰巾和一顶层叠高挑、一侧垂下缕缕白丝的帽子。敬茶时将手高扬过头顶，屈身递给我。

我仅抿了一口，苦涩就蔓延了整个味觉，"呀！这么苦？！"白族小姑娘甜美地笑着："第一道茶是苦茶，又称'烤茶'或'百斗茶'，象征着生活是艰辛的。"

接着，她又端上第二道茶。"好甜！"甜瞬间融化了苦，化作蜜汁，浸润了整个口腔。白族金花笑得更甜："第二道茶是甜茶，用蜂蜜、核桃、乳扇、生姜等配制，象征着生活是苦中有甜、先苦后甜的。"

金花又奉上第三道茶，我并不言语，只是一杯分三口，一口分三次，品味后再缓缓咽下："呀！回味悠长。""第三道茶是回味茶，茶中放有大料、花椒等配料，让人满口清香、回味悠长，这象征着生活，无论苦涩还是甜蜜走过后都是值得人回味的。这是我们白族三道茶：一苦二甜三回味。"

"哦……"我若有所思，三道茶，似梦想，似人生。但人生之苦甜与回味并非一定按照顺序。多数是先苦后甜，必是寒门学子，寒窗苦读十载，一朝状元及第，入朝为官作宰，如范仲淹、高适；也有可能先甜后苦，多是家道中落，甚至国破人亡，比如李煜、李清照……也有可能是交织出现，比如苏东坡、司马光，做官时甜，流放时苦，但苦中作乐亦是甜。佛家修心到极致，人生无苦无甜，苦即是甜，甜即是无，喝琼浆玉液欢喜，喝白水黄汤也欢喜，一切在心境。

据唐代《蛮书》记载，一千年前的南诏时期，白族就有了饮茶的习惯。汉族发明了饮茶，但终究没有饮得如此哲学，连徐霞客来大理时，也被这种独特的礼俗所感动："注茶为玩，初清茶、中盐茶、次蜜茶。"白族也把饮茶作为一种品赏的艺术活动，形成自己独特的茶道。

金花和阿鹏们已经载歌载舞，白族歌舞很轻松、柔和、欢快，金花和阿鹏们都身轻如燕、步伐敏捷，那节庆时才使出的霸王鞭和八角鼓，在他们手里都变得乖巧、柔和，浓艳了当下，热烈了现场。霸王鞭是白族人祭祀时常用的重要法器，鼓系云南先民认为的通天神器。

接着，开始举行"白族婚礼"，新娘子被掐得让人心疼，却是白族特立独行的祝福方式。无论新娘多么娇美、柔弱，夫家所有的亲朋都可以过来掐上一把，掐得越重象征着生活越甜蜜："掐一把，喜洋洋；掐二把，幸福长，掐掐扭扭闹洞房。"新娘子无处躲藏，被掐得体无完肤，还要做出心甘情愿的姿态，最可气的，连新娘子如花脸颊上也被掐了好几把。

中国有 56 个民族，每一个都是独特的艺苑奇葩，每一族都是圣洁的冰山雪莲。来，来，来杯回味茶，在旅行中观赏 56 种风情，研习 56 种文化，品味 56 种食味，实是自在。在历史中旅行，在旅行中学习，在学习中玩乐，在玩乐中享受，在享受中自在。

入夜，漫步古城街头，随性坐在竹椅上，一杯风花雪月酒，无限感慨涌上心头，武侠小说好看，但不能统治年轻人的思维意识，从 1982 年到 2020 年，竟然重拍六次，影视公司仅仅为了赚钱和推新人，有没有想过，从 70 后到 10 后，年轻人的头脑都被金庸武侠小说浸染过了，这是多么可怕。自然，故事中的家国情怀、江湖道义还是正的，不会扭曲年轻人的三观与性情，但是，还有更多更好看的有灵魂的故事，为什么不拍呢？比如《三言二拍》《阅微草堂笔记》等，四大名著可以反复拍，或把其中若干个故事拿出来拍成一个独立电视剧都使得。华夏民族的思维意识是靠真正有灵魂的智慧大作屹立的，不能靠武侠、网络小说支撑。

无数人因为《天龙八部》来到大理，多少人为了滇缅公路寻迹云南？天下行者来云南，多为妩媚的丽江香格里拉，又有多少人来瞻仰那条最悲壮而神奇的抗战生命线？

从抗日战争开始，云南就是中国经济最大的命脉之一，大量的国际援助，战备、武器等都通过昆明运往全国。滇越铁路被日本侵略者破坏之后，二十万人，九个月，妇孺老幼齐心协力、向死而生，翻越六座大山，穿过八处悬崖峭壁，跨过五条大江大河，竟然仅靠肩扛、担挑、手挖"抠"出全长1453公里的滇缅公路，平均每公里就有六个人牺牲。凿通这条运输大动脉，比张骞凿空西域艰难千万倍，且在如此短的时间、在如此险的地段，修建如此漫长的天路，实在是神仙低眉、菩萨合十、佛祖恭敬。

写至此，已然泪流，人类有时候会创造惊为天人的奇迹，同时，几千条生命为了一个奇迹的诞生，为了拯救几万万同胞和国家领土完整，永远消失在公路上，这不值得我们后世子孙去缅怀瞻仰吗？

尚未亲见，仅是看纪录片，就已经五内俱焚、心神颤动，我到它身边，定会五体着地，磕头跪拜。一仰头，饮尽杯中酒。上山！

鸡足山

迦叶尊者在此等一场花开

　　曾经，我发现最不想做人的人是卡夫卡，只有他，能想到让人在《变形记》中变身甲壳虫；如今，我发现，更不想做人的人是迦叶，只有他，愿意禅定五十六亿年，为了等待未来佛出现。天壤之别是，卡夫卡来自现实世界，至于迦叶……

　　迦叶很会投胎，富二代，还是独子，但从小就喜欢独处。成年后，不想娶妻，只待父母仙逝之后出家苦修。父母命令他成婚，为孝顺假装结婚，运气好到水中捞到月、镜中拿出花，竟然娶了一个美艳如花却同样想修行的妻子，两个人各睡一张床。被父母发现后，撤掉一张，两个人则前后半夜分开睡，一张床，各占半夜，十二年，安然无事。这比悉达多王子的故事还神奇，至少人家还生了个儿子。父亲一归天，迦叶立即出家修行，皈依佛陀。但他喜欢独处到连与佛陀和诸位阿罗汉师兄弟都不愿待在一起，就喜欢一个人跑到深山、树洞里苦修，怎么苦怎么修。连佛陀要他放弃苦修都不能，错来地球之人，唯迦叶尔。

2021 年，我游学至鸡足山这个神奇的小宇宙，蹑手蹑脚来到"中华第一门"，小心翼翼地盯着门，万一开了呢？也许有红光出现……侧耳聆听，是否有钟声，木鱼声也可，诵经声也行，我不挑，只要有声，说明我是有缘人。据说这道门，每五百年开启一次，六百年绽放红光一次，可能是另一个平行宇宙的历法。距离上次红光乍现多少年了？我寻找着可以钻进去的缝隙，没准儿能进入时光隧道，平行宇宙也行。也许，佛陀和迦叶、达摩祖师、二祖慧可等，都来自平行宇宙，在他们那个宇宙，面壁九十年、九百年，不过九天。五十六亿年，也如白驹过隙，倏忽间而已。

虚云法师是中国的迦叶，也是富二代独子，也是从小就想出家，也被迫娶一妻一妾，妻竟也参佛，三个人就像同修。19岁终于出家为僧，也喜苦修，一个人跑到山洞苦修了三年，父亲到山下找他，求见一面，求他回家修行，子受苦，父心疼，子避而不见，却在父亲百年后，从普陀山三步一磕头到五台山，为报父母恩。我是顽固不化的蠢材，不懂这与报父母恩有何关系，就像不懂生个儿子与孝顺父母有何逻辑关系一样，父亲见他时不见，父亲亡后磕头 30 年，于父何益？

　　虚云法师创造无数传奇，有一个传奇，因他，一婆二媳同时出家，当他听说后，泪流满面，我这个蠢材还是不懂，那么爱出家，认为出家修行是福，母亲与妻妾，为何要哭呢？悉达多王子修成如来后，返回国家，他的妻子、儿子、弟弟都随他出家，他是欢喜的。

　　虚云法师徒步翻越喜马拉雅山前往印度朝圣，创下古今行脚僧参学的奇迹。他回国后第一站来到云南，特意朝拜了鸡足山，虚云法师来到鸡足山，在华首门前虔诚地伏地叩拜迦叶尊者三次，忽然从石门里传出了三声钟响，在空谷中久久回荡。虚云向迦叶尊者发下誓愿："等待时机成熟，我一定要重振鸡足山迦叶尊者的道场。"

　　就在华首门正对面，右侧有一片石壁，似乎印着虚云老和尚的脸谱，头像的眼鼻口都很明显，尤其是眼睛紧闭，极似僧人打坐时的样子，许多游客看到后都惊呼神奇，冥冥中似乎注定了虚云老和尚将守护和重振迦叶尊者的道场。我看了半天，脸都快贴到石头上了，是吧，像吧，人说是就当它是吧，我断难随众一次，随无关紧要的众，不伤害自己的心灵。13 年后，62 岁的虚云法师再回鸡足山，寺庙萧条、僧人混乱无度的情况毫无改善，他与同行的戒尘法师搭的茅棚也被山上的和尚强行拆毁。虚云无奈，只有背着行李暂时下山，但仍坚定匡复正法之心愿。

　　只要立下大愿，一心践行，必定实现。我仰视虚云法师凭借毅力徒手修建的祝圣禅寺，梁启超题写的"灵岳重辉"，孙文先生题写的"饮光俨然"，仍悬挂在大雄宝殿的重檐上方，表达着对迦叶尊者及虚云法师的虔诚之意。

佛家不提，太多神奇不似凡尘可现，我只爱平凡的英雄，艺苑奇葩，千古奇人徐霞客曾步行五千余里，于明思宗崇祯十一年（1638 年及次年）两次登上鸡足山，住山数月，对鸡足山地质、水文、植物、胜景、寺院等进行了详细考察，记述日记 3 万余字，纂修了第一部《鸡足山志》。鸡足山，是徐霞客晚年西南万里远征最重要的一站，也是他一生旅行考察的终点。他两上鸡足山有一个更重要的目的——完成去世好友静闻和尚的临终遗愿。

在西南万里征途中，徐霞客有两个重要的旅伴：一位是自幼侍奉自己的家奴，一位是来自南京迎福寺的僧人静闻。对于潜心禅诵近二十年的静闻来说，将刺血书写的《法华经》护送至鸡足山悉檀寺供奉，是他人生最大的心愿，他与徐霞客结伴一同从江苏出发，欲取道浙赣湘西，直奔云南。

不幸的是，"湘江遇盗"成为两人旅途中最大的劫难，钱财尽失，徐霞客被扔于江中，静闻被盗贼砍伤。在抵达广西时，静闻伤势加重圆寂崇善寺，弥留之际嘱托徐霞客，将血经及遗骨带至鸡足山。

徐霞客两上鸡足山，大部分时间都借宿在悉檀寺中。"悉檀寺为鸡足山最东丛林，后倚九重岩，前临黑龙潭，而前则回龙两层环之。""宏丽精整，遂为一山之冠"，乃木增为母求寿，捐赠数万两银钱创建，是木氏土司的家庙之一。1638 年平安夜，徐霞客先将静闻的遗骨悬挂在寺中的古梅树间，圣诞节后，安葬入塔。徐霞客千里埋葬友人遗骨的事迹，在几百年间成为一段关于友谊的美谈与见证。

悉檀寺遗址，人迹罕至，若无人引路，不易找到。我沿着陡峭的山路弯弯曲曲抵达此处高台时，清清冷冷的山中，石塔孤独矗立，旁边石碑上刻着徐霞客《哭静闻禅侣》诗六首："疲津此子心惟佛，移谷愚公骨作男。幻聚幻离俱幻相，好将生死梦同参。"

在鸡足山的日子，徐霞客帮木增编写《山中逸趣序》，校对错讹颇多的《云薖淡墨》文集，并信守承诺为丽江土司木增修撰《鸡足山志》。不幸的是，徐霞客久病成疾，无法站立，伴他多年的忠诚老仆在重阳节次日，竟盗取主人的银两，偷逃江阴。徐霞客病无所依，最终，在木增的帮助下，由八名壮汉用竹椅抬下山，一路护送抵达湖北黄冈，在当地县令的帮助下，坐船沿江而下，才终于回到老家江阴。次年，便与世长辞。

同样是为信仰而生，用一生追求信仰，为何虚云与徐霞客有不同的地位、评价、人生及寿长呢？寻找长江源头是徐霞客的信仰，他为此徒步天下，行游一生，但除了母亲和木增之外，几乎无人认可他，都觉得他是个怪物，完全不合乎世俗，没有功名，没有政府指派，没有上面委托，游个什么劲儿？连跟随他多年的仆人都能盗款潜逃，还有什么可说的?

　　若游人在春节前后来此，则会见证鸡足山一年中最热闹的朝山节，集佛教礼仪与民俗风情于一体。每年春节前后一个月，信众都要到鸡足山朝拜，且要连续不间断地来三年，第一年为许愿、第二年为了愿、第三年为还愿。徐霞客曾有生动的描述："朝山之夜，乌底火光，远近纷挐，皆朝山者，彻夜不绝，与遥池月下，又一观矣。"藏历鸡年，一向被藏族同胞认为是朝圣鸡足山最吉祥、最能得到好运的一年。每到这年，西藏、甘肃、青海和四川等省的藏族同胞都会专程赶往鸡足山，向神圣的迦叶道场献上一瓣馨香。

　　鸡足山为禅宗发源地，有几位大理皇帝在虚云禅寺出家。传说，建文帝逃亡至鸡足山隐居，也许，最近的地方是最安全的，难怪明成祖朱棣派遣郑和七下西洋都没能寻到侄子建文帝的踪迹……

　　历史的所有不确定性，都因人性的复杂而决定，人性的深不可测，使得历史令人唏嘘感慨，却也只能如此。

泸沽湖与香格里拉

女儿国的水，净土上的云

　　Shangri-La（珊格瑞拉），英文比中文的发音更具有梦幻效果，不信，你闭上眼，躺在床上或沙发上，舌头上翘，开始发音，嘴唇先拉平、再放松，然后做出一个吹口哨的姿态，发出"ri"（瑞）后唇舌放松，回归原位，柔情蜜意地多读几遍，没准儿会自我催眠，进入梦境，或是白日梦。丽江和香格里拉却是许多人的白日梦。

　　丽江是洛克前世的乡愁，詹姆斯五百年前修行过的地方，自从 1922 年，38 岁的美国植物学家洛克第一次来到中国，他就在丽江做了一生的白日梦，梦中皆是东巴象形文字、纳西古乐、金沙壁画。11 年后，英国作家詹姆斯·希尔顿，人未至，仅凭洛克的所有资料就创作了一部小说，让全世界疯狂地进入白日梦中。在小说中，他竟然成功创造了"Shangri-La"（香格里拉）这个美丽而梦幻的词汇，一个与世隔绝的神秘国度，并让它成为伊甸园、乌托邦、世外桃源、极乐世界的代名词，竟然让天下人相信香格里拉真的存在，无数人到喜马拉雅山脉寻找这个可以长生不老、恒久快乐的地方。

《消失的地平线》，这个脆弱的故事无论是文笔还是构思，无论是主题还是意境，都没有像书名一样吸引我，他描述的那个神秘国度，在西方看来神奇无比，在东方简直是一杯淡茶，无色无味。人世间，不存在长生不老，如果不修行、静心，长生不老反倒是一场无边无际的灾难。在我们的文化意识中，长生不老只存在天上与传说中，秦皇嘉靖等无数帝豪花费一生精力，最终都是"黄冢一堆草没了"。

长生不老，许是另外一个维度，甚或是多重宇宙。

当我来到香格里拉才知，一本杜撰的小说，竟会在世界范围内掀起如此巨大的波澜，一个虚构的故事就让崇尚理性的西方人到中国来四处寻找香格里拉。时间转到 21 世纪，香格里拉仍然具有不可撼动的影响力，一是具有超强商业头脑的香格里拉酒店的影响力。二是佛教信徒认为香格里拉就是用藏文经典记录的香巴拉，无论是用梵文记录的释迦牟尼佛语，还是佛经贤传的百士圣者，在讲经时都经常提到香巴拉。在藏传佛教中，香巴拉是一种精神信仰，藏传佛教信徒们修行一生都是为了来世去往香巴拉。三是经过半个多世纪，香格里拉终于找到了——滇西北的中甸县。

自从中甸摇身变为香格里拉之后，灵魂被重置，命运被改写，世界各地的人都来一赏尊容，并不为它，而是人类集体意识中的白日梦。

这是我平生参观的第一座藏传佛教寺庙，辉煌的建筑，唐卡中的香巴拉王国，无数盏点燃的酥油灯，不断匍匐在地、磕长头的虔诚信徒。信徒们只有在寺庙和教堂中感受到上神的召唤、心灵的宁静，而我则在书中，才会有同样的感受。

我仰视着神圣的梅里雪山，那就是《消失的地平线》的主人公康维坠机醒来后所见，"在月光的朗照下，闪烁出熠熠的辉光，犹如金字塔般的雄伟山峰。"

梅里雪山与西藏的冈仁波齐，青海的阿尼玛卿山和尕朵觉沃并称为藏传佛教四大神山。每年的秋末冬初，成百上千的藏族群众牵羊扶拐，口念佛经，绕山焚香，朝拜圣山，这震撼人心的场面就是藏传佛教古老的习俗——转山。在藏历有不同的属相年，藏族信众都会朝拜一座特定的神山。梅里雪山属羊，羊年便有许多人来此转山朝拜；冈仁波齐属马，我在马年去冈仁波齐转山，那是一场彻头彻尾的心灵之旅。

香格里拉有一座格宗神山，神山脚下，有一个隐匿于崇山峡谷之中的原始村落——巴拉村。地图上原是没有的，只在藏经中有记载。相传1300多年前，格萨尔王在巴塘地区有一名英勇善战、叱咤风云的大将斯那多吉因厌倦战争，带领家人和族人寻找传说中的理想净土——香巴拉，它被如同八瓣莲花般的雪山所围绕，拥有永久的幸福与和平。

历时三年，斯那多吉带领族人来到格宗雪山脚下，仰望天空时，一座自然的山形佛塔，屹立眼前：山就是塔，塔就是山。这座天然佛塔早有记载，只是世人一直寻找不到它的踪影。斯那多吉非常激动，将其称为乡巴拉佛塔，并把这里称为巴拉村。他们在这个几乎与外界隔绝的幽深峡谷之中，繁衍生息了1300多年。当地球的时针指向1964年，这里仍然过着没有电、没有路的原始生活，出个村，要跋山涉水、翻山越岭，到县城仅仅六七十公里的距离，却要走上五六天。

斯那多吉的后人中诞生了一个藏族愚公：斯那定珠，传承与改变了这个千年古村的历史。他十岁时，父亲第一次带他出村，不是为了看风景，而是看医生。打铁的火星恐怖地钻入他的一只眼睛。他们第一时间出发，却在五天之后才到达县人民医院，错过了最佳的治疗时间。大自然赐给人类如此绝美的环境的同时，又埋下如此难以逾越的障碍。人生是一场历劫，斯那定珠历劫后，决定愚公移山。

我到达巴拉格宗附近时，斯那定珠仍然在修这条生命之路。我知道他的故事，是在他回村20年后的《朗读者》电视节目里。

主持人董卿问："巴拉格宗你们听说过吗？你们去过吗？"

观众回答说："没有。"

我也在心里回答："没有。"

主持人董卿接着说："这并不奇怪，因为在很长一段时间里，在地图上根本找不到这个地方，那个地方在香格里拉最深处。"

"香格里拉我去过。"心说："我去时，不知有巴拉格宗。若知，必去。自然，去了，也会忘记。"

看着《朗读者》，敏感的眼睛立即敏感地发现屏幕上原本英俊潇洒的康巴汉子的一只眼有些异样。

13岁的斯那定珠在改革开放初年，怀揣35块钱，跋山涉川地出了村，在上海闯荡27年后，回到这个与世隔绝的村子，却见高堂明镜悲白发，走时青丝回成雪。他下定决心要修一条出山的路，让母亲和村民们能够轻易地走出大山，去看山外的世界。

仅靠一只眼睛、几十块钱，从这样一个与世隔绝的大山走出来的13岁的藏族孩子，出去闯荡27年，能赚三四千万，这本身就是一个当代的传奇。这个连普通话都说不标准，一只眼睛可能失明或弱视、没有受过任何正规教育的藏族孩子却成为千万富翁，实在是新时代的传奇。有朝一日，我要把这个神奇的故事写成神奇的小说，惊醒世人、激励孩子、感动中国。

而这只是开始，1999年他开始带领村民愚公移山，为了能够在故乡的悬崖峭壁上凿出一条天路，他不惜变卖家产，负债累累，他用了十年的时间，在地图上补上了故乡的坐标。

从天上看到这条路，只是一条全长35公里，有52个发卡弯，海拔 750 米的天路，斯那定珠从立志到修成，花了 40 年。

从传奇的香巴拉回到丽江之后，又乘车进入另一个传奇。

路上，一直淫雨霏霏，时而雨声大作，路途蜿蜒、九曲回肠，且是石子路，六个小时的颠簸辛苦只为解读这充满神秘色彩的"女儿国"。一如香格里拉，因书成名；泸沽湖，则因剧成名。《西游记》热播后，人们到处寻找"女儿国"，最终找到这个小神奇：纳西族摩梭人，竟然"走婚"，仍然停留在母系氏族。

尚未接近泸沽湖，车上人开始惊呼，立即摇下所有车窗，一个美丽而空灵的画面：湛蓝天空上飘浮着洁白的近似虚无的云朵，云朵下面，紧紧相连的是一片幽静湛蓝、澄澈而净美的湖水，只一瞬，便撩拨了心田，又匆匆消失，来不及拾捡，只将瞬间化为永恒的回想，停留在心灵最纯净、最平和、最善良的一隅。

湖边的山叫女神山，门前的湖叫母亲湖，居住的房屋叫木楞房，正房中终年燃烧着火塘，旁边有个墩子，是家中地位最高的人——老祖母——的专座。老祖母转经的地方叫玛尼堆，摩梭人的舞蹈叫锅庄舞，交通工具叫猪槽船，吃的是猪膘肉，喝的是苏里玛酒，每个摩梭人家都设有经堂与神龛，大小、摆设因人而异，神龛上祭奠的是女神，墙上画的也是女神，传说是女神拯救了整个摩梭人。

火塘的火四季燃烧，不能灭，灭了是极不吉利的，要请村中的喇嘛来念经、重燃，晚上就用灰暂时埋上火星，第二天一早便拨开灰尘，继续燃烧。这火象征着家道兴旺，火上方的屋梁上悬吊着猎来的野物，顺势烧烤成干。

卧室有长长的一排，数量要视家中女儿而定，每一个女儿都有一个独立的房间，成年后，那里即将成为走婚、夜晚和阿夏相会的地方，美其名曰"花房"。家中的男孩无论有几个都睡在同一个房间。

摩梭人有三种婚姻形式：走婚、阿夏同居婚、正式婚姻，长期存在，并行发展，离合皆由男女双方自愿，唯爱是尊。很巧的是，同车人中有一位汉族阿夏，他也像我们一样，因泸沽湖的传奇来到女儿国寻找传奇，却创造了新的传奇，走婚于一位摩梭女子，从此，留在了她的花房。

参考书目：

《易经》《道德经》《史记》《后汉书》《二十四史》
《周易正义》《永乐大典残卷》《元史》《大唐西域记》
《大慈恩寺三藏法师传》《佛国记》《脂砚斋重评石头记》
《消失的地平线》《马可·波罗游记》《西洋镜：一个德
国飞行员镜头下的中国1933—1936》《长春真人游记》
《阅微草堂笔记》《西游记》《中国人史纲》

图书在版编目（CIP）数据

云上的旅行 / 如风著 . -- 北京 : 中国文史出版社，
2024. 12. -- ISBN 978-7-5205-5196-0

Ⅰ . I267

中国国家版本馆 CIP 数据核字第 2025YS4503 号

责任编辑：梁　洁　　装帧设计：杨飞羊

出版发行：中国文史出版社
社　　址：北京市海淀区西八里庄路 69 号　邮编：100142
电　　话：010-81136606　81136602　81136603（发行部）
传　　真：010-81136677　81136655
印　　装：廊坊市海涛印刷有限公司
经　　销：全国新华书店
开　　本：32
印　　张：10.625
字　　数：200 千字
版　　次：2025 年 6 月北京第 1 版
印　　次：2025 年 6 月第 1 次印刷
定　　价：66.00 元